相依相生

潘琭璐 / 著

GUANGXI NORMAL UNIVERSITY PRESS
广西师范大学出版社
·桂林·

图书在版编目（CIP）数据

相依相生 / 潘琭璐著．—桂林：广西师范大学出版社，2012.6
ISBN 978-7-5495-2003-9

Ⅰ．相…　Ⅱ．潘…　Ⅲ．长篇小说－中国－当代
Ⅳ．I247.5

中国版本图书馆 CIP 数据核字（2012）第 121371 号

广西师范大学出版社出版发行
（广西桂林市中华路 22 号　邮政编码：541001
网址：http://www.bbtpress.com）
出版人：何林夏
全国新华书店经销
广西民族语文印刷厂印刷
（广西南宁市望州路 251 号　邮政编码：530001）
开本：880 mm × 1 240 mm　1/32
印张：9.375　　　字数：235 千字
2012 年 6 月第 1 版　　2012 年 6 月第 1 次印刷
定价：25.00 元

目录

118

5. 她看见红蓝白三色编织布和木料包围的旧屋的废墟，像一只巨大的路易威登，装了许多铜锣烧，轰然倾斜出来，全都倒进地面上一只庞大的裂缝里，洞越裂越大，马路陷下去，一个血肉模糊的伤口绽开，割成两半。城市里的一切都掉进去了。

150

6. 不知道陈晚的身体与剔透的冰块哪个更晶莹易碎，陈晚忍住疼痛，觉得自己也将幻化成冰，生生僵硬做一团，在时间和空间的任何一者当中，都不能动弹。

184

7. 她想像着用刀子将手上的经络割开，估量着有多大的疼痛，她难以相信这样使体内的液体流出来生命就能消亡。她觉得自己一定无法忍受，也知道人总有自救的本能。她想，如果不疼，便能坚持下去。

218

8. 他的脚步声迈开去，陈晚的眼泪就泄了出来。从她的胸口，一股腥味爆管喷浆而出。她哭得背过气，呛得不住地咳嗽，喉头不住地颤抖，头皮也绷紧的。

263

9. 她自己另找了一片海，穿了曳尾长坠的白裙，海面被夕阳烤得像一锅粥一样咕咕作响。她热切地爱着的南方的阴天，在她全然模糊的视线中疲惫而眠。她走进大海，夕阳殷红如一颗嘴唇

1

天色微明，低沉的的云朵仿佛要压到窗户上。陈晚把窗页拉下来，云也若有若无地向下压。老爷子酣睡的鼻音，陈晚在楼下的书房都听得到。上飞机要穿的宽松罩衫已经早早换上，她下意识地把衣服后面的帽兜往脑袋上一盖。安静只有在一种情况下能够达到绝对，那就是像现在这样，用另一种难以遮掩的声响来突显。这个清晨的确有点太安静了。

还有半个小时车子就会到家门口，收拾打点好一切，唯一没办法收拾最后那半个小时的安静——没有目的的，漫无边际的，蜷缩在书房里的安静。这个时候，连墙上雕花木架的时钟钟盘上时针半格的路程，都成为冗长冗长的。

陈晚直勾勾地盯着书架上那一排硬壳书的书

脊，有几个名字是老爷子的旧识，陈晚从来不知道老爷子怎么就把这些名字随意地塞在这个架子上。这房子住了多年，陈晚也没有认真地打量过这一排一排的名字，它们占据了整面墙壁，排山倒海。她倒是还认得一些古书，认得几个当代的名字，书目庞杂，书脊上的名字如雪花一般，纷飞散落在目所能及的范围。这房间面积本身不大，却神奇地容纳了老爷子近些年许多收藏，至少是早于陈晚降生，它们就在这里。红木书墙和柜子的结构也是巧妙，要把这有限的空间里的每一寸的作用都发挥十足才算罢休。这必然是要有人藏书读书的地方，今天添置过一尊玉雕，下月整理过当代几个作品的摆放顺序，去年清除过无用的杂物，翻过新，或者是哪里打碎过一个小瓷瓶，哪里磕下过一小块木漆，才会有今天这般人气。这里虽然安静，走进来时却是一阵蓬勃，是铮亮的，并不见一层死灰。

陈晚竟然在最底层的抽屉里翻出一沓蓬松的宣纸，并且立刻认出了自己木讷的字迹。那是她小时候默写的几篇诗经。一团黑色糊状物粘在单薄的纸上，她小心摊开来，扑在红木方桌上。墨迹久了有一点折叠的沾粘，不小心还撕破一小块。陈晚一字一句地念着，嘴唇微张。这字句，全是小时候辛辛苦苦背下的，现在脑海里有了前半句，竟没了下半句。她怎么也握不对毛笔，老爷子想罚她，也狠不下心，只是每次握错便要轻轻地打手，陈晚也不改进，久之也就作罢。但是她小时候写字还是笔锋劲足，一撇一捺有棱有角，以前孙柔柔张口闭口笑话她，连写字都不掩饰自己那点自以为是与傲慢，你看那一捺，都要捺到世界的另一头去了。

南方潮湿的夏季里有一股特别耐得住寂寞的味道。雷声开始在半空中搓搓磨磨，刚刚降下来的一点寒意，又被滚滚的湿热赶走，那湿热汹汹扑面而来。陈晚走过去将窗页再拉下一点，雷公低低地咆了一声，晚儿顿时惦记起砂锅里炖的粥要开了。多年后当她回忆起南方这所老房子，陈晚对我说，就是这个声音，这个味道，雷雨将至，砂锅里的瘦肉粥和天上的低云响雷一起翻滚，咕噜咕噜，和鸣得有声有色。

天还是没有亮。晚儿去开门。门一开跳出一只雪白的熊，比晚儿还大，然后才是柔柔。大清早的，孙柔柔连妆都化好了，她刚学会化复杂的眼妆不久，又处于那种没事不用化妆化了妆也白化的粉嫩年纪，眼角一团棕色眼影，左右仔细看，眼线也没对齐，末尾细长上翘的部分使得她两只眸子露出凶光。

“妞妞，你来送我就送我，大清早的还化妆。”晚儿说完赶紧冲去厨房关火。“给爷爷煲的粥，差点焦了。”老爷子还没起来，他安排好人和车接送，柔柔也来。昨天是晚儿十九岁生日，她不知道老爷子为什么没给她过，她也不做声。现在柔柔来补她礼物，除了熊以外，还给她一个红包，代表她妈妈。柔柔妈妈把钱已经换成美金，柔柔说她这个代交的信使连贪污的机会都没有。

晚儿问那只熊要怎么办，柔柔说你不是一直想要一只熊陪你么。陈晚的行李已经有两个硕大的箱子，她向这个眼神天真，因化了眼妆而目露凶光的妹妹摇摇头：“给你十分钟，只要你有本事塞进去，我就带走。正好你妈妈封了个利是，超重也有钱交给航空公司。”

“我上楼跟爷爷打声招呼。”

“别去，还没醒呢。”

熊没有带。晚儿的行李是自己估好了重的，到头来电子秤上还是显示超重一公斤。航空公司的柜台小姐问去哪里，晚儿不假思索脱口而出说去纽约。愣了一秒，改口说波士顿。小姐肩膀耸了一下,撇嘴问到底去哪里,晚儿说波士顿。这个女人眉头很窄,肤色又不均匀,她出好单子,头也不抬地一划,说去二十三号台缴费。送晚儿来的大叔接过单子,替她交了超重的钱,柔柔不耐烦地说:“吃冰淇淋吗?”

登机还早,晚儿给她买了冰淇淋,柔柔卖乖地挖了一大勺子往晚儿嘴里塞:“啊——”

“我来那个,不吃冷的。”她粗暴地伸手拨开柔柔那绿油油的冰淇淋,这粗暴的一击,使得她遇见了韩默。韩默后来和晚儿在缱绻的时候还逗过她,说看见她推开柔柔那一勺子冰淇淋的时候,就认定她是一只够野性的小猫,说完晚儿还张口去咬他的下巴下,两个人就又互相咬着爱过去一次。

晚儿站起来道歉,那一坨黏糊糊的雪糕落在韩默的校服上,二十多小时的飞机,宽松的校服是睡衣的不二替代品。但是这件校服陈晚再熟悉不过,她笑着打破尴尬:“我以前也是这家音乐学院的。”

她没有骗人,她以前也是那家名声显赫的音乐学院的,只念了一年,拗不过老爷子,转念了法语文学。他们的存在,只是为了给本国的学生更好地提供奖学金而已。她自己只是个红包,只是如今这个国家的小红包们前赴后继,缴着比本州学生贵出一大截的学费,以另一个国家的人的语言混迹生存,在那片土地上翻腾雀跃得不亦乐乎。

陈晚铺床就铺了大半个小时。她一个人跪在床上越铺越乱。晚儿扯着床单的两端,用力抖动,四个角总有一个角难以展开,于是她跪着去扯剩下的一角,拉好之后把边缘塞入床垫的下方固定。床单被她扯得东歪西斜,平整不起来。她又铺不平自己膝盖压着的部分，怎么铺都是皱的。被单铺完被套还没收拾，陈晚已经出了一身的汗。

紧接着肚子开始饿了，才想起来自从落地就没吃过饭。高纬度的波士顿，天黑得很早，墨染一般的深蓝色，云渐渐地模糊嵌入夜里，要看不见了。晚儿穿上一件纯白色的背心，外面套一件肩头带铆钉的黑色小皮衣，开窗感受了一下温度，蹭上牛仔热裤和人字拖就下楼去了。她长着一张有神韵的脸，额头宽阔而干净，嘴唇即使不涂口红也是艳色的红润，越是随意，越是显出十九岁女孩的姣好。回来的时候手里捧回一大袋樱桃和一盒外卖的寿司，模样并不秀色，但将就着也仍旧可餐。楼道里很安静，她疲倦地拖沓着拖鞋，两只手将装着樱桃和寿司的纸袋子抱在胸前，回到房间，面对的还是没有掖好的被套和被子。门口贴着寝室主人的名字，左边是 Wan Chen，右边是Sophie Yu。陈晚关上房门，锁好，从行李箱中取出衣服，一一用衣架挂好到衣橱中。除了平日要穿的以外，衣橱下方还放了一个及膝高的盒子，用来放丝袜和毛袜。她冬天极少穿牛仔长裤，以前又喜欢收集各种款式的袜子，因此积累了丰硕的成果。一个多小时又消磨过去，方才把行李大概清理出箱归放整齐，寿司和樱桃没吃，陈晚就累得横躺在床上，枕头也来不及放，脑袋歪歪地压在床头。

日上三竿，直到午后陈晚才被从窗外刺刀般射进来的太阳晒醒。她似乎做了一个与纽约有关的梦，但是不记得了，那个地方本来也不是她的家，留恋也谈不上。转学来波士顿是一早就答应了老爷子的事，只有被宠溺的女孩才能去学这种往往不能当饭吃的专业，她从来不妄然觉得老爷子对她的宠溺是理所当然。虽然以往的娇惯也造成了一些恶果，比如说她看起来样样能干却不会铺床。她睁开双眼，身上还穿着那件白色背心和牛仔热裤，记不起来自己怎么就睡过去了。她举起自己的两条腿，脚趾甲回美国前才刚刚做过，她特意挑了很久才挑到这个颜色，黑色当中泛着红光，是沉默也是俏皮。她轮流踢着自己的两条腿，自恋地欣赏着趾甲的颜色。明天要开学，寝室的楼道里渐渐人来人往了，有些一家大小都来给学生搬家，还有几个大一女孩的弟弟妹妹们在楼道里帮不上忙自顾自地吵着。陈晚一下子醒过来，方才觉得这座楼里有了人气。对门房间的一个女孩子过来敲门打招呼，带了自己做的曲奇，叫安娜，一个个子奇高的白人，主修导演。她的弟弟从她右腿旁边钻出一个头来，也过来打招呼，嗓门比他姐姐大，一张小脸干净得连血管都看得见。他递给陈晚一块曲奇，从姐姐的手里又抢过一块给他自己就跑掉了。陈晚觉得自己刚睡醒，蓬头垢面的有些难为情，随便寒暄了几句，就洗澡去了。从洗澡间出来，好像身体的每一个毛孔都打开，她拖着拖鞋，脸上顶着一张白花花的面膜，鼻头的水珠呛得她一直想打喷嚏。她光着两条白嫩嫩的腿，顶着一张面膜，一出门就撞到了一只行李箱。

这不是陈晚的箱子。从面膜的洞洞里，陈晚看见自己眼前转过一个卷发的华裔，这个女孩子的嘴唇比晚儿的还要鲜亮红润，一双长腿像照片上被修过的一样，但陈晚第一眼并不觉得她是美的。陈晚洗澡的时候，她已经把床铺好了。陈晚趁着脸上有一张东西，偷瞄了一眼她的床和自己的床，心中猜测她搞不好是个中国人，因为床单的花色像是家里的妈妈帮忙挑选的，有中式的印花，被单的四个角是精心绣好的祥云图纹。这个女孩子笑起来眼睛可以弯成一弯新月，陈晚只觉得她长得太甜腻，像糖浆就要溢出来似的，脸上没涂腮红，却也是挡不住透出粉红色的健康气象。她用英文噼里啪啦地开始说你一定就是陈晚，她说她是苏菲，从西雅图过来，陈晚看出她的兴奋，大一新生的兴奋，不可复制并且往往难以重来。她不停地说话，陈晚顶着一张东西在脸上，站也不是，坐也不是，只是礼貌地回应着她。

直到第二天陈晚给老爷子打电话报平安，苏菲才发现陈晚是中国人。陈晚放下电话，苏菲直挺挺地坐在对面床上，盯着她，说起了中文。

“原来陈晚你是中国人哦。”苏菲解释说自己的爸妈都是中国人，在西雅图念高中的时候，身边有几个台湾女友，只是中文字能认不能写。她惊异晚儿怎么一口英文能把人蒙混过去，晚儿笑说因为自己也没有讲很多话的缘故吧。两个女孩子相视着大笑。苏菲长得甜美，笑起来嘴巴两边也咧得很大，很久之后陈晚才读懂，除了美国式的自信，其实那是一种无忧的笑，一种安全得强大到足以欺凌弱小的笑。苏菲一直是如阳光一般灿烂的女孩，这缕阳光使陈晚在波士顿最初的日子里有如鱼儿游在水中。这个闺蜜带来的快乐是陈晚在美国的日子里的一块重要领地，有时候连陈晚也不知道，如果时间是一把杀猪刀，苏菲会不会也被切割出去。

陈晚望着黄叶像雨一样飘落翻飞着，有些枝头已经枝杈分明，坚硬地生出几百个分叉，笔挺地刺入天空与之融为一体。她实在有些累，昏昏地睡过去。

大清早就有法语课，因为陈晚是转校生，选课比同年级的人选得晚，无奈排到了早晨八点的课，除了接受，别无选择。波士顿的宁静恰好在这个时辰展现得淋漓尽致，这座城说来奇怪，时而安谧得足以令人忘记她是一座大都市。比起纽约，她更像是一处居所。晚儿上一年做乐器的时候，也常常把自己关在房间整整三日不出，但是只要一出门，便是隔了一层世界，人声鼎沸，各式装扮，各色人等。闹市区里头发和皮鞋都打理得铮亮的匆忙工薪族，西班牙裔小孩嘴里叽里咕噜地喷吐着奇怪的字句，像是糖瓜洒落在地上，打得人的耳膜一阵刺痛，再就是各个学院的学生，有学艺术的能一眼看出，不是充满了同性恋气质就是目光颓唐，走在街上，人就像大盘鸡当中的一块鸡骨头，或者一颗充当配菜的青椒。扮相抢眼的人尚且融化在这盘杂烩当中，更何况众多被忽略的平凡过客。这样说来，晚儿不禁更觉得离开纽约如同离开了中国的那个家，越发觉得并没有什么不同了，同是高楼林立，到处都是人的气味，并不会觉得孤单的，每天都是风风火火，一团火光要冲到天上去，一点也不掩饰内心的迫不及待，生产值和业绩就像壮阳药，要把整个都市搞得亢奋不可收拾，要足够蒸蒸日上才算好。但要性格，确实没有的——但性格总归是一件不合时宜的事情。

波士顿是闺阁中的淑媛。热闹虽有但是总归分寸得当。中国人是一个动不动就要用几千年文化以示身份的民族，比起什么都速食的地界，波士顿自然更受老爷子的青睐。可中国如今是个势力庞大的暴发户，怎能不爱新的，不爱大的，不爱名声显赫的，波士顿老归老，总归是个大都市，老爷子也不会让陈晚真的住到乡下去。

这里清晨的空气是沁人心脾的，像处女的呼吸一样的。高纬度的天色与南方的不同，陈晚怎么都觉得这里的天要比自己家里的触手可及，一个罩子将这附近的房屋与陈晚一同轻轻地盖了起来。空气干燥，一呼一吸都是清澈直接，没有烦躁的湿热。秋天刚在各处抬头，有些地方已经飘落了一地的黄叶，过个一天半天，学校便有车开出来将之统统清走，只剩下清扫过后新落的枯叶，时而一枚两枚，时而一团团，安静地等在路边，什么也不言语。而过往的马路却是热闹非凡的。白人大妞的长腿剔过毛，光溜溜地露在太阳底下，牛仔热裤和束腰的超短裙随处可见，尤其是碎花的短裙,带有鲜艳的色彩,随着大妞的步伐一摇一曳,摇曳生姿,这个季节就活起来。

教法语写作的是个腰肢细瘦的女人,一头棕发直贴贴地傍在耳后。陈晚轻手推门而入,已经迟到有五分钟,她向教授点头打了招呼,在剩下的两张椅子当中挑了一张靠边的坐下,随手放下咖啡和课本,捋了捋脑后一头顺滑的黑发。这个动作无意地似乎刺激了台上那个头发稀松的女人,她的眼神在晚儿身上停顿了两秒,带有少许刁难地告知她第一个作业是写一个剧评,两天后交,只想测测班上学生的法语写作水准。《玫瑰人生》大家都看过,所以就写这部戏。她问晚儿有什么评论想说或者有什么问题想在堂上问。她高傲的眼神和两颊突出的颧骨让晚儿对这个女人心生出一点芥蒂和畏惧。陈晚将头发拨到右耳旁,露出年轻的后颈,也是一副又不是我自己要来学法文的高傲,她问篇幅要求多长,是只做影评还是要引出自己的论点来。陈晚流畅的口语让教授错愕了一下,她笑得很做作,出于讲法语的女人惯有的仪态,咧着嘴说,两者皆可。她要嘟起嘴,撅起嘴,使得每个口型都对全她的发音,每个音节都字正腔圆,掷地有声,以显示她对这门优雅的语言娴熟得体的掌握。

《玫瑰人生》陈晚早已看过三遍,隔天下午她来到办公室交了四大页纸的作文。教授叫贝妮(Bernice),这在法语里算是个很高傲的名字。办公室是红色调,东西不多,收拾得很干净。贝妮的椅子上铺了一条厚重的羊绒围巾,当小毯子盖腿用,黑灰色的条纹图案,质地很柔软。她为了方便,除了上课时头发贴在脸颊两侧,平时就像一个二十岁姑娘一样绑一撮棕发在脑后。法语说多了,贝妮的嘴巴都有意无意地习惯性向前撅起,加上后脑勺上的一小撮毛,侧面看她的头就好比一只九十度倒转的洋葱。陈晚在她身旁的椅子上坐下，贝妮说你饿吗我有曲奇，眨眼一笑，递给她两片榛子曲奇饼干，“还是你会更喜欢巧克力的？”

陈晚说榛子就好了。教授一边看，陈晚就在旁边自顾自地嚼着，饼干的渣滓落到衣角，她用左手轻轻弹开，眼角的余光偷瞄了贝妮一眼，贝妮只在一边看文章一边小声地念叨着作文中的错句，并没有在意陈晚的吃相。

半晌，贝妮说你还真是个较真的人。

陈晚看着她笑，心说学法语不较真怎么了得。这全世界最鸡毛蒜皮的语言，要把人头发都磨白了去。

她说你的笔很尖。

陈晚低头笑道：“谁说的，我的铅笔两天没削了。”接着两个人聊了起来，陈晚发现这个女人话很多，却也很有观察人的天分。她不停地说陈晚笔锋太利，作文一开头就说主角 Piaf 是妓女养大的孩子。

回头陈晚又看了一遍这部剧，只觉得自己作文里写的没错，Piaf有爹有娘也是白有，Piaf 不属于任何人，她就是一群妓女养大的孩子。她渐渐宽心接受了这个教授，也终觉得转学法语文学的怨气不应该发到教授头上。她在 Piaf 的眼睛里照见自己。天要黑了，她觉得该给爷爷打个电话，想想又作罢。贝妮是第一个一眼看穿陈晚的人，陈晚不由得嘲笑自己，怎么也如法国女子般造作，那点点不值一提的脆弱也要被人在区区四页纸上看个明白，身觉自危的斗鸡才竖起浑身羽毛。想想 Piaf 因着不属于任何人而生长出一颗强大的内心，她担心自己虽也不属于任何人，却难说今后能不能生长出一颗坚不可摧的内心。

老爷子并不因为她是个孙女儿而少了对男孩的厚望，但晚儿总是恭敬地保持着距离，内心拿捏着分寸，没有让老爷子生气难堪过。

老将军卸甲归田后也闲得开始上心晚儿的这点鸡毛琐事，过了两天他差人给陈晚寄去了柔柔送的玩具熊。

贝妮的功课布置得总是很多，陈晚修四门课，光是贝妮的课就要占去一半的时间来应付，英文不是陈晚的第一语言，有时候要把东西翻译成中文和英文，工作量比别人大一倍。贝妮很快把作文修改好退回给陈晚，要她把重写的部分交上，还附上了阅读部分的附加篇目，标注了隔天堂上要讨论的章节。修改完用邮件交了作业，已经是凌晨一点，从图书馆出来往寝室走的路上，陈晚一直双手环抱在胸前，寒意深深，空气依然是顺畅的。她低头一路观察自己的影子，灯下一双腿被拉扯得很长很长。影子使得她的轮廓更加美好了。她打开邮箱有一只包裹，到收发室取回来她满心欢喜地搂着熊上楼去。

苏菲的灯还亮着，一扎卷发束起来，她看上去更像一颗糖果了。衣橱和床铺上内衣和罩衫东一件西一件。陈晚问说苏菲你在干吗。苏菲两只惺忪的眼睛快要睁不开来。

苏菲丧气地说周五哲学有测验，五道作文题当中教授抽一道当堂来做，她忙了一个晚上，第二篇都还没写完。晚儿从桌子上方的格子里搜出大包零食，扔给苏菲一包，苏菲马上两眼放光，拆开来，边嚼边叹，晚儿你哪里来的那么多中国零食，我快饿死了。半包牛肉干扫荡过后，才注意到房间里多了一只白熊，又惊又喜，咋咋呼呼地问道："哪来的？"

晚儿说是老爷子差人给寄过来的。

"你为什么叫爷爷老爷子？"没等陈晚开口，苏菲继续说："你爷爷一定是个厉害的角色。第一次见到你的时候，你的脸上贴着面膜，两只眼睛从洞洞里，凌厉得要跳脱出来了。你的爷爷一定是教导你成为厉害的人。”说到那张面膜，苏菲故作夸张地比划了一下，说完自己咯咯地笑个不停。

“他以前是个军官。”

“寄玩具熊这种事也放在心上，他疼你的。”苏菲说。

晚儿说老爷子现在年纪大了，记事情越来越琐碎，她说，苏菲，我想象不到他年轻时什么样子。但是我很清楚，有我的这十九年，是他老得最快的日子了。我在他人生的末期，什么大风大浪都平息了之后，养着个瓷娃娃似的。我以前爱耍大小姐脾气，吃穿都要挑三拣四，照顾我的阿姨喂我饭，我要满院子跑，老爷子命令人命令习惯了，看不过去，把我捉回来，要我自己吃，他就在旁边看着我吃。那时候，老爷子的眉宇间透着一股可怕的英气，他的眉头是白色的，看人的神色尤其铿锵。我一开始还斗气不肯吃，你知道吗，我小时候眼睛又圆又亮，一老一小两个人就这样互相对峙着，有时候对峙到一半我自己肚子真的饿了，就乖乖自己把饭吃了，凉掉了就让阿姨盛碗新的，总之都是老爷子完胜。

说罢她夺过苏菲手上的牛肉干，苏菲听得面色泛红，说自己小时候也是呼天喊地才能被喂好一顿饭。每天还要泡珍珠粉，妈妈哄她说喝掉就能变成漂亮小姑娘。

“阿姨也跟我这么说来着，看来哄人的说辞都是一样的。”

陈晚递给苏菲一瓶开好的矿泉水，怕光吃肉太咸了。

“后来我渐渐不敢跟老爷子对峙了。”

牛肉干果然太咸，苏菲一下子喝下去小半瓶水，肚子都要鼓胀起来。

陈晚说：“因为我心虚。总归是没有后果的溺爱才让人有胆量无休止地胡来。”

苏菲过来抱了抱陈晚。

她们越是互相了解,越是要好。但苏菲不是中国人,她在美国长大,晚儿难以和她共鸣出有关大陆的那个部分,但这样更好,这份闺蜜中的快乐便能轻松地限于眼前生活的繁杂琐事。她们年轻的叹息和欢笑都像风儿打过风铃,只听见爽脆的铃音,时光打过去一巴掌,也翩翩然不自知。

舞会这天傍晚,凯蒂和安帛早早地就来敲门。陈晚开的门,凯蒂一把抱住陈晚,在她左右两颊一顿亲。苏菲坐在椅子上边听音乐,边一件件地折好刚才因为挑选衣服而造成的残局。房间里如同龙卷风席卷过的衣服铺子,五颜六色的背心,雪纺纱裙,半正式的玫红色小礼服和苏菲最近新买的几件西装外套,全都不顾地压着堆着,堆起了半个小山丘。还有薄质的短裙和连衣裙,因为脱脱换换的关系,全给踩在了地上。苏菲为舞会选了一件黑色的抹胸小礼服,正要把剩下的一地狼籍在凯蒂和安帛下楼来汇合之前收拾干净,不料这两个心急的女友才吃过饭就盈门而入。

苏菲在镜中看见安帛俏丽的大卷发,不顾一切地叫喊起来。她用英文炮打似地数落起安帛,说她不该长得那样一头云彩般的卷发,真是叫她要把一辈子的羡慕和嫉妒都用尽了去。

被女友惊叫恭维后的安帛,不单没有忘形反而害羞起来。她爸妈是香港移民,她在加州长大,自小就是个单纯的开心果。没什么大脑,更没什么心机。一头大卷发毫无矫揉造作的痕迹,叫人心生爱怜,完全是天然,见到她就开心。

陈晚附和说:“这头卷发干脆剪下来卖给人得了。”说完装作到处找剪刀。

安帛笑的时候展现出一口北美孩子特有的健康牙齿,皮肤稍有些深的她,一张嘴,光芒都要绽裂出来。她不会说普通话,苏菲又不会说广东话，房间里四个人四张嘴，英文广东话普通话统统都用上。

她抱怨陈晚不该拿她的头发开心，然后央求苏菲帮她化眼妆。

陈晚从来没听见苏菲拒绝过人，又愿意为朋友提供各种方便，因此人气极旺。凯蒂也等着苏菲帮她化妆。她平常不加打扮，进进出出都是素颜，保湿的工作倒是一步不落，却也几乎不打粉底就出门，不是出席舞会，根本不化妆。但是陈晚从认识她的那刻起，心中就泛起一些嫉妒的。她是一块玉璞，质地尚好，如果雕琢起来，定惊为天人。尤其一双修长的腿，圆润动人，多一分嫌多，少一分嫌少。

陈晚自己打扮停当，苏菲过来帮她弄头发。她盯着晚儿的脑袋看了半天，只扫兴地说了一句："你的头发不用弄了。"陈晚苦笑，不知道该算是赞美还是打击。

凯蒂的妆是陈晚化的。苏菲和安帛在一旁对着镜子，化了又补，补了又化。

"我们已经折腾了很久很久了。你看几点了?"

"那有什么关系，又不是为了舞会。"

"那是为了什么?"

"为了在一起打扮得美美的啊!"

四个人都笑。陈晚端详着凯蒂的脸，只在眼睛上打了浅棕色的眼影，贴着上眼睑描了一条深黑的眼线，她的眼睛马上变得更透亮。晚儿总算明白平日里凯蒂如何不化妆，她基本上不需要什么修饰，才衬得出她的单纯美好，天生丽质，只等行家一眼就相中，打扮多了反倒俗艳。

在一边的苏菲越打扮越上瘾，口中说妒羡安帛的长发，于是为了使得自己的头发看起来饱满俏丽些，也戴上一顶。她原本就是颗糖，实在是不能再腻一点。陈晚走过去拆下苏菲的假发，说："不要这个。"

然后还摘了她的耳环。耳环是闪耀的流苏款式，陈晚看出价格不菲，但是和她身上那背部有只绸缎蝴蝶结的礼服撞不到一块去。加上苏菲长相当中的糖分含量过高，成熟的耳环和蝴蝶结礼服实在不配。陈晚不许苏菲戴项链，累赘得要死。只在自己的和苏菲的盒子里各筛出一对珍珠耳环——这耳环是十八岁成年时老爷子送的，说是成年了批准她去打耳洞的意思，但是陈晚怕疼，至今没有耳洞。苏菲挑了陈晚的一对，陈晚又在众多的鞋子当中为苏菲选了一双最简单的黑色鱼嘴鞋。苏菲全都听从陈晚安排，和凯蒂一起夸赞陈晚品位好，又责备她独断专权。

"果然是将军家的。"

陈晚故作凶相："那要不然换回来吧。"

苏菲一扭头一嘟嘴："就不！"

她们四个人有些过于抢眼了，人群中一眼就能捕捉到这四个亚裔女子。凯蒂最是少言寡语，在低光之下却很引人注目。裙子是膝上三十公分的长度，那线条勾勒得让人垂涎。她穿高跟鞋是四人当中最美，连苏菲和陈晚在低光之下都为其惊叹。但是安帛和苏菲的人气显然是最旺，很快有人聚拢过来。苏菲和安帛是美国出生，习惯了美国人的交往方式，陈晚站在旁边，迎来送往的熟人陌生人，只觉得隔了一层薄膜。陈晚和凯蒂不会跳舞，舞池里欢腾的气氛只更反托出她们两个人的笨拙。

有几个黄皮肤的美国男孩靠过来，和苏菲相邀斗舞。苏菲习得一身过人的舞技。不到两分钟舞池中央便为她和另外两个男孩围出一个小圆圈。圈外的人大声喊着要苏菲再往下，苏菲跳得起兴，顺势扭动着臀部，身体层层下移。连她自己最后都不好意思地笑作一团。

陈晚和凯蒂在一旁,只跟着笑,并不会跳。

这两个男的要约苏菲。其中一个头发短而立起的加州男孩在她耳边说他们在校外的公寓有 After party,她可以来,还要她带女孩子去。又跳了一会儿,陈晚就找不到她了。她拨不通苏菲的电话,望着舞池里如痴如醉的大学生,只知道在腿与腿的森林里忘情地扭动着,人脸已经辨不清,只见各种夸张的眼影和假睫毛,着高跟鞋的一双双美腿有的摆动着越发地走低,有的不断重复着机械的舞步。黑压压的人群中晃过几个脸熟的角色。法语课上只有陈晚一个外国人,那几个脸熟的面孔多是来自经济的大堂课。陈玉玲和颜美惠,经过一番打点与平日有些许异样,但陈晚还是一眼就认出,脚上的鞋子是花大价钱买的当季名牌,舞姿一个卓越,一个生涩。美惠是同男友一起,音乐中两人情到酣处。陈晚只上去打了声招呼,美惠半晌才认出晚儿是同上一堂经济大课的中国人。两人闲扯几句,再无话可谈。这时陈晚觉得身后有男生将身体贴过来,陈晚扒开人群,出去透了口气。

当晚晚儿穿一件宝蓝色的斜肩小礼裙,裙脚是不对称设计。这是纽约一个设计师今年春天的作品,陈晚是夏末拿的 sample sale 的价钱。她的后颈饱满而圆润,胸上的肤色又均匀明晰,这身宝蓝色虽然不如黑色安全,却正好托出了她年轻白净的肤色。头发就随性地披在脑后,她习惯地拨到右耳旁,整张脸的线条韵味十足,又不失利落。和苏菲一样,她化妆包里只有透明的胶状唇彩,颜色有几个,不多。她习惯带着迪奥的一支粉色。实体膏状的口红她一支也没有买过,出于对年轻的自信,也出于不想去驾驭那些太厚重的色彩。顶着厚唇艳色,没有几分真正的女人味,哪里有力气掌控。晚儿的嘴唇本来就鲜艳有色,有很足的气血,只稍加提亮的啫喱足矣，莹润欲滴。

一批中国大陆的男男女女在人群中尤其扎眼。他们一伙一伙地成群结队，规模庞大，身着的礼服都价格不菲，使人一眼便看出是清一色的大陆人。女孩眼睛化得都失掉了个性，但其中也有几个技巧娴熟的，妩媚得格外突出。美惠就在她们当中。

他们不和白人混在一起，只美美地拍照，打闹，在舞池中停留的时间也不长，很容易看出这群公子小姐是为了舞会后的酒局，跳舞只是来露个脸场。

陈晚觉得自己仿佛是个瓷娃娃，杵在那儿好看是好看，但碰不得也动不得。望着几近疯狂的舞群，分辨着当中的各色人等，猜测着他们的关系和身份。

骆威在外面发现了陈晚，径直走过了伸出手："你好，我是骆威。"他来到陈晚身边，"我没认错的话，你是修法语的吧？"

陈晚礼貌地点头报上姓名："陈晚。"缓了缓她又问骆威怎么知道她修法语。

"我都不怎么去上课，好不容易去了一次，上 Finance，看见你从隔壁教室走出来。我没见过你，是中国人，就多看了你一眼。你走出来的时候低着头，还念念有词。包包里掉出一支唇彩你也没发现。我想叫住你的，也不知道你嘴里念的什么经，头也不回就走掉了。"骆威眉宇间英气逼人，高大的个子，头发不是打过发蜡的，听他口气似乎这里的中国圈都该向他报个到，没人该是他不认识。他衣冠并不考究，但言谈举止却明摆着游刃有余。

他说出来透口气，朋友在里面，没有要马上离开的意思。他看出陈晚是落单的小鸟，说你要走了我可以送你，权当透气。

晚儿斜着看了他一眼，怀着些许戒备，推脱说在等苏菲，却拨不通电话。骆威伟岸的身材与他舌根不清两者形成强烈的矛盾，晚儿觉得这个人不失可爱，平卷舌完全没办法分清。那点迟钝和英武放在同一个人身上，叫人怎么也抗拒不了。

“走吧。”

有一次晚儿跟我说起骆威，她说再也找不到那条宝蓝色的裙子了。她望着前方出神，说若是搬家时能留住那件礼服多好。

回到家，苏菲果然还没有回来。推门进去，纱裙还落在地上，翻得一团乱麻。化妆品东一个西一个，眉粉的盖子还开着，眉笔和铅笔混在一起，用来卷头发的电棒插头也没有拔，红色的提示灯一闪一闪。这些衣服和化妆品在主人离开的两个多小时里，定然就这样各自敞开着，欢腾着，自由统治着这个房间，不甘寂寞。

雷声一阵轰鸣，不稍一刻停顿和过度，接着就紧紧地下起了雨。雨像珍珠耳环般巨大，密密麻麻，像在夜里留出一点空隙都嫌吝啬。

这雨下了一小时，苏菲电话还是不通。陈晚将一地狼籍一点点整理好，就着湿润的雨声睡下，一觉到第二天大中午。

门给苏菲留着没锁。

床本来就那么点大，陈晚还非要抱着一只大熊，两个家伙挤在一张床上，睡觉的表情是同样的安静。陈晚的鼻子顶着大熊的鼻子，到了正午才翻过个身来。惺忪睡眼中觉得脑袋旁边有个蓬松的毛球，质感要比大熊柔顺稀松许多。

陈晚睁开眼睛，大声地叫喊：“你吓死我了！”

那分明是安帛的一双眼睛，宽厚的额头和肉肉的鼻梁。两只瞳孔纯净地放着光彩，她脑袋凑到陈晚眼前，冲她笑了起来，说：“你别反应那么大嘛。”

她就那么傻乎乎地笑，陈晚却傻笑不起来，她甚至有点怪安帛。

“你……你干吗要把头发给剪掉?”她重复地问了两次,好像多问一次就能把她一头长长的卷发给问回来。这下她可是彻底地清醒了,揉了揉眼睛,陈晚坐起来:“你好好的剪头发干吗?”

安帛有些沮丧,低声说:“啊? 你不喜欢哦?”

“不喜欢!”陈晚觉得剪的不是安帛的而是自己的头发一般,怎么也要不回来了。

安帛摸摸自己的脑袋,放低了声音说:“我以为你会喜欢的,特意跑下来给你看的!”说得这分委屈模样,鼻子往下一塌,陈晚心软地说:“哎呀也不是不好看啦,就是觉得一头长发可惜了。”

安帛马上花颜绽放,没心没肺地笑起来,豪迈地说道:“不可惜不可惜。”转而看着苏菲的床上是空的,“苏菲人呢?”

这才让陈晚想起苏菲昨晚没有回家。

“她没回来。你们昨晚后来在一起么? 我找不到你们,就先给人送回来了。”

安帛说:“她后来和西雅图高中的学长去了聚会,我和凯蒂就走了,我以为她回来了呢。”

陈晚又去拨电话,正要给苏菲拨出去,孙柔柔就打电话来了。

“晚儿姐姐——”孙柔柔的哭腔像黑夜里猫爪子刮在黑板上的声音,陈晚心里咯噔一下。陈晚支开安帛,告诉她一会儿上楼去找她。

“丫头你怎么了?”

孙柔柔什么也顾不上,就只是哭,原本还好好的,接通了电话就哭个不停了。陈晚知道这时候催问她一点用都没有,就听她哭着,光哭就有十来分钟,柔柔自己哭累了才开始说话。陈晚也不催她,隔空听着柔柔哭,充满了无奈,又不愿自己觉出这分无奈,嫌得太矫情,她虽是心疼,却安静地等她说,一句也不着急。

哭了半天的孙柔柔开始转为啜泣,但是因为哭得太凶了,嗓子像解不开结似的,喉咙说话不停地抖。她先是说她家的猫咪被人施了虐,刚出生一个月的小猫前阵子给人偷了去,她以为是走丢了,伤心了好几天,结果昨天早上发现被人施虐的小猫被放回了院子里,给送回来还给猫妈妈看见!柔柔冲出院子,哪里还找得到人。那只猫是柔柔妈妈以前在县里挂职领导的时候就养着的,养到现在生过几胎猫仔,以前都因为怕柔柔给玩死而送人了,这回柔柔愿意养着刚出生的小猫,却被人偷去用高跟鞋鞋跟踩出了肠子,一定是受了天大的惊吓,死过去的时候眼珠都要瞪出来。

隔着大洋,柔柔的声音给晚儿一种错觉,那哭腔是从波士顿微凉的空气中钻脱出来,血丝般地渗透在陈晚的周围,但陈晚却不为所动,隔着上万公里的距离,足将污血洗得一点血腥味也没有了。也懒得去想他们家猫咪被人用高跟鞋踩成什么样,只觉得是件离奇的事。可转念一想如今虐猫也不是什么离奇的事件了。柔柔爸爸在工厂里做高管,不太过问柔柔,钱是没少给过,给了也不问用途;柔柔妈妈在官场上独当一面,出身平平的女人能做到这份上,也是有手段的主,无怪柔柔平时在外面小姐脾气耍惯了。想想无论是柔柔还是她的爸妈,让谁心生妒恨或是外面惹出一些不太平,那些人没有手段来真的,偷一只小猫去用高跟鞋踩死,倒也没什么稀奇。

只是柔柔还是一边有目中无人的小姐脾气,一边也还有小女孩的心碎难过,她给她的猫咪吃得比她都好,又怎么忍心看它死成这副模样。那只老猫看见小猫被踩出肠子也快要疯过去,嗷嗷地呼唤了一天一夜,直到今天才肯吃东西。可是老猫一下子又没事似的,该吃吃该睡睡。只要不是她爸工厂里又伤个什么工人死个什么家属要用高跟鞋把柔柔踩死，陈晚都觉得柔柔的眼泪顶多只是一次性发挥。

说罢那只猫，柔柔又开始东拉西扯些别的琐事，陈晚手机都拿烫了。她知道柔柔一定不是来说猫的，顶多两天，她连小猫这回事都会忘记。

“我看到我爸爸跟那个女人的短信了。我真想去抽死她。”这才是她打电话来要告发的事。

陈晚知道柔柔性子火辣，她对她的父亲像情人一样地占有着，别说是有别的女人和她妈妈分一个男人，有时候连她妈妈跟她分她爹她都要有醋劲。之前在家和老爷子说话的时候老爷子在她耳边顺便提过，说柔柔妈妈要到附近一个城市去当副市长，还说女人差不多得了，年纪还轻顾顾柔柔也好。

柔柔跟陈晚说个不停，陈晚只觉得这种事情柔柔只要装聋作哑便好，加上她妈妈马上又要离开家，爸妈的事情，哪里由得天真的柔柔抽那女人一巴掌就能控制。

“那难道我就由着事情这样？”

陈晚也不知道该和这个妹妹说什么，便用她又没有爸妈来打发她。柔柔沉默了一阵：“没爸妈也不是不好。”

陈晚问：“老爷子最近好吗？”

“前天晚上刚和妈妈去过，他们在书房里聊，我给爷爷请过安就出来了。你的粉红色电子相框忘记装箱带去美国了，还在你桌子上，我可以据为己有吗？”

“据吧据吧。”

说到一半苏菲披头散发地推开门回来了，陈晚挂掉电话，要去扶苏菲，苏菲笑着说她还好，摇摇欲坠，一屁股坐到椅子上。没有等陈晚问，苏菲说：“干！我昨晚在我学长家，被几个学姐灌酒，到现在才醒呢。”

“我打过你很多个电话。”陈晚说。

“我知道，我后来才看见的。”

陈晚递给她一瓶水，苏菲一口气吞下去半瓶。

昨晚苏菲被高中的几个学长学姐叫去喝酒，在她学长的公寓里，离学校不远，今天早上学长开车送回来的。苏菲是大一，敬学长学姐是规矩。这几个台湾人都不是省油的灯，苏菲一人三杯地敬，哪杯没喝干净还要重来。几个大酒瓶子就被他们一晚上喝干了。她学长是个不爱兑酒的家伙，苏菲混着几种酒喝一圈，没一会儿就晕乎了。

“晚儿，我跟你说。”

幸好最后没出事，也就放心可以由着苏菲眉飞色舞地描述着，她安全到家就好。她穿得那么少，腿又漂亮得吓人，陈晚说幸好没出事呢。苏菲自己也害怕，但还是自己安慰地解释说学长学姐不会对她怎么样。

“我到最后真的是连爬回来的力气都没有了呢！”她强调着一个爬字，强调有力气爬回来和没力气爬回来醉的程度相差之大。她说也就是入学给学长学姐们这么整一次，实在是不省人事得此生难忘。

苏菲环视四周，觉得不对劲：“房间怎么变得那么干净？”

陈晚咯咯地笑了起来：“昨晚等你的时候我顺便收拾好了。背心给你卷起来搭在上面的架子上，裙子都给你挂回去了。还有一支眼线笔，我们有同一款，我分不清哪支是你的哪支是我的了。”

“没差啦，我们下午去逛街吧。”

“你还有力气逛街？”

“可是我真的很想逛街嘛！你来帮我打扮吧！”

从此这两个疯丫头变成了可以同穿一条裤子的朋友，闺蜜的作用往往就在于此，彼此身材相仿是一个先决条件，衣服也交换来交换去的，才得以有感情的深入。和安帛和凯蒂比起来，陈晚和苏菲这对室友简直就是走火入魔，宿舍的地方不大，光是堆她们俩的鞋子就占了大片领土，每次安帛进门来找她们，都不禁感慨一阵。有时陈晚有早课，先出门，苏菲起床后少一件衣服搭配，便从陈晚衣柜中挑选，留张条子或者发条短信讲一声就可以。苏菲有许多可爱的日本货，穿也穿不完，她没事的时候喜欢拿出来给陈晚试穿。假以时日，陈晚觉得她们两人连化妆后的神色都要日益相仿了。盯着相片看，陈晚亦会有那么一秒恍惚，觉得这两人越发地长得像。

“晚儿，我穿这件裙子外面套哪件？”

“去哪儿？”

“学长家，今晚和丽丽姐姐她们出去。吃法国菜，一起来吧。”

陈晚从柜子里搜出一件呢子棕色西装，又从苏菲的柜子里找到了她的黑色半截小马甲：“呐，你要装淑女呢，就穿棕色这件，然后穿你新买的丝袜，你要是穿黑色这个呢，你大概需要现在马上去店里把你昨天看上的那双后跟带铆钉的V口高跟鞋买回来。”

“那双很贵诶！”

“那就穿棕色这件吧，我帮你熨平一下。”寝室走出去两个街口才有干洗店，整天带衣服出去熨烫折叠很麻烦，陈晚买了一台熨衣服的机器，平时凯蒂偶尔也来借用一下。

“谢谢晚儿！”苏菲挑好要穿的衣服，心安定下来一半，说下午要把作业写掉一半，才敢晚上出去玩。

陈晚总是一回家就看见苏菲发奋图强的形象，心中有些怜惜，又感叹这个女孩子和其他人不同，像打了鸡血一般地精力充沛，有时候还有些歇斯底里,原本只是要在脑海中构思好的五篇哲学作文,堂上写一篇就行,苏菲非要提前把五篇统统写好,再全部背下来,测验的时候可以烂熟于心。

“有必要吗?你赶紧睡觉吧。”

“不要,还没写完呢。”

陈晚拽她去睡觉:“拿不拿A有这么重要吗?”陈晚实在不理解,按理说以苏菲的家世,只要她想,花钱买人写作业毕业也不是不可以。她竟像一只打红了眼的斗鸡,非要和自己拼命。常常晚儿就看着她对着电脑敲敲打打几个小时,隔天陈晚还打电话回家按时叫她起床。她把闹钟放在窗台上,不然累坏了定会把手机铃声关掉继续睡觉。

这天苏菲显然心不在焉:“我不想写了。”

“你早就不该再写了。”

两个人下楼去餐厅吃饭。“要不然叫外卖?”

“去餐厅吃就好了。饿了。”苏菲显得没有什么心情。

“好。”

她们端来鸡排,沙拉,苏菲还去要了一个华夫饼,淋奶油的时候一点也没手软。她笑言说她们这身材已经不需要再计较什么卡路里了,说完一个大叉子下去,插起一块就往嘴里送。她是真的饿了。陈晚觉得她倒是真的可爱,迎面走来看上去是正妹一个,该腿长腿长,该前凸后翘前凸后翘,连前方事业线都是标准得刚刚好。可是有一回在房间换衣服,苏菲耍宝地说,别被我的外表给骗了哟,说完脱下背心,腆着肚子:“怎么样,像孕妇吧?”她从小爱吃起司,美国女孩都这样,腰上全是肉。可她肚子盖起来,还是一副标准的美女样。

吃到一半苏菲接了妈妈打来的一个电话,几乎每隔一天妈妈就要给她打电话,弟弟也是。放下电话她开始吃沙拉,叉子在盘子里搅了半天,一口也没吃下去。

“晚儿,你知道我为什么这么拼命吗?我觉得我要保护我妈妈。”

“你妈妈留给你弟弟保护就好了。”

“我性格比较像我爸爸,比较能撑,弟弟还小,他柔弱得很。最近我爸爸又发神经到处给人买房子了。”她说她好喜欢刚刚开学的时候,爸爸妈妈两个人一起送她来波士顿。“他们两个很久没有在一起出过门了,为了送我上大学一起过来的,那段时间他们两个也好了许多。”

“我一直努力成为我妈妈的骄傲,我的账户里,爸爸给我打了花不完的钱,昨天那双鞋我就不买,期末不拿 A 我都不会给自己买大牌包的。”

陈晚说:“你妈妈把你教得很好。你会成为一个优秀的暴发户的后代。”她调侃道,但气氛变得有些凝重起来。

“妈妈打电话来说爸爸又要给二妈三妈买房子了。”

陈晚放下叉子:“二妈三妈?”

那是陈晚和苏菲第一次对对方说起自己不能说的秘密,沙拉被搅了半天一口都没动。住在一起两个月,陈晚从来不知道这个外表甜美的女孩背后也有着那么大的担当。有时候睡醒觉起来,她还会恍惚一阵才能确定自己身在美国,与家隔着一汪大洋,却说不上想念老爷子,她只觉得她是她自己本身,可苏菲却让陈晚也顾念起家里来。

苏菲说:“我的妈妈年轻的时候是一个大美人,她跟着我爸爸五年,为他打掉了两个孩子,直到有了我,她说要么结婚,要么就和这个小孩一起去死了。于是他们结了婚,生下了我,把我弄来了美国。妈妈说，生下我之后的第一刻，她就明白她还得再生个弟弟了。

“但是后来她生了一场大病，还在广州和美国两头飞，过来照顾我和弟弟。爸爸那边什么老二老三都有了。我没有见过他在外面生的两个孩子，但我一直明白我要保护我妈妈。我爸爸就是个暴发户，他在祖上的村庄里是八十年代末第一个一夜暴富的有钱人，他在南方做生意赚了大钱，他觉得有钱做什么都可以。他村里的人大概一辈子也没见过那么多的钱，把他奉作神一般的人物。他年幼的时候和这个国家大多数人一样穷得叮当响，翻天覆地的变化来得太快，他说他这辈子只要对自己的父母和孩子好，言下之意，女人对他来说和衣服没有什么两样。

“他却不希望我做一个标准的暴发户小孩，他跟我说，爸爸给你的账户上打足够的钱，你想买包包不是不可以，但是你自己清楚你该做的事。你现在看见我柜子里为数不多的名牌包包，每一个都是一个A。

“我还记得送我来波士顿上学前，就是夏天快结束的时候，我和弟弟都回去广州。一天晚上和客人在自己家的场子里喝茶，妈妈晚到了，另外一个女人也在，妈妈低声跟爸爸说要她走，爸爸觉得被女人命令失了面子，便说要走你走。妈妈有些生气，爸爸更加不痛快地打发她走，打发不走她，还泼她一脸的水，说回家收拾你。然后茶庄里的人就偷偷把我拉过来，说大小姐今晚要和妈妈睡，我和弟弟怕爸爸回来打人，就让弟弟去缠着妈妈来我们房里聊到很晚，爸爸回来喝得烂醉，倒在房里睡着了。”

陈晚觉得一阵心疼。她低头看表，已经三点钟，这时大陆是凌晨三点，她开始挂念老爷子睡得好不好，夜里还咳嗽不咳嗽。她无法告诉苏菲，她们就像那片土地上新种的苗苗，揠苗助长，成长得比理所当然的速度更快就一定会阵痛。这个国家要加速种出粮食,就无可奈何地要把她们这些独苗迅速拉扯长大,长得越快越好,担当得越重越好。她告诉苏菲,她也像突然懂事了一样的,有一天开始,再也不满院子跑着要阿姨喂饭,每顿都乖乖地自己吃,就是要当一株赶快长大的苗苗。她努力地赶功课,从来没有让老爷子出面帮她弄进重点学校,她如果能一直做自己本身,就能避免去面对别人指指点点她是谁的孩子。

"进幼儿园的第一天我就哭得和下雨一样,司机把我送到幼儿园门口,老爷子都心疼地说要不然就把我放在家给我专门请人教我字画和音乐,我一听竟然马上就自己用小手擦干眼泪不哭了。我进了幼儿园,我就是陈晚,我只是陈晚,陈晚她自己。

"可是现在老爷子年纪大了,我越发地发现,人不可能只是自己。"

陈晚拉起苏菲上楼去,把两个人的衣柜都敞开,重新给苏菲配了套衣服。她看出苏菲的善良,这个长得像糖果般的女孩眼睛里一直有雪一般的明净,眉头的弧度也是圆润滑顺,楚楚可怜。她从来不拒绝凯蒂和安帛来寝室用她的化妆品,又肯两个人敞开衣柜交换衣服穿,平易近人得有点过分。陈晚给她配了一身藏青色的绸缎连衣裙加小外套,苏菲说要穿一双裸色的鞋子,可站在镜子前怎么都觉得不对。转过身转一圈,忙问晚儿好不好看。晚儿默默地从她的鞋子里找出一双带绑带的高跟鞋,苏菲换上后拍手称赞陈晚的功力,说这样一穿才像大小姐了呢。

"你记住,在你的那些什么二妈三妈面前,你要时刻提醒自己,你才是家里的大小姐。你可以在我面前做苏菲,但是你是家里的大小姐,你不是你自己。"

苏菲突然对着镜子哭起来。

“下次你见到你二妈三妈，饭桌上千万别主动去敬酒了，傻瓜。”

“我原以为要让她们也喜欢我的。”

陈晚就是觉得苏菲太善良。这个国家说这一代都是在蜜糖里长大，苏菲长了一张蜜糖般的脸，可她们就是一株株被拔苗助长的苗苗，硬生生地被某些速度扯得生疼。

苏菲有一双傲人的长腿，脚上这双镂空绑带的高跟鞋也只有她能驾驭。她低头望了鞋子一眼，说："晚儿，你知道我当初为什么买这双鞋吗？因为我看见它们就突然想起了五六岁的时候，过年在广州穿的小皮鞋，红色的，或者是黑色的，有绑带，或者前面有一个大大的蝴蝶结，配上有蝴蝶边的白色袜子，我最喜欢了！美国还没有呢！”

陈晚笑了："我也喜欢呢！现在想起来很是可爱极了，小脚上套个白色的蝴蝶边短袜，袜子口有一圈雕花镂空边边的那种，然后再穿上红色的小皮鞋，要是圆头的，蝴蝶结在鞋扣上，特别满足公主梦。”

“九十年代还流行过一阵喇叭裤，我妈妈还把我打扮得五颜六色的，现在看照片丑死了。”两个女孩子又笑作一团。

苏菲从小都是穿美国鞋袜，可有时候和父母回国过年，也带回许多中国的风格。尤其美国人的蝴蝶结荷叶边没有亚洲人来得多，苏菲小时候对这些东西特别着迷。

虽然老爷子没有限过陈晚花钱，出于对老爷子的距离感，她不轻易刷信用卡，也不太在意牌子。对她和苏菲来说，衣服鞋袜的本身要比那个牌子来得重要，所以她们和美惠成不了朋友。苏菲调侃她说："可是你看上的往往都价格不菲啊，还说不看牌子。”

"牌子要看我,我有什么办法。"苏菲刚哭过,陈晚变着法地逗她笑。苏菲听了这狂妄的发言立即从对面的床上接连砸过来两个枕头。

"你好大的胆子,你弄乱了我的发型!"

苏菲说:"对了,陈晚,我来给你绑辫子吧!小时候的那种,绑起来盘在头上。"

陈晚坐在镜子前,苏菲就像给洋娃娃打扮似的,一丝不苟地编起来。

"老将军可不管我穿什么,要由他管着,那可就得天天土不拉几地出门了!我就是从不跟他对峙着乖乖吃饭的那天起,猛然间小姑娘就倔强了要做自己似的,从此都是拉着阿姨出门去挑衣服。现在想起来,小时候穿过的衣服后来扔掉怪可惜的。要我说,就应该存起来,以后给自己一个专门的房间做个展览。都是好可爱的裙子呢,当时买得还很便宜。"她开始沉醉在小时候的梦里。"尤其是穿上连衣裙,袜子,再穿个小皮鞋,不知道有多可爱哦!"陈晚转过头来说话,苏菲把她又扭回去:"坐好别乱动!都给你动来动去的编不好了!"

九十年代初陈晚小姑娘哪里懂得什么大牌什么时尚,电视上的漂亮大姐姐的模样就是大牌时尚。她并没有一个爱打扮的妈妈在家里从小教她梳头打扮,成年后也没有母亲教导她化妆,做她的时尚导师。陈晚羡慕苏菲做得一手好头发,在她手里,凯蒂、安帛和陈晚的头发就像生了花似地发生着各种变化,陈晚从不知道自己的头发盘起来可以这样好看,脸色都变得柔和起来,少了几分尖利。可陈晚从小就懂得穿衣服,还只有丁点大的时候就知道穿裙子穿丝袜,每天领子都翻得整整齐齐的,袜子也是一个星期不重样,老爷子很喜欢带着这个收拾得仙女一般的孙女见客,因为她在大人面前从来不吵不闹，这也是老爷子心疼的地方，所以她学毛笔握不对笔，也从来舍不得罚。有一阵子，流行在小孩子额头上用口红点一颗红痣，骗说是美人痣，柔柔也被她妈妈这样打扮过，还绑着马尾辫，陈晚从不这样，只在一旁没风度地笑话孙柔柔。

陈晚小些的时候，南方开始给国外的品牌做名品成衣的制作加工，可国内的大牌商店还并没有遍地开花，柔柔丁点大开始闹着要从香港和国外带包包的时候，陈晚一句话都没说。小时候常去的百货公司到了现在成了没落的旧大楼，百货还在做，可里面的衣服进了许多近年来国内乱七八糟的品牌，卖得天高的价钱，却没一件好看。售货小姐还一副买不起就别乱试穿的表情。新的大楼和公司如春笋嘭嘭嘭地长起来，可陈晚却觉得南方这座城越来越不亲切了。有一阵陈晚为考音乐学院，只顾练琴，闭门不出，等她突然长成亭亭玉女十八变变得差不多的时候再出门逛街，之前小时候广州街头巷尾分文不值的发卡子，都已经在商场里贴上品牌标签，能卖个几百几十了，让她一阵感慨。

来了美国念书，前三个月陈晚开始对名牌失去控制，得了失心疯般地开始囤积衣服。

“我充满了不安全感，就开始囤积衣服和名牌。我心里一个想法很简单，如果有一天我要离家出走，或者有一天有什么不测，我还有这一堆的衣服鞋子，我还能囤积一点安全感。”

在音乐学院最初的三个月里，除了练琴，陈晚就和朋友出去逛街，音乐学院的中国人少，她通常是和一个美国朋友一起逛，要不然就是附近别的学校有几个中国女孩走得近些。她们刷卡的爽快程度让陈晚发指，但陈晚并不喜欢 logo 满地，久了也就少和她们一起逛街。她去各种秀场，关注纽约各大品牌的 sample sale，有时候能淘到一些好货。练琴练得抓狂的时候，她就跑出去刷卡，买回一堆的衣服鞋子，过两天压力消减，觉得自己荒唐，又退回去一部分。她就这样持续了三个月，直到老爷子打电话来说信用卡账单有点让人生气了。

和老爷子说话是另一种语言，“学生是要去学习，你买那么多包包干什么。”数落完也还是不收回她的卡。

“有一天晚上，我从梦中醒来，我打开柜子，把我的衣服一件件摆出来，我突然发现，里面三分之二的衣服我都没有穿过。花了大价钱买的当季的 Marc Jacob，一次都没有穿，还有包包，背来背去只是平日上学的一个装书的 Longchamp 和出门时的一个 Dior soft。从那时候起，我就不发疯了。

“穿着是一件很有学问很费劲的事情，你看过《穿 Prada 的女魔头》吗？里面马琳达说的特别经典：‘比如你那件松垮的蓝色绒线衫，试着告诉世人你的人生重要到连你都无法关心自己的穿着，但你要知道那衣服不仅仅是蓝色，不是绿色，也不是青色，是天蓝色 cerulean’，我发现我只有两条路可走，要么在追求时尚这条不归路上成长为一个真正懂得衣服的女人，要么在找到我的安全感以后视衣服为粪土。”

苏菲笑了：“你还有一条路可走，你可以像楼下那个中国人颜美惠那样穿着满身的 logo 出门。”

陈晚把食指放在嘴唇上示意她别乱说别人坏话，一个枕头扔过去，笑言道：“还说别人，你还不是和她一个样。”她顿了顿，吸口气说：“其实又有什么差别，等到她有了女儿那代人，就知道买名牌不去买个大大的 logo 了。名牌店也不再生产大 logo 的包了。”

“其实我更想做一件汉服。”陈晚说，“再梳个美美的头。”

“为什么不是旗袍呢，开叉多性感。”苏菲说道。

“像张爱玲一样吗？”

可苏菲并不知道 Eileen Chang 是何人。

说着楼下就传来一阵嘈杂声，陈晚望出窗外，竟然警车都到了楼下。楼下一片混乱，连凯蒂那一层楼的人都有下来围观的。陈晚和苏菲听见有人在争执，下楼一看，颜美惠正和陈玉玲两个人揪着头发一阵厮打。颜美惠是个高个子，陈玉玲扯着她的头发不放，使得她弓起背来，像一只蜈蚣。美惠的脸上是化了妆的，厮打中眼线已经模糊掉，一圈黑色的团状物围绕在眼周，显得非常凶恶。警察进来疏散了围观的学生，有几个白人开始吹口哨。他们把两个争执的女孩子分开。陈晚和苏菲不知道发生了什么事，可是一星期后，美惠就搬走了。

走前陈晚到美惠屋里看看有什么可以帮忙收拾，看见桌上一张照片，美惠的母亲和祖母，便走去拿起来看。“这是你的祖母？”

美惠说是。

“真是有气质呢。”照片上美惠的祖母黑发中有银丝，笑起来角度很微妙的，那上海淑媛的高傲和平易，平衡拿捏得很好，衣着也是比她母亲有品位。陈晚心想美惠怎么没有学到她祖母的精髓，倒是跟了她妈。

2

不久苏菲交了男朋友，起先是周末到男朋友家里去，两人开着车到处去玩，后来东西搬过去一半，陈晚又三个礼拜没有见到过她。枯黄的叶子已经全部掉光了，扫叶子的车已经不再出动，光杆直挺挺地刺入冷空气中，凝视着它们看，目不转睛，那枝桠在人的眼眸里生出越发多的分叉。细细碎碎，装点着这无聊的时日里许多的细节。

波士顿的秋天说走就走，在图书馆透明的大玻璃外，粼粼的河水远远就渗出寒意。岸的这边和那边都有车辆穿梭驶过，如风如啸。偶尔有改装过的跑车风骚地疾驰轰响，要把查尔斯河中的水波也震荡起阵阵涟漪，十分引人注目。改装这些发动机和车灯的车主，十个有六个不是中国人就是韩国人。而安静又弥漫开，笼罩了全场，柏油路旁草地上的小路，松鼠和慢跑的学生一样活跃。陈晚抱着一部法语小说，胡乱翻几页，无心再念下去。通篇都是一样的描写，又有生字不懂，念得十分吃力。黄昏来得越来越早，天还没有透亮多久，就眼看着又有要黑下来的态势。晚儿穿着一件露肩的松垮毛衣，鲜艳的玫红色，脖颈上露出内搭的白色背心的宽肩带。她开小差地观察着河岸边慢跑的学生，金发高束，腿上只是一条单薄的运动短裤，每一步都使得陈晚看得心惊肉跳。这么冷的天，他们一抬腿一蹬地，在陈晚眼里，都是在抽搐，不解他们如何能忍受天寒地冻，在外面来来去去不亦乐乎。陈晚寒由心生，扯了扯自己的毛衣，将斜肩的部分拉起来，遮住那片裸露的肌肤，又到对面去买了杯热拿铁回来，捂在手里，一派寒冬气象。

手机已经调成振动，嗡嗡地响了两下，邻桌的白人抬头看她一眼，又埋头下去。来电的是苏菲。她和住陈晚对门的白人女孩子一起，就是学导演的那位，刚下了舞蹈课回来。隔着玻璃墙，三个人远远地比着手势，苏菲说她回寝室取东西，陈晚便合上法语书，示意她在楼下等着，然后匆匆地抱了书跑下楼去。一出门，她就打了个抖，夕阳将落，天越来越冷了。陈晚嘶嘶地吸了两口气。

一回到寝室，苏菲就去翻陈晚的衣柜。她摇头说："我不在的时候，你果然又跑出去淘来那么多的新样式。"

"你平时都不回来，这回想借也没机会了吧？"

苏菲现在沉浸在热恋中，一脸甜滋滋的模样："这不是回来看你了吗？我最亲爱的晚儿！"

"去去去，你是回来取东西，还是回来看我？"

"回来看你，顺便取东西。"

苏菲收拾了几件稍厚的外套，现在上下学理查都开车去接送，生怕她吹风。她并不需要每天裹得跟粽子似的出门。有一款针织衫，苏菲一口气买了五个不同的颜色，她一边笑话自己，一边将衣架一一取下，折叠好放进袋子里。她在陈晚左右脸颊上各亲了一下："我走了，我抽屉里的泡面和零食都归你了。"两分钟后，查理的车子就到了楼下，副驾驶上有一束鲜红的玫瑰花。

苏菲走后，屋里强烈地安静下来。不到五点，天就黑了。陈晚脱下衣服，爬上床铺，刚刚有点睡迷糊过去，想起来妆还没有卸，又下床去取卸妆油卸了妆，盖上被子便睡过去。

冬天刚来的时候，陈晚常常在下午睡过去，屋子里就静谧得听不到任何一点响动，连呼吸也被培育得温温沌沌。夜里醒来，心中充满了惊慌，四下漆黑一片，窗外又一点星光没有，偶有人有车经过，发出短暂的嬉笑和响动，夜马上又全面地静下来。陈晚伸出两只手臂，屋子里虽开了暖气，却也坚持不到十秒又要将手放回到被子底下。好像是偷蚀了岁月一般，夜晚醒来，陈晚要自己心悸一阵，隐隐地发虚。有时候有功课隔天要交，却也少了起床发奋的动力，一切温温沌沌，没什么忧愁，又说不上有什么大欢喜。

凯蒂这天傍晚下楼来敲门，推门而入，把陈晚拍醒，两人到附近饭馆吃了晚饭，功课，日常，都聊过一遍，夜渐深入，两人都疲倦，一下又无话可说。凯蒂要借陈晚的熨斗用，说隔天经管课上有团队展示要做，须着正装。两个人一面熨着衣裙，一面又聊些琐事，对门的女导演也加入进来，进门又叹一遍陈晚的鞋子怎么这么多，只顾笑，凯蒂的正装西裙险些被烫坏。

三个孩子随意地聊着新播的美剧，但她们两个都走后，陈晚又觉察出这间屋内的安静，像破屋顶上所漏的雨，一滴一滴地滴在时光空白处，也没有什么合适的器皿去盛接。她猜想，哪朝哪代，寂静怕是都是如出一辙吧，屈原跳入汨罗江，海子卧轨，也不过是如此般的寂静，一模一样。这寂静穿透岁月，把一个又一个黑夜悄然腐蚀,只有身在夜中的人类寂寞地点起灯光,在被侵蚀的分分秒秒中安然劳作,睡去,醒来,沉默,欢腾而不自知。

自从转学来波士顿主修法语文学,陈晚就再没有碰过琴。大提琴在夏天回国前留在纽约一个同学的住所,没有带回去,来了波士顿,开学许久,也没有时间去取回。

有时候,一个人在夜里醒过来,陈晚就坐在屋子的中央,面对着镜子,自己梳理好头发。她在空气中自己做着手势,想象着自己坐正的姿态。最底下是琴脚,再上来是琴弦板,音孔,琴马——她仿佛清晰地感知着它们实际的位置。她将空气中的一把大提琴斜放,将琴颈靠于左肩,还去调整了琴脚的高度。她手握琴弓的弧度是标准的,不像小时候握毛笔那般难以教化。她握起了琴弓,在空气中捏奏出一小段巴赫的第五号C小调无伴奏组曲的前奏曲。音符倒是不难,却怎么也拉不出应有的感觉,也不懂得哪里去找来满满一屋子满满一长夜的挽伤与肃穆。她并不闭上自己的眼睛,就这样对着镜中的陈晚,听得见一阵阵琴声,一颗颗音符柔缓地在屋里伸展着,无所谓有,无所谓无的一阵挽伤,竟一时也陶醉在此间,不觉一夜悠然流逝。而这一切都只有陈晚一个人独自听得到。

她停顿一刻,假意轻手放下琴弓,竟也像真的刚刚奏过琴曲,压弦的指间一阵酸痛。陈晚的目光停滞住,一个人哼出曲调,哼到被睡意打败,才记起一早还有辅修的经济大堂课。

翌日,太阳一蹦三跳地就弹动出来,一跃到冬天的早晨中去,使陈晚也猛然间醒来,洗漱后直接套了一件长款单衣和雪地靴,就冲出门去赶已经迟到的经济大堂课,一边走一边套上外套,一双腿就露在冬天的凛冽里,每走一步都冻得疼痛。进了大阶梯教室,已经迟到有十分钟。几个陈晚叫得出名字但很少攀谈的中国人,扎堆地坐在后排右方。颜美惠摊开着笔记本,一个字也不记,低着头摆弄着手机。陈晚匆匆走进去,找了他们周围的一个空座位坐下。美惠今天又是浓妆艳抹,素着脸的陈晚有点不好意思,算是久了没见的熟人,陈晚和美惠都彼此点了点头,算是互相打过了招呼。陈晚不常常遇到美惠出入这间教室,但是她自己也不算来得勤快。

冬天越见深入的时候,陈晚就更少去上辅修的大堂课。总是睡到尽量晚,窝在被子里不愿意早早爬起来。苏菲又是经常不在,陈晚也弃了要上课回来定时喊她起来的习惯,渐渐地连自己也不知道起床。

但主修的法语堂堂都要记名,一周里,陈晚还是需要早起三天。早晨七八点,天还没有下雪,路面上就已经有冰渣了。感恩节前要排练一个法语剧,占期末评分的百分之十五,陈晚和搭档的黑人女孩约好下午三点见面。那黑人女孩准点来赴了约,却忘了带设备,转折回家去取,陈晚只得大方地说不介意。这个女孩有个姐姐,在哈佛修硕士,因此两个人干脆住到了河的那一岸,她不开车,地铁还要转一趟。一来一回,等到她回来已经饿得肚子咕咕叫。但是剧本须在感恩节放假前拍好,两个人只好都抖擞起精神。

感恩节总算有时间,陈晚找到了纽约的安迪,想顺便要回自己的琴。

节日的这天下午,街上的人越发地稀少,时钟走过一刻,街区里就少一拨人。陈晚到地铁口正要转车,路过以前来过的一家鞋店,店家也快要打烊回家过节,陈晚犹豫了一下,还是推门进去,问了两双鞋子的尺码,都已经售罄,又看店家急着回家的神色,说过了节日祝福,陈晚就走出店门。抬头看见 CNN 顶上的报时屏:四点十六分,华氏四十四度。不觉地扯了扯围脖,发觉自己手脚正冰凉。

到了安迪的新住址，陈晚就嚷着说冷。安迪捧出一杯热巧克力："好了好了别喊了大小姐！"还问她怎么那么晚才到。趁着陈晚喝热巧克力的空挡，安迪按捺不住兴奋之情，说她最近将以前她们合作的某部曲子制作了新的编曲，要陈晚听听看。她起身过去，启开了她的钢琴。

一阵琴声使节日的下午空气变得温润起来，陈晚捧着白色的陶瓷杯子，将双手捂暖，手掌手背都翻过了靠着杯子。她口贴着杯沿轻轻地吹气，房间里飘着巧克力的香味。陈晚偷偷地出神一阵，也没有听见安迪在一旁欢欣的演奏。

安迪奏罢觉得今天状态不好，边问晚儿到了波士顿的近况，一边去处理一盘唱片："这是前阵子韩默帮录的，效果比我刚才弹得好些，你听听看。"

陈晚洗耳恭听，听得越发地觉得遥远了。在音乐学院的日子短暂得同梦着进去转了一圈没什么两样。她眼前浮出以前被提琴老师在家训话的情景，一首曲子一遍一遍地拉，已经分不清那个握着琴弓一丝不苟的小姑娘与现如今的自己还是不是同一个人。有两秒钟虚晃，觉得连同眼前的安迪一起也是虚构的，她最近是有些疲惫了。

"你的琴，我搬家的时候怕搬来搬去给你弄坏了，而且我地方又小，没地方放，我送去了一个同校生家里，他给你存着。韩默有家工作室，在学校附近，你去了会看到楼下是卖酒的商店。"说着，安迪把地址和电话抄下来给她。"是中国大陆人，他租的工作室挺大，还不错，我跟他提过你会来取。你要是想，我明天可以陪你去。今晚我要出去。"

陈晚并不告诉安迪她认识韩默。

安迪要大半夜地凑个节日打折的热闹，打算通宵上街去排队，血拼黑色星期五。她问要不要一起去，陈晚摇头，她有些累了。

“你今晚别住酒店了，就在我这住吧，床单什么的给你换了新的，看你一脸快累死的样子，是谁最近雇了你去做苦力啊？得多高的价钱啊？”

“我的法语教授比雇佣苦力的还能折腾人。”

陈晚倒头便睡，安迪关门出去的时候她已经美梦都做过一轮。

醒来又是夜里，水龙头没有拧紧，陈晚起身去把它拧好，又打开来，用玻璃杯接了一杯冷水来喝。帘子挡不住街灯映入的昏黄色，陈晚干脆不开灯，敞开了帘子来，就着街灯，在房里弹起了钢琴，弹了一半，手指舒张不开，忘了下一段曲谱。她停下来，合上钢琴，安迪抄给她的地址和电话掉在地上。陈晚俯身去捡。犹豫了一会儿，给韩默打去了电话。

“韩默，我是陈晚，我到了，楼下店门是关的。”

“哦，你从侧面的小楼梯上来吧，你上来稍等一会儿。”

陈晚找到了入口，径直走上楼去。录音室里有一队人马还在敲敲打打，陈晚向韩默打了个手势，就坐在录音室外面的沙发上等。在商店的楼上的一层，录音室和卧房用一道墙分隔开，卧房里看得到录音室的动静。说是卧室，不过就是一张床和一架钢琴，一堆拆散的旧乐器在角落里，桌底除了几部大部头的书籍，还有几只喝空的酒瓶子。深灰色的地毯还算干净整洁，一进来是一阵雄性气味。临街的窗户占据了将近半面墙，窗外还反贴着楼下酒品店的广告和电话。灯饰是可拆卸的，轻质金属的拼装，衣橱是嵌入式，旁边还有几个木质的储物盒，有寂寞的成分，却也是能让人见到每天有人气的生动日子。

和一切留学生所租住的房子一样，为了实用和方便，每一样物品都有随时等待搬迁和报废的准备,不像家里住了多年的宅子,那一点一滴的摆设,都是从生活的缝隙里抠出来,被日子长期打磨得妥妥帖帖。

等了不到十五分钟,乐队就散去了。几个大个子略过陈晚,下了楼就不知道去往了何处。韩默是英俊的,他最后一个走出来。一张标致的脸上,焕发着雄性的刚武,眉峰有刀的锋芒,眼睛炯炯有神,这是陈晚所见中最有气概的长相。

“你好,我是陈晚。”

“我知道。我是韩默。”他伸出手去。

韩默说:“安迪很早就把琴存在我这里,你不来取,我差点就要忘记。”两个人机场有一面之缘,又来自同一座城,韩默一点没有客套。他说你等等我去取琴。

琴取了来,韩默问陈晚喝什么。陈晚说喝水就可以了。

“我不喜欢喝水,我从不喝白水。”

陈晚说他像八岁小孩。

韩默说:“你要喝水只有在水龙头里接了。还是喝可乐吧。”

他从冰箱里取出一罐可乐,刚想扔给陈晚,抬头看了她一眼,她不自在地坐在那儿,于是笑着帮她开了饮料,倒进杯子里:“要加冰块么?”

陈晚轻轻地摇了摇头。

韩默笑道:“你不喜欢吃冷的东西,不吃冰淇淋也不喝冰可乐?”

陈晚不置可否。

韩默说,上回有个朋友过来,在这里借用了一次琴,和了一首曲子就放回去了。陈晚便说她并不介意,这也不是什么珍贵的琴。

“你也拉琴么?”她问韩默。

"不怎么拉,只会一点皮毛。我以前大学在国内玩乐队的,跟你们这些正儿八经的古典学徒可比不了。"

"我哪里是什么正儿八经的学徒,早就不学了。"

韩默问:"那你还来取琴做什么?"

陈晚被问住了。

"想不想来一段?"韩默启开钢琴,说你可以随意,就玩玩。他先弹起来。

再抚摸这把大提琴,陈晚感觉和它像是从未分开过,仿佛这么些天来她一直是握着这把琴,她只是要接着昨天的弹奏,并不是重新开始。她呆呆地出了神去,韩默也并不催促她。沉默地听了韩默一段,陈晚拉起大提琴,与他的钢琴和起曲来。玻璃占了半面墙,外界与屋内有融作一体的错觉。有车子经过,就在墙上投出一道快速划过的黑影。手握琴弓的姿势和拉琴的姿势都是组装好的木头人一般,由往日的习惯中拷贝过来。那曲调拉得不紧不慢,迁就着韩默的琴声。韩默停顿调整了三次,想就着陈晚的意思,反反复复,陈晚停下来,一辆出租车经过的黑影在墙上划过,也在陈晚的脸上划过,屋内太暗,她走了神。她们两个人找不到合奏的点。

韩默说:"你自己来。"

这曲子不是这么个和法,他抓不住陈晚在想什么,陈晚也迁就不了韩默的钢琴声。

在暗中静静地坐了一阵,陈晚又独自拉起来。她轻柔地拉弓,头浅浅地埋下去。拉的是和安迪一起作出来的曲子,韵味却与安迪的演奏甚异。她奏着奏着突然再次娴熟起来,仿佛她每日都守候着这些音符,它们是发自陈晚真实的记忆,却又虚渺。她错觉自己是在空气中挥弓,是在与那个空房子的黑夜做交谈,她怀里没有大提琴,只有那漫长的时光被安静和寒冷所侵蚀。自顾自地演奏下去,忘记过了多长时间。

她还在琴声中做了一个梦,梦见大片的田野,庄稼的长势正旺,高得要把小小的晚儿也淹没了去。她的神魂停在了那片庄稼地,她听不见自己的琴声。

陈晚终于停下来,放好大提琴。韩默不作声,点起一支雪茄。陈晚只看见他的侧脸,铮铮的棱角,眉头锁得紧紧的。陈晚说:"琴就放在你这儿吧。我猜我是用不着了。"

韩默说:"你要拉琴随时可以过来。"不觉已经过了凌晨两点。

第二天一早安迪就拉着陈晚去逛街,陈晚揉揉睡眼:"你昨晚不是排了一夜队么,刚回来你就没想着要休息下啊?"

"昨晚是给自己买电脑,出门去也是为了好玩,今天我是有任务的。"说完拿出来一大张购物清单。陈晚一看,死过去一半:"这么多东西一天买不完的。"

安迪摸摸脑袋说:"说的也是。"她研究了一下,对陈晚说:"但是我阿嬷的围巾要买,我放假回家的时候和阿嬷打赌,说跟表姐比钓鱼,输掉了,要给阿嬷买名牌的围巾当礼物的。"

"你阿嬷真是像小孩。"

"她才不是小孩,她是个臭美的小女生。"安迪说小女生,非要说成"小女森"。她眉飞色舞地说:"你下次来台湾玩啊,我一定要介绍你给我家阿嬷认识嘞,她生了六个小孩,现在都快八十岁了,还天天出门都收拾得干干净净的,比我还爱打扮咧。她和阿公打仗的时候到了台湾来啊,没有父母支持就嫁给我阿公了。现在还像演偶像剧一样,在家整天跟我们重复私奔的剧情,她拿她的首饰炫耀说,那是从上海带来以前做大小姐时的首饰,等她升天之后啊,那首饰就归我,叫我现在对她好一点,比如说买围巾当礼物要买贵一点的咧!”

陈晚躺着,有一句没一句地搭腔:“那也得先传给她媳妇吧,哪里那么快就轮到你啊。”

“我舅娘一嫁进来阿嬷就不喜欢她。阿嬷是上海来的小姐,大家闺秀,跟了阿公来,搬到花莲就是受苦。其实也是过的平安日子,可是大小姐她每天不是嫌汤咸了就是菜肴没有上海的饭店里精致。什么都是以前上海的好,就连娶回来的媳妇,也要抱怨说少了大家闺秀的风范。”安迪说,“我阿嬷啊,臭美着呢。”

陈晚笑过之后,心中羡慕,老爷子都是一副司令的威严姿态,虽然慈善,可哪里有这番耍宝的姿态。

“为了你过分可爱的阿嬷,我宣布:起床。”

她们到麦迪逊大街上的名牌百货公司去,安迪买兴大起,陈晚不断提醒她,今天的任务可是有清单的。

“等我牛气哄哄的时候,我就把这里我喜欢的东西全都买下来,再回去弄个大衣橱,哈哈,价钱都不看,就这样,一甩:小姐,包起来。”安迪看了一条白色的羊绒围巾,她问导购的中年金发白人:“这个能展示几个接近的款式么?”这个中年导购神采奕奕,略有泛白的金发烫了波浪卷,长度正好在脖颈以上。她问候了两位,请她们稍等。

安迪去翻了白色羊绒围巾的价格牌,转过头来看陈晚一眼,小声说:“有点太贵了吧?”

导购调过来两条围巾,一条白得比第一条透亮些,有压烫的细金色丝线做装饰,一条是一模一样的颜色,但材质要厚一些。陈晚谢过她,只觉得这新拿来的两条都不如第一条好,安迪却说贵了。

“的确有点贵,要不然我们去看看其他牌子吧。”陈晚说。

逛了一个下午,两个人还是觉得那条白色的羊绒围巾最合适。

“可是很贵诶。”安迪犹豫不决，可打心眼里又觉得那款最合适。一边决定买下来，一边半开玩笑半赌气地说：“阿嬷虽然是臭美，可是我就算买个丑八怪回去她还不是照样高兴。给她买个礼物，我可是要少吃好多顿大餐呢！有我这种小孙女啊，她不给那盒首饰给我还要给谁！”

陈晚在一旁揶揄她：“我跟你阿嬷打小报告说你背后这么说她，跟她讨金首饰去。”

安迪说：“走，吃冻酸奶去。”

“请客。”

“请！”

吃到一半，安迪被晚上聚会的朋友一个电话叫走，也没叫陈晚一起去。陈晚说自己再逛逛，两个人互相拥抱：“玩得开心点。”

时间尚早，陈晚一个人继续逛了一阵，幸好没穿高跟鞋，否则逛了一天，一双腿折腾得够呛。她走进一家名店，许久没来，店中有些导购已换新人。如今许多大牌店中都有了中文导购，像纽约这样的店里，各种有钱的中国游客每天更是络绎不绝，信用卡一挥，刷得豪迈。

陈晚心情不错，来到店里，当中与她熟络的店员发现她来，迎面一个欢迎的微笑：“晚小姐很久没来了，最近可好。”

“非常好。”

这个店员是个香港移民，会说广东话，以前晚儿在纽约经常出入这家店，尤其是囤积衣服囤积得热火朝天的那段时间，三天两头的就要来，不买也要逛逛。她曾经问过晚儿放假要不要打工，工作的人有员工折扣，可惜陈晚没有身份证，签证中只允许在校内工作，只好作罢。她们这些从大陆来的，只有来买的份。

临近晚饭时间，店里的人已经不多，有两三个中国人还在店里高谈阔论，有一伙只看看就出去，还有一对中年夫妻，一口京腔，女的腿很粗，头发是焗过的黑色，男的一条西裤和皮带，标准的“考察团”模样。他们看好了目标，反正不需要导购的讲解，包好就埋单走人了。

陈晚看了几款包包，在两个当中挣扎挑选了好长时间，有一个整体非常简约，但几个细节的部分十分吸引人，陈晚对它更要喜欢些。可这两个月和苏菲逛街打扮不知不觉花了不少钱，陈晚也不想刷家里的钱刷得太频，犹豫了一阵。那包包倒是实用的款式，在这个品牌当中也算经典，既然是觊觎已久，最终还是买下来，请店员按照地址寄回去。

“还是原来的地址吗？”

“哦，对了，我搬到波士顿了，麻烦按照新的地址。”

“哦，这样，怎么搬到波士顿了？”

“转学了，不拉琴了。”

陈晚走到了附近，不觉走到楼下，打去电话，韩默请她上去。

韩默开门，转身过去关火。又煮了一锅，背着陈晚，说：“好好的感恩节放个假，你不去吃大餐，跑过来跟我吃泡面。奖励你两个蛋吧。”说着打下去两个鸡蛋，打第二个的时候连几粒细碎的蛋壳也掉进汤锅里。

陈晚过去帮他，他不要，用筷子把蛋壳碎片细细挑出来，说：“可乐在冰箱里，没有不冰的，你将就下吧。”

“我今天非要喝冰的。”

他去帮她舀出冰块，装出两碗泡面。关灯点上蜡烛，算是过节。

陈晚话不多，开口就笑他泡面已经煮到了炉火纯青的地步，可以出去摆摊了。

“摆摊还要被收保护费呢。”

“我夸你泡面煮得好而已！小时候最喜欢吃泡面了，爷爷最不让吃的就是泡面。”家里的厨师是给安排好的，老爷子从来不让陈晚吃泡面，说没有营养。现在又不是打仗，有得吃好喝好的，吃泡面做什么。可小陈晚就是嘴馋，越不让吃就越是想吃。有一次偷偷用零用钱出去买泡面吃，半夜爬起来，摸黑在厨房煮泡面，个子不够高，就蹑手蹑脚地搬了一张小椅子，踩在上面烧开水。谁知道站不稳摔了一跤，爬起来，老将军一脸不悦地已在身后。小陈晚又惊慌又委屈，细皮嫩肉的，膝盖摔得生疼，“哇”的一下就哭起来，闹着说就要吃泡面。这么一闹，原本强烈的愿望如点燃的火一般就窜上来了，哭得不可收拾。老爷子没辙，说罚背一首诗经就许吃。小陈晚竟还哭着谈条件：“今晚记不住了，明天背，背两首，行吗？”

老爷子一应，小陈晚马上抹干眼泪，笑得大眼睛水汪汪地都快要掉出来。那晚的泡面，小陈晚吃得比什么都香。

韩默好像并不为所动，耸耸肩，抢过陈晚面前的碗：“背诗，不背不许吃。”

吃完两人沉默一阵，韩默取出陈晚的提琴，拉得不好，说：“这提琴和吉他长得那么像，却不是一个道理。”说着拿出自己擅长的吉他，弹唱起来。

两个人吹拉弹唱一阵，又拿出酒来喝，陈晚酒量不好，游戏又总是输掉，不到一会儿就头昏脑胀。

“输了，再输一次就要把杯子里剩下的喝干净。”

“你刚才不也没喝干净。”陈晚讲话有些发虚。

“下雪了！”陈晚迷蒙地望见窗外的雪，像没有重量的豆子，一粒一粒，悄悄然地就开始下。屋里只点着蜡烛，雪点越下越密集，影子落在墙上，划过韩默的脸，高鼻梁，棱角如刀凌厉。两个人一下子安静下来，屋里听不见一点动静，雪也下得不声不响。黑夜变得绵长了。

一瓶酒喝完，韩默从酒柜子取出一瓶伏特加。加了少许冰块，他说："玩点刺激的，五口一杯。"他未经调兑就给陈晚和自己都斟满，"输一次，喝五分之一。"陈晚哪里知道伏特加没兑过的威力，输了五次，那仅存的一点神智只够让她看见韩默一张棱角分明的脸向她靠了过来。

第二天快要错过了火车，韩默把她摇醒，穿好衣服，一路飙车到中央车站，陈晚脑袋嗡嗡作响，身体出奇地沉重，摇摇欲坠，总算在座上坐稳。

这是一个大晴天，云朵蛋白一样的柔滑，吹弹可破。

回波士顿路上的将近四个小时里，陈晚几近半死，外套落在韩默那里，迷糊中陈晚浑身发冷，坐久了没有任何东西盖在身上，只觉得危机四伏，仿佛是没穿衣服在外面。她一双手臂护着自己，隔一阵子就不自觉地两臂交叉，在臂膀间搓磨一阵。眼皮像粘了胶水，睁也睁不开，不知道过了多久，火车接近波士顿，才恢复了些许神智。

越是接近北方，雪下得越急了。开始只是温顺地、无声地落雪，并不惊扰一路的树木，房屋和道路，下得与世无争。慢慢地，越往北，越急促，被催生了好胜之心的雪加快了进军的速度，要从上往下进攻。再开过一段，像是不顾一切地砸下来一般。本来只是冰敷的路面，现在两旁像布上了挽联一样，惨白得彻底。随着天色也低沉下来，雪色也逐渐发虚。久了只是无动于衷地下着，下着。天色与雪压迫着大片的傍晚。

在陈晚的眼中，车窗外渐渐织染成了一片大范围的深蓝，远近浑然一体了。

下了车走出车站，她险些摔倒。招手叫过来一辆出租车，又被前面的一家人抢了去，那人带着一双儿童，一前两后地上了车，从陈晚眼前驶过去。路面上有一层灰白色，似冰似雪。陈晚用尽了气力稳住自己的脚步，等一阵，又招来一辆。用钥匙开了寝室的门，靴子脱了左边的一只，倒在地上，又稳了一稳，想去找矿泉水，却发现刚好喝光了，一瓶也不剩下。她脱下剩下的一只靴子，瘫在床上，自己扯了扯被子，终于盖好。

凯蒂来敲过一次门，来找陈晚吃饭，门锁着，又听不见房内的响动。便与安帛走开去。陈晚睡死了，浑然不知她们在门外。

睁眼已经是凌晨四点，起来还是头重脚轻。她把窗户关起来，温暖许多。屋内的暖气叫人不清醒，陈晚渐渐两只耳朵通红。知觉走出了她的身体，外面的雪景都成了幻影，不叫人兴奋，只给人不合时宜的凄楚。陈晚又回到床上瘫倒过去一会儿，天有要亮起来的意思了。她起床，在玻璃上哈出一口气，又用手擦掉，那团白气就像一团马蹄糕，她饿得快晕过去，呼吸中残留着浓重的伏特加的气味，浑身粘糊糊的。

陈晚进了浴室去淋浴。

水“哗”地溅到陈晚头上，打在肩上，湿了脖子和手臂，在胸脯上激弹起细微的水花。所有的毛细孔都受到了强烈的刺激，陈晚于是狠狠地寒颤了一下，水比刀剑还要冰凉有力。长发浸透了水，贴在脑后，沾在凝雪般冰凉的肩上，水顺流而下汇成一股，从头发末梢流下，滴打在地上，凌晨五点的浴室里，水声打得劈啪作响，响得空空荡荡。陈晚把水温调到最热，将身体每个部分都交给热水来淋，每个部位都要在这股水流里争取温暖。她将头发拨到后头，不挡眼睛，用手滤去脸上的湿气。眼睛进了水，她定神一阵，闭紧双眸，任水流在身上冲刷着。

身体渐渐由冰凉变得滚烫。闭着双眼的陈晚几近要失去神智，用力睁开眼来，仿佛在这水流下冲刷了一个世纪。恍然清醒。她取用了比任何一次洗澡都大量的沐浴乳，将手臂，脖子，和其他部位都涂上厚厚的一层，生怕遗漏了哪个角落。她努力地搓洗着，好像洗这个澡，用尽了所有的用心与仔细。洗到下身，陈晚的手犹豫了一下，回忆起在韩默家酒醉后的最后一幕来，却怎么也忆不起来，只停在他靠过来的那一刻的画面，一张脸倒是仍旧分明可辨，在脑海中还是记忆深刻，却忽略了他眼中的内容，空洞如下过雪的凌晨街道，找不到任何线索。韩默的嘴唇吻着陈晚，她竟一点也忆不起往后的细节。

出浴后她轻轻拭干自己。浴巾滑落在地上。天已经亮了，这个澡洗得长久。她竖立在镜子面前，与自己对视着。她生得两片鲜艳的红唇，在镜子中的胴体上，惹眼地、鲜红地一笔点缀。像一张画上的温婉女子，只是这女子脸上失了神色，目光里空空如也，眼珠子如黑色的石头，打磨得光亮，映出镜子中的又一个陈晚。这座胴体饱满而年轻，渐亮的天色让房中的光感一阶阶地上升，肤色也愈发在镜中焕发出本来的光泽。这一切只因了那一对空空如也的眼，而少了应有的生色，像那照片中调低了对比度的人体。

她仔细地观摩着自己的全身。

她从来没有对自己这样打量过。八岁起开始涨起的胸脯，现在已是长成的蜜桃，脖子上的肌肤腻如研细的豆浆汁，那曲线也已不是幼时的模样。额头是大方宽阔的，这身体是从从容容地长得这样姣好，却从来没有被陈晚这般揣摩得仔细。

雪势凶猛。一夜的雪不曾停过。铲雪的车子在宁静的道路上开进，划破凝润的白雪，悠长悠长的一道口子，撕裂开晨光中道路的肌肤。陈晚没有了一点力气，穿上衣服，想给安帛打过去电话，请她去买回来一些食物和饮料。她头脑眩晕，失了灵魂，从来没有过这样的失魂落魄，连出门买个食物都像要赌上一身的精气神。转念一想今天早晨安帛要去教堂，不好让她再折回来，再加上陈晚现在这副虚弱模样，见了哪位女友都难免要解释一番，所以还是自己去。

楼下餐厅要晚些才开。陈晚要饿晕过去。她穿了毛衣，毛衣底下还穿一件长袖的单衣做底。套上了袜子，还觉得寒冷，又在外头套上一层长裤。雪地靴走在冻得结了碎冰渣的路上，仍是有些打滑。陈晚险些摔倒在地，每一脚迈出去都小心翼翼。前面有积水，绕过去，铲雪车又在身后轰轰地响。她去附近一家二十四小时的便利店买来热披萨和咖啡，外带了一瓶矿泉水，怕太重，就只带了一瓶。离住所短短的一段路程，平日里只走三五分钟，这次一来一回，结果去了近半个小时。陈晚觉得从来没有过的虚弱与艰难。路过一家家平日里天天路过的店门和学校的楼房，走得漫长，那被铲雪车划开的雪路，好像缺少了一个尽头。

耳朵冻得硬生生的好像要从脸的左右脱落出去。

吃完披萨，狼吞虎咽，觉得一阵燥热，力气像充值似地充回来一半。渐觉得体内是有生命的完整灵魂了。

晚些时候搭档的黑人女孩打电话来说法语剧的录影格式出了问题，教授贝妮发来邮件说文件打不开，请她再录一次。陈晚穿得严严实实，跑到图书馆又要再录一遍，却一点也想不起词来。

总算勉强完工，她从图书馆玻璃里头，朝着外头望。车辆在河边的道路上穿肠而过，风吹得枝杈微晃，路的两旁堆出高高的积雪，那是铲雪的车清出一条车道，冰雪就储在路的两旁，督卫似的。

陈晚盯着过往的车辆看，眼珠也跟不上车开的速度，一晃眼花。她寻思着这破冰雪的铲雪车，开出来，在路面上撕划开这么大一道口子，该是多么地疼，像刀子切开生肉，划过去是冰凉的血色。她寻思着该有这番疼痛，却什么也回忆不出来。

过了两日，韩默在网路上留了言问安，晚些睡不着，又给陈晚打来电话。

“我想你了。”

她对韩默是生发出喜欢的，却继而生出百般味道。

她问韩默，那铲雪车有没有划破道路上的冰雪。

韩默犹豫一阵，口中说是。

轮到陈晚长久地沉默。心中撞碎了玻璃，也不知道碎伤了千片万片，不知如何是好，一份恐慌分作千万片。仿佛等待一生的剧情已经发生，不能重来。她却只是安静，平静，死寂地握着电话，全身发烫，烫得冬夜里的雪地要被她的温度烧出一摊通红的水，花开在严冷的荒地里。

韩默说过几天到波士顿去看她，挂了电话。

三日后韩默开着车到了波士顿，打电话上楼去：“过五分钟下来吧，我到了。”

一辆 SUV 停在楼下，陈晚认出来是他。她上了车去，韩默侧身一动不动地看着她，目不转睛地看着。陈晚一言不发，两个人这样看了两分钟，

韩默的眼里有光辉似的，眉间也不见了刀刃的锋利，他们对望着，许久眨一下眼睛。陈晚只觉得连洁白的雪地也要涨红起来，许久之后，她还想得起韩默认真看她的神态，一幅画面细到每一个像

素都在记忆力清晰呈现。

他牵起晚儿的手，一张温热的大手把陈晚的左手团团包围住，那电流从手上的神经通亮了全身的灯芯，一瞬间烧得跳了闸。

那安静认真的眼神迷人得无以复加。

床上一阵缠绵，韩默要进攻，陈晚突然推开他。

他说一句，来不及了。

陈晚自己说服自己，那天醉酒在纽约已经发生过一次，便真的交由自己给他。

忙活了一阵，不行，陈晚害怕，心悸的冰凉一阵阵地掠过，成功的一刻，她终于疼痛得要晕过去。她觉得生命要生生地撕裂开，不顾一切地叫出来，像受了惊的小兽，嘶叫得把整颗心都要吐出身体去。

韩默去捂她的嘴，陈晚的泪湿了他捂她的手。他亲吻她的额头，脸颊，嘴唇，脖子。陈晚低低地问："为什么骗我。"他吻着她，不敢相信她到了此刻才成为一个女人。

渐渐地，她淡去了钻心的疼痛，慢慢地觉出做女人的好来。

两个人喘息地躺在一起，韩默搂着她，疼惜地抚摸着，说你怎么现在才是个女人。陈晚说不出话来，用嘴轻轻咬他的肩膀。她去搂紧韩默，两只发烫的火球互相感觉着，陈晚闭上眼睛，做一个女人的生命在冬夜里向她洞开，她惊慌地紧紧搂着韩默，嫌这温度还是不够暖不够烫，还不足以焚灭她的恐惧。

雪停了，像下着的时候一样，无声无息，屏气凝神。

她去抚摸他的刺青。韩默说喜欢她。她抚着他的刺青，伸出口去要咬。韩默先咬住她的唇，说她像小豹子。

节日里在纽约血拼买回来的衣服陆陆续续都寄到了。这天苏菲回寝室看陈晚，一进门就被满满一地的纸盒绊到。苏菲身上穿的是理查的外套，这次也仍旧只是回来取东西。哲学课一学期有三次考试，苏菲是回来取书的，只顾着玩，功课落下一大截，她觉着自己不如以前念书拼命了。

苏菲说今晚理查在一家有名的旋转餐厅订了位子，问陈晚要穿什么好。陈晚一面帮她打扮一面问："他碰你了吗？"

"没有。"苏菲说着，脸颊有些泛起羞红。她说："我和理查觉得应该再久一点，等我更了解他，更爱他，更确信他。他知道我没有经验，说要等我准备好，不然不勉强我。"她从盒子里挑出两支口红，左右手各拿一支，问陈晚。陈晚说："用左边那个颜色吧。"

"晚儿，你也是没有经验吗？"

陈晚悄悄犹豫了一下，苏菲没有察觉，她撒谎说："没有。"眼睛并不看着镜子，"你的眼线画歪了，不对称。"

"那么，第一次一定很疼吧？"苏菲哝道，"我们尝试过一次，查理听我喊怕疼，就停止了。"

陈晚说："我猜，那像是戳破一层肉一般疼吧。"

隔个一两周，不是韩默来波士顿，就是陈晚要往纽约去一次。

韩默喜欢晚睡，第二天没事的时候，拉上帘子，屋内也就没了白天黑夜，直到陈晚醒了无聊不知如何打发时间。她喜欢盯着他一张熟睡的脸看，枕着他的臂膀枕到半夜就会把他压疼。醒来她就躺在一旁研究他胸口和手臂上的刺青，伸出手去，沿着线条描起来。手臂上是一条腾龙。他醒来已经是下午，屋内拉了帘子一阵黑暗，过了午后阳光也不高挂，里里外外都是昏昏沉沉。他睁开眼睛，陈晚就躺在他旁边，卷去大半的被子，像一只小老鼠窝在草丛里，一双神色轻扬的大眼睛闪闪地盯着他。他伸出臂膀去，陈晚枕在他手上，他吻了她的鼻子，摸到她的耳垂处，说了一声：“你怎么没有耳洞。”

“怕疼，一直没去打。”

“这有什么疼的。”

陈晚说：“刺青呢，是不是更疼些？”

韩默说是，但也没什么大不了。

陈晚问若是过了十年二十年，你要怎么面对这些刺青？年轻时刺下的，若是有一日不再是这番心思，刺进身体去的图案要怎么办？她不用问，也能猜出七分，那刺青是韩默以前在国内念大学玩乐队时所刺。这个大她好几岁的男人，想象得出他之前在台上的样貌和做派，也听说过摇滚乐手在台后是怎样的混迹。她好像正躺在韩默那些灯红酒绿和年少轻狂旁边，听得见台下的几声尖叫和崇拜。

“现在的刺青不是都能洗掉么？”韩默不经意地回答。十年二十年，那也不是他要与陈晚讨论的部分，况且洗刺青如今已是轻易。

“你大学时，一定也不知道自己的摇滚在为了什么吧？”陈晚无话找话地说着，两个人躺在床上，望着天花板。纽约的天也要暗了，今天不见下雪，却下起小雨来。

“我好久没和他们联系了。”韩默说着，脸上的神色与以前那些他在酒吧和音乐节中作出的音乐一样，无关痛痒又不知所云，弥漫在这时空当中占据了半个房子的沉默。

两个人再找不到什么话好搭腔。

等到了临近圣诞节，陈晚说：“陪我去巴黎吧。”

“怎么去？”韩默在旁边煮泡面，房间里一片狼藉。陈晚常常挤兑他，说再吃他整个人也要吃成泡面了。

陈晚说:“我在巴黎等你？圣诞节,晚上七点。咱们约个地方见。”

韩默说他冬天也是无事可做,一边舀出泡面,一边口中答应下来,又笑说陈晚是矫揉造作的自寻浪漫,还搭上他在一旁奉陪。

可是圣诞节到了,陈晚办了签证买了机票,期末考考罢飞到巴黎去,韩默却忘了这回事。

巴黎下了雨,湿冷的空气倒是并不如波士顿的刺骨。站在酒店门口,陈晚等了整整两个小时。美国的手机号在巴黎没有开通业务,陈晚便只好等着。天色在等待中沉默下来,人来人往,男人要更高大,而女人都更雅致似的,眼前的建筑也有一股老欧洲的坚硬。等得浑身不自在,在一个地方站久了,一位棕发的中年男人款款地走过来,礼貌地问她是不是需要帮忙。她毫无准备地用法语说只是在等朋友,谢过这位好心陌生人的关心。只觉得口中打了结似地,口语一到法国更加不灵了。平日里读的书到了嘴边只成了薄薄的一层纸,又无法在腹中打好草稿。陌生人倒是眼中一亮,以为会用英文回答的陈晚亮出一口法语,虽是一听便有外国人的口音,但已经叫人兴奋,随意地聊了几句,他便留下新年的祝福,像来时一样款款离去。

陈晚想,这就是萨特与伏波娃的巴黎了。

她想象着巴黎的灿烂风景中,男的是矮个子,长得结实,右边的眼受过伤,配着一副眼镜,女的个子瘦高。宽广的塞纳河,还是宽广的塞纳河,雨点扎在平缓的水面里,也敲打不出多少湍急来——而巴黎的节奏,却比陈晚心目中要更湍急了。雨水浣洗着法兰西的荣光,巴黎仍旧生得一副好相貌,承载着陈晚这样一个眼中空无一物的游客心中的浪漫情怀,供她泛滥成灾的那点小罗曼蒂克找到一个地方,有一茬没一茬地抒发,却也说不清,这幅相貌生长得，是不是还在旧巴黎人眼中足够从容别雅。但这是一个巴黎的外人所不相干的事。陈晚突然想起安迪的阿嬷来。

雨是琴声。一曲接连一曲，强弱变化，在等待中都能听得仔细。过路的女人们鞋子踩在湿漉漉的道路上，脚踝的一弯纤细的弧度，是这城市的情愫捏出来的。巴黎的外人体会不到这情愫的美。陈晚听着雨声，一阵一阵地变换，时而淅沥，时而又加些急促，那水珠从天而降在地面上早已找中目标，俯冲而下，落地却是莞尔有礼地，轻轻点地。

陈晚也不与韩默联系。本来要改了行程自己玩一阵，却只留在巴黎吃了三顿饭便离开了去。

这第一顿是圣诞夜里的白色鲷鱼配白芦笋，边上是马斯卡奶酪，盘中全是雪白色，鲷鱼肉饱满而鲜滑。服务生虽是对一位径自来高级餐厅用餐的年轻女人心有疑窦，脸上却不露。陈晚问他淋在外围一圈的酱汁花粒酱汁是什么名字，淡黄色，被用鲜花研细碎了的粘稠美味。他答说是某种花的酱汁，法语名字陈晚却听不清。汤和甜点都是高档餐厅中的保留节目，没什么大特色，却不叫人失望。这本是与韩默约好的晚餐，现在只有陈晚一个人不自在地全咽下去。

第二日陈晚醒来便抛弃了行程，在巴黎随意地闲逛，她到了城市名胜的外围，巴黎一下子变得平易近人并且有些俗气了。她想起文艺片中那些巴黎外围的平民少年的戏码，雨后也仿佛闻到一股黑白枪械电影的味道来。

她无心玩乐，迷了路，找一家街角的餐厅，点了一道传统的内脏，味道令人愉悦。粉红色的肾脏，加了红菇和细碎的椒。结账时出乎意外地便宜。老板说要不要再来份奶酪？山羊奶酪，又改口强调说，是母山羊奶酪。公山羊可没有奶。那奶酪经过了严格的温度湿度控制,入口丝丝滋味,都是母山羊体内的生命韵味。

陈晚说不必了,说自己不大迷恋奶酪的味道。

老板是个高个子的老头,银色短发,显得平易近人,又彬彬有礼。夸张地摇摇头,说:“人怎么能不着迷奶酪。”世界上只有法国人还懂得对生活上瘾。可那话说得太悠闲太浪漫,只有法国才有,而巴黎也渐渐对这浪漫怠慢了。这话让周围的天气变得有那么些许烦躁起来,陈晚脑海里又一次想起了安迪的阿嬷。

午餐后,陈晚已弄不清楚自己在哪里,打了辆车回酒店,和司机也是讲的英文。然后她订了张机票,去吃了个血肠馄饨,就奔了机场。

寒假才刚刚开始,她要回中国去。

孙柔柔元旦放假,放假前一天就逃课出来陪陈晚去买花和金鱼。

新年总算是到了,人逢新年总是少不了兴奋,每年只有这个时候最有盼头。爷爷却说:“现在又过圣诞又过元旦,不久年也到了,都是要按着迎接新年的礼仪过,又不是要有三次新年,还排列得这样紧凑,太焦躁了。”

陈晚是爱花的。爱花是女子都有的心性。都是只开放一次,现了一世美艳,就过去了,可美艳的时候,是认真地要把一世的力气都用在这美好上,若是一束花簇拥着生长,更是团团散发出努力生长的气息来,把周围的一切都斗过去,斗得不剩颜色。

南方的花市不如北方来得季节分明,虽然现在是要什么花都能有,但这让人觉着更没意思了。小时候过年要去花鸟市场看金橘树,摆在家门口,图个祥和吉利的兆头,在树上还要吊满小红包,利是里装个五毛一块,红彤彤黄澄澄地簇拥着,新年就热闹起来,生出无限颜色来。以往金橘树是总有下属送来的,老爷子嫌弃树叶掉落枯萎,落得周围满地灰压压,后来就省去了这个步骤,也因为陈晚毕竟长大了些,对这些喜庆的颜色也少了小孩子的兴奋。等小陈晚长得和金橘树一般高,老爷子就很少将金橘布置在家门前了。

后来改成了鲜花。

送来的花篮多是百合,外圈围些康乃馨,是上大下小的扇形,花市里最安全的设计,满大街到了年关都是这样,也没有什么出众。陈晚喜欢买来一二十枝相同颜色的热带菊,热热闹闹地簇拥插在透明的玻璃瓶里,远远望去是一个颜色,明晃晃地在那儿。想来同过新年是一个理,人都是暖暖和和地凑在一块依偎一阵。以前,陈晚是同柔柔到市区一个花鸟市场去买,后来城市建设推进,把花鸟市场推倒了,花是照样可以在外面的鲜花店买,却没了那个过年的喜庆。柔柔说,店里卖的花是摘下来的花苞,有时放在店里,养着就开,有时到了年关,索性就放药催熟让花儿朵朵开放。这是经济,花要开在最能卖钱的时候。

可催熟的花,虽然还是有芳香,可这芳香是要靠近了,蓄意地闻出来的,不是飘满了一条街一条巷,从新年的喜庆里飘散出来的。

以前还能经常见到街边摆路摊的在卖金鱼。金满地,五彩兰寿,这种喜气洋洋的品种天生长了一副讨南方人喜欢的颜色,卖得最好。卖的人就搬一只板凳坐在路边,天桥下、公园口,常常望见一地的大塑料胶袋,装了水,通透通透地在太阳底下,反射着日光。各种颜色各种品种的金鱼就被分在塑料胶袋里,走过的老爷爷老太太驻足比对一阵,不买的也聊上一小会街坊的家常里短,还有小学生放学在路上,贪玩不回家的,也在卖金鱼的地方停下来讨论个仔细。卖的人见他们不买，由他们看一阵就打发走这群小毛孩子。

陈晚和孙柔柔来到店里，鱼儿在通了氧气的水箱中只会来来回回重复地游泳。叫什么名字的鱼都有，色彩斑斓，陈晚和孙柔柔几乎都不认得。一种鱼有一种鱼的说法，与之匹配的还有各种说法的价钱。回来鱼还是养在透明的金鱼缸里，像个大肚子似的，缸口有波浪型的那种。花也是照例按照陈晚的心意，插在接了水的玻璃瓶里。陈晚买了二十朵粉红色的玫瑰，她和孙柔柔在店里挑了半天，每一朵都要开得恰到好处，花瓣往外开着，又欲张又欲合。老板娘也是看了陈晚和孙柔柔的衣裳，对那粉红的玫瑰拉高着价格，非要按照每朵的原价去卖，怎么砍价也不松口。

但新年总算是布置好，陈晚留柔柔吃饭。

柔柔嘴里嚼着零食，说："当然，今晚你必须管饭。要不然叫我妈妈知道今天又翘课。"

陈晚说："想吃什么，早些告诉张阿姨，早些做好也让阿姨回家和家人过。"

柔柔还是嘴巴毒："你替她着急什么，又不是没有人给她工钱。"这个阿姨如今代替着厨师和照看小陈晚那个阿姨，她是从家政中心找来的，原本单位里还给老爷子配了人照看，老爷子只留下司机，又见陈晚长大，用不着阿姨在屁股后面跟班喂饭了。

第二天一早，柔柔妈妈请在饭店里喝早茶。订了上等的包房，前一晚打来电话，老爷子回说就在早茶的酒店大厅里吃。只有柔柔一家，陈晚和老爷子，新年头一天，老爷子精神很好，大家图个热闹，吃得和和气气。元旦这天早市火热，满耳都听着吉利话，说多少也不嫌多。陈晚以茶代酒敬了柔柔妈妈，恭喜升迁的事，两家人已是从小熟络，但新年大头的也不能缺了这些礼仪。柔柔妈妈又去敬老爷子，老爷子饮完后说不拘礼："你们文官啊，就是没用的规矩最多。”

老爷子是一员虎将，身板硬实，却也慢慢服了老。只吃了肠粉和排骨，喝了一些芥菜粥。茶是柔柔妈妈安排好的，老爷子交口称赞，话也多得不得了。

柔柔说想吃萝卜糕。陈晚也应声说要。上上桌来柔柔只说味道一般。陈晚也说是，非要以前当小不点的时候，在幼儿园里吃的下午点心，那里的萝卜糕吃起来才是萝卜糕的滋味。

早茶后老爷子和柔柔妈妈换了个地方谈事情，柔柔趁机伸手要了活动经费，拉着陈晚逛街去了。口里叼着珍珠奶茶的粗管子，挽着陈晚的手，说道：“新年大头的，我爸爸说厂里开会，你说我能信吗？”

“你别给我乱来。”陈晚知道柔柔性子烈，嘴上也只是劝，怕她做出过分的举动。“你要是把那女人捅死了，还得逃到美国，我还得天天给你端屎端尿的，你还是给我安生点吧。”

“姐。我想出国。”

“好好待着，不知道苦的，出什么国，念了高中再说吧。”

柔柔总是翘课，陈晚不骂她，只说不该翘的就别翘，没说该翘的是不是翘得好。

柔柔的性子和男孩子没什么差别，现在十几岁的少女长大了，要在以前，和男孩子玩的都是一样的花样。丁点大就跟着小玩伴的屁股后面玩水枪，还有能打出彩色子弹的玩具枪。她还拉着陈晚去给她收集子弹，一粒粒带着不同的颜色，集在一起，五颜六色的也甚是满足。还有一段时间流行玩小霸王游戏机，妈妈不在家的时候，她就在房里偷偷地打拳王和坦克大战，孙柔柔打得欢乐，小陈晚在一边看着，觉察不出这其中的有趣来，嫌柔柔脏兮兮的，却也不变地对她好，一边说她，一边给她收集彩色子弹，集齐了满满一盒子。有时候陈晚还感叹，要是孙柔柔晚生几年，就知道在空调房里打游戏，用不着大太阳天里拽着陈晚东奔西跑地玩耍，玩得满头满脸脏兮兮，不像个女孩子。

早茶后她们在商场里逛着，柔柔看中一款连身裤，陈晚叫她去试穿，她倒也愿意，导购推荐一条裙子，柔柔就把陈晚推过去："要试你试，我穿不出来这裙子。"

"你是不是女人?"陈晚挖苦道。她也不敢告诉孙柔柔，陈晚已经是一个女人了。她想不通韩默为什么没去巴黎，也赌气懒得联系。但又忍不住想念他，拉柔柔到一旁，说没什么好逛的，两个人就又到街上去压马路，顺手买了一盒鸡仔饼。

"少吃点，这东西热气，明天又要喝凉茶。"柔柔说。

"姐姐我在美国，难得吃这么正宗的鸡仔饼，长痘痘的话，你就装没看见。"

天阴了。想下雨又不下，风刮着，道路两旁繁茂的树枝摇摆起来。这里没有落叶满地，有的是南边独有的湿冷，一阵风吹过，那气息都不同似的。那气息里，是凉茶铺的味道，是新年里金橘的味道，是萝卜糕和鸡仔饼的味道，那风刮在脸上是冷的，却不像锋利的刀削在脸上，温温和和。

这一天街上是热闹的，熙熙攘攘，就是没事做，走在街上也是轻松快乐，没什么让人忧愁。这是小学时候常常走过的街道，旧了，连积在路边的水，颜色都深沉许多。附近有个城中村，前几年被拆了去，现在新起的楼，也生出斑斑点点，像皮肤本来就不好的女人，又多晒出几颗雀斑。这还是小学时候的街道和早春，可却不是小学时候作文里写过的早春。南方的冬天本就不是一幅鲜黄亮红的叶子堆积起来的，小学老师却非要孩子们把春天从那落叶堆中拉扯出来，总是说春天来了，这个长芽了那个变绿了。陈晚和柔柔抬头望着路边高大葱郁的树木，这亚热带的树木本不知道寒冬和黄叶是为何物。

“就是在这个地方，”陈晚说，“我记得有一回我路过，看到人行道水泥缝里，伸出一颗嫩绿色的芽儿来，也不知道是什么植物，我猜是黄皮果的核儿，被人乱扔在地上长出来的。”那是陈晚所愿意写的发芽。

她们两个人去路边摊吃豆腐包，陈晚说脏，可柔柔说：“就是路边摊脏脏的吃起来才是味道。”陈晚笑着，心想也是这分道理。小学放学的时候，也是这么吃，在校门口等司机来接，有时候晚个五分钟十分钟的，她就和同学在校门口的路边摊上买东西吃，豆腐包五毛钱一串，甜辣酱要刷一层又一层，刷得淋淋地滴下来，还嫌不够，最后不小心滴到衣服上，弄脏了裙子，回家又被老爷子指责，去吃那些影响市容的摊子。最有趣的是，总有时候突然地有人喊“城管来了”，远近十几个卖零食的摊子就像是临了台风袭击似的，生意不做了，卷起家伙就四散而逃，有些男孩子最喜欢瞅准了这时候，买了一串豆腐，却不给钱，卖的人只顾着收拾和逃跑，催不上钱也来不及，只好走掉。孙柔柔就在一旁看，咯咯地坏笑。

这样的路边摊有是还有，倒不怎么常见了。她和孙柔柔开玩笑说，真担心现在的小孩子放学出来在学校门口吃什么。

孙柔柔这晚住在陈晚家，两个女孩子打打闹闹，累了一天，陈晚很快就睡着了。可大半夜的柔柔却推醒她说肚子不舒服。

陈晚起床给她倒了杯水：“肯定是今天路边摊那串豆腐。”她看柔柔的头开始冒汗，刘海都湿了。

柔柔却嘴硬地要为那串豆腐辩护：“都说现在连四星级的餐厅都能有地沟油呢，谁知道是不是那串豆腐的事。”

陈晚不搭理她，逼她把热水喝下去，说：“我打电话叫司机来接你去医院。”

“那我妈妈就知道我乱吃东西了。”

“又是你自己要吃的。”陈晚说。

回来这些天陈晚说要学车，老爷子在部队里找了个老师傅，陈晚没有驾照，倒也能开得动。她也觉得大半夜的，又不是老爷子生病，把人家司机从家里叫出来也是麻烦，自己开了车送柔柔去医院。倒是打了电话给爷爷熟识的医师，人不在，就帮陈晚交代了值班的医生。陈晚领着柔柔来看急诊，只是吃坏了肚子，但是要打针。

打针的不是陈晚，她在一旁镇定地看着。孙柔柔掩饰不住紧张，两年没进过医院，见了护士她开始发软。陈晚笑话她，小时候打针，哪次柔柔不是要五花大绑，和医院里其他孩子斗着谁的哭声大，打手不成改打脚，肉呼呼的小脚还到处乱蹬，叫人看了也不忍心。而小陈晚打针是从来不哭的，老爷子不喜欢小孩子哭闹，小陈晚自觉闭嘴，无心撒娇，更无从撒野。

柔柔挂着输液瓶，陈晚给她从车上取来一本杂志，柔柔看了两页，扔在一边，撒娇地靠在姐姐肩膀上，说：“我怎么觉得你浑身上下散发着母性的光辉，衣服也越穿越女人了。”

陈晚心中沉了一下，现在她已经是一个女人了。可是仿佛昨天她还看见孙柔柔蹬着两只脚，不愿意让护士打针的样子，就在这里，同一个地方。连挂号费都贵了那么多。

临走的那天早晨，陈晚又给老爷子煮了一锅瘦肉粥。天亮起来，厨房的光是从外面偷了来似的，渗入每一个锅碗瓢盆，粥在锅里熬得闷闷地作响。

要开学了，陈晚才想到去查第一学期的成绩。她开小火让粥煮着，自己到书房里开了电脑去看。进了自己在学校的账号，法语只是一个B。贝妮在学期末还给全班发了邮件，陈晚也是现在才收到。其他的几课都是平平的成绩，陈晚心中也没有什么失望。波士顿还是个大寒天，一想到马上要回去，心里又几百个不愿意，可是这南方的宅子亲是亲，住在这里也没有几分生气的，劝自己还是赶紧收拾好心情赶紧走。要不是在巴黎那么一出，陈晚兴许已经直接回了美国去，回来过元旦，本来就是计划外。

司机已经把车子开过来，要送陈晚去机场，却嫌太早，请他等一下。

老爷子一阵咳嗽，陈晚去端粥给他。

晚儿是不会做饭的，唯一会的是用电饭锅把生米煮成熟饭，再有就是熬瘦肉粥。有一回她要韩默别再整天偷懒煮方便面，却又语塞，因为自己也是不会做饭的人。

她和韩默不多说几句话，每次去了，两人只是在床单和被褥间缠绵，一睡又到第二天很晚。陈晚就回波士顿去。有时候是韩默来，觉得波士顿太安静，第二天也是要走。

粥烫到了手。

“你想什么呢。”老爷子起了床，坐在沙发上读早晨的报纸。他最近才学会从网络上读新闻，却从不去用电脑。每天摊开报纸在沙发上读上一阵，过一段时间积得太多，没有用的就叫阿姨收了去。

陈晚跟爷爷说粥煮好了。

“好，晚儿煮的粥，现在一年也就能吃上几回咯。”老爷子放下报纸，吃了粥，叫陈晚上楼。

老爷子递给她两包现金，总共七万美金。没说别的，只说总要有些现金在身上，要她收好。他又取出一只盒子，里面是一只翡翠手镯。通体透亮，温柔得使人怜惜。那翠是深绿色，像积淀了千言万语，陈晚虽不是行家，但自然看得出这只翡翠的价值。他说这是给你的镯子，太早给了你你不懂得珍惜。他说现在什么都是以前的好，除了女人。陈晚不好意思，因为爷爷也称她为女人。一晃竟过去那么些年岁。

“只有这玉，无论是戴在庸俗的女人还是高贵的女人手上，灵气是照样地吸。”陈晚接过来，把镯子戴在手腕上。老爷子说，玉要越戴越润。

3

苏菲推门进来,陈晚还在把行李归类放回寝室的柜子里。泡椒凤爪在过海关的时候被没收,陈晚抱怨了一阵。苏菲的脸过了个冬天变尖了,腮红的颜色刚刚好,头发做过柔顺护理,坐在那儿一副风华绝代地美。两人久了不见,互相需要回过神来一阵。交换了一个大大的拥抱,陈晚一言不发地收拾,苏菲一言不发地坐在椅子上。

户外还是严寒,不见回春的气息。

苏菲说:“我是回来收拾东西的。”

陈晚头也不抬:“去查理那里吗?”

“晚儿,我要离开波士顿,去温哥华。”苏菲脱下手套,陈晚才看见她手上一颗 Tiffany 的订婚钻戒,两个人互相望着,三分钟说不出话来。

两个人去吃法国大餐，吞咽着食物，一言不发。苏菲穿一条粉红色的抹胸裙，脸上的气色比裙子的颜色还要鲜艳出几分。陈晚和苏菲打扮了两个多小时，头发是苏菲精心帮她盘好的，不顾温度地穿上了自己最喜欢的红底鞋，两个人像两尊精雕细琢的雕像，坐在那儿，食物和她们放在一起，不知道哪一个才是摆设。

餐厅里灯光盈盈，昏暗中有曳动的烛光，而外面是整个波士顿，在高处低望，熠熠生辉，查尔斯河在远处静止着，春天在黑夜里似是暗潮汹涌，实则一语不发。

"我该为你高兴才是。"陈晚恭喜道。她以为查理不羁，谁也没有想到苏菲这就嫁得好姻缘。苏菲说这爱由浅入深，不知怎么的，就不可分割了，他是会讨好女孩的人，可如今彼此认定对方，就再不想改。查理离开美国，要回温哥华去，两个人冬天去滑雪，在雪地上求的婚。

苏菲说，他在山顶的雪地上拼字。上山的缆车晚上本来是不开的，也不知道他用了什么办法。缆车要到山顶的时候，下方的雪地突然就有灯光亮起来，大大的彩灯拼凑出几个英文字：嫁给我。

"于是你就决定跟他走，跟他回温哥华去，学也转了，人也订婚了，一切都不顾了。"

苏菲脸上只有幸福："我知道这样有点太快了。"

陈晚说，我们找个地方，能喝酒的地方。

美国法律规定不满二十一岁是不得饮用酒精的，苏菲高中的时候办了一张假ID，她们开车到店里，苏菲去买了酒。

车子一路开，开出很远很远去，上了九十三号高速公路。

"你怎么知道这个地方。"她们爬上一个小山丘，大晴天里繁星点点。苏菲问她冷不冷，她摇摇头。苏菲说是理查以前带她来过这地方。

陈晚说："我猜到了。"

两个女孩子喝了点酒，就开始兴奋地唱起了歌。苏菲说："晚儿，你唱歌竟然是这样好听的。"

夜晚空旷的地域里，声音特别清晰，在寒冷的空气中，一字一句，像是从最干净的白雪里抽拨出来的。她说，如果可以，要写一首曲子出来，把一生都弹奏进去。

"可是我现在不学琴了。琴放在纽约，都没有拿回来。拿回来也用不上了。"

苏菲说："我和我的父亲说了。"

"他说什么。"

"他很高兴。"苏菲说。陈晚还没开口，她又说道："晚儿，我知道他的高兴。越是玩弄别人的感情，越是不希望自己的女儿被玩弄。我早早地认定了查理，查理又对我这样好，他该谢天谢地的。"苏菲给陈晚加了酒，自己只小口地喝："查理对我太好了，用尽了全力的好，使我想要成为他的亲人，这辈子都没有人可以替代。"

陈晚灌入一口酒，听着，沉默着，然后哼起一首歌。天上的星星嵌入夜里，温存地做了繁星的底似的。

"我的父亲八十年代从南部的村里出去做生意，吃过许多苦头。以前不能做的事，现在能做了，谁都不知道怎么做，就是出去闯荡。富裕以后，整个人变化许多，可是对父母是一样的好，后来有了我，对我也是。这些是听妈妈说起的。现在我订婚，除了在西雅图要办订婚宴以外，他还要我回去中国的农村里祭拜祖先。"苏菲说，"我是紧张的。查理也要一起去。"她围紧了围脖。"我以前交过一个男朋友，后来上大学就分开了。我自己也知道，带他回去父母一定是不允许的。我爸爸是个暴发户，人一有钱，腰都变粗了。他说是无论如何不愿意把我随便嫁掉的。现在正好，查理的家人在加拿大的华人商界很有名望,查理的祖父母又是台湾政界的望族,难怪我爸爸这么爽快,这算是对了他胃口了吧。"

她说她和查理把婚订了,并不急着结婚。却马上又幻想起穿上婚纱的样子来。陈晚在一旁听着,平日里喜欢对衣着打扮评论的她,一言不发。

苏菲说,那天一定要戴一顶带钻的皇冠,裙子要是无限拖长的,要两个小可爱跟在后面牵着,一路撒着鲜花。

"多长都没关系,最好一袭礼服拖得长长的,长得掉到海里去。"

说完朗声地笑,像玉镯子碰在一起的清脆干净。陈晚想,那礼服不管是什么样子,都是免不了的昂贵得吓人吧。

苏菲和陈晚都喝了酒,她牵起陈晚,教她跳起舞来。两个人穿着一袭妩媚的衣裙,外面套着外套,高跟鞋的鞋跟尖利,踩着陷入泥地里去,没入一半。陈晚干脆脱下来,光着脚。陈晚闭上眼睛,让两只脚掌缓缓地贴向大地。冬天里山丘上枯黄的草像找到了生命似的,兴奋地抓住陈晚,她与这土地交融着,脚去扒地,像恋人的缠绵。

陈晚终于跳着,打翻了酒瓶子,跪下来磕到了碎片,膝盖血流不止。

回到车上,把膝盖上的伤口擦拭干净,两个人酒醒了一半。最贵的一条裙子擦破了,破的地方还渗了血污。

她问苏菲:"查理碰你了吗?"

"没有。我还在。我愿意给,他说他现在不取。"

听完陈晚哭得如泉水迸裂,声嘶力竭。哭完她对苏菲说了韩默的事。说完两个人一阵沉默,苏菲搂着陈晚:"晚儿,晚儿……"唤着她的名字,又有姐妹间的心疼,只是喊着,却无话可说。

车子停在路边，前方道路伸向南，在夜空底下铺出一条狭长的青灰色。与韩默的每个夜晚都在陈晚脑海里映出来，每一幅映像都生动有力。韩默不知道她是处子，碍于男人的面子，说那晚酒醉已经发生，奈何陈晚对他又是爱慕，交予给他，才知道是假。她那破了生命的疼痛是这一生中最深刻的。

"苏菲，我们去趟纽约吧。"

苏菲不说什么，果真朝着南边，往纽约开去。一路上，陈晚一言不发，也全无睡意。如果时间是在漏水，她都能数得清晰一路的水滴。苏菲车开得飞快，夜路里车不算特别多，她一路超了车去。

苏菲说，走得急，下星期就离开波士顿。要陈晚帮她把车卖了。查理在波士顿的房子她已经找人转租出去。陈晚不说话，点了点头。

开到离纽约城还有三四十公里，雨下得歇斯底里。苏菲谨慎地放慢了速度，开进纽约城，已经凌晨三点，天黑得像一张脸，拉得很长很长。陈晚斜靠在车窗上，望着窗外，雨后凌晨，什么也没有，光剩下空荡荡的寒气逼人，入了城中，星星也不见几颗。入夜已久，离天亮尚早。苏菲把车子停在一处，扭头疲惫地对陈晚说："晚儿，你给他打电话。"

陈晚犹豫了一阵，拿出手机来要拨，又退缩回去。她想问问韩默，为什么没有去巴黎，想告诉他，心里对他的喜欢是不是也有着对等的爱慕，想对他歇斯底里一阵，像他们翻云覆雨时那样，用尽全身力气。

可她拨到一半又退回来，巴巴地望着苏菲："我不敢。"

苏菲夺过电话，找到韩默的号码，拨了过去。说你若还在乎陈晚，便出来见人。

韩默的车子十五分钟后就开到。苏菲把他引到一处可以停车的地方，示意陈晚下车去。陈晚在后视镜中看见韩默的车子，模糊地看到车中他的模样。车停下来，他单手握着方向盘，晚儿犹豫着，伸手开门又缩了回去。

看见韩默下了车，还是那副帅得不可开交的样子，牛仔裤和T恤，外面套了一件小西装外套，黑色的外套，没入夜色里，快要将人的神色都遮住。他关了车门，陈晚见他要走过来，便自己开门出去，他抬头站住，等晚儿入了他的车子。他坐在驾驶座上，一动不动地看她，是在等她说话。陈晚只觉得喉头哽咽，并不马上说出口。两人就这么坐着，久了，更不知道怎么说。

“怎么了?”韩默问道。

“为什么没去巴黎。”

“我忘了，我和朋友去了佛罗里达，上星期才从迈阿密回来。”

陈晚再不知道说什么好。

韩默点起一根雪茄来抽，陈晚斜过脸来看他的肩膀，顺着他棱角分明的一张脸，喉头，脖颈，一路到他举着雪茄的手。她下了车去，回到苏菲旁边，在苏菲的后视镜中，目送韩默调头将车子开走，转角没入夜色，天还没亮。

她们也不停留，直接又开三个多小时回波士顿。陈晚对苏菲充满了歉意，苏菲却说没关系，也不问陈晚和韩默说了些什么。

谁料只离开了一个晚上，就出了事：寝室里着了火，凌晨想起警报，来人扑灭，竟说是陈晚在房间煮方便面的结局。抢救得及时，房间并没有损坏多少，烧坏了一只书桌和灯，衣服鞋子烧去一半，苏菲笑说这下也用不着花心思收拾了。陈晚怔怔地望着烧焦的书桌，黑乎乎的，分不清原来的模样，地毯烧出一个大洞来，这些都是要照了学校的价钱去赔偿。

陈晚突然想起那七万美金的现钞，放在寝室里，一分没动，现在竟一并付之一炬。

聚会上，陈晚穿一身深色的连衣短裙，站在那儿，并不认识其中几个人，只听着大伙笑闹，那笑闹声特别刺耳而孤独。

美惠见陈晚进来，过去打招呼。她一双眼睛化得比原来的长相要大出两倍，头发是新染的棕红色，浑身上下都穿的是大价钱，直晃眼。她走过来，恭维起陈晚的裙子，陈晚便也只好挑了她的鞋子来夸赞一番。美惠把陈晚介绍给身边的林小云，说是她也学法语，只是初级。林小云站在旁边，手中拿着酒杯，一口没喝。她长得一副乖巧模样，尖尖瘦瘦的脸蛋，看不出是不是抹了腮红，笑起来果真如一朵云儿，她专业学的是经济，脸上一点看不出算计，是一副文静极致的外表。

“大家都是一届的中国人，怎么没见过你？”小云问起。

陈晚笑道：“可能是学法语的少，便不怎么认得罢。”小云牵起她介绍一圈，大家礼貌地交换了名字，举起酒杯算互相敬过。这当中的礼节要拿捏得得当，并不似和老爷子见客般的恭敬繁复，却都是中国人，必要有规有矩。陈晚艳羡的是他们一圈熟络的，开起玩笑来，说的话不长眼睛，对准了就朝对方身上砸。这聚会上谁与谁一伙，谁与谁不在一圈，放眼望去，一眼就可心神领会。

陈晚并不喝醉，又并不认识在场许多人。坐在一旁，有认识的，互相打个招呼问候一番，能聊几句的，喝上一回，有些人只是个脸熟，寒暄以外，也无话可聊。还是女生容易些，随便挑些首饰和衣裙，人总是爱听夸赞，这是不嫌多的。加上陈晚前段时间刚烧了房子，这事拿出来，顶得几分钟的话头。

骆威过来喝酒：“敬三个大美女。”

美惠笑作一团，陈晚道：“你是骆威，我记得。”

“不错,被美女记得了名字。”

后来陈晚跟他聊起了替苏菲卖车的事情,说不十分想卖给贩子,想直接找个买家。但对车又不甚了解,想请骆威帮忙。骆威听了车子的型号,颇有兴趣地答应了下来。只说这车如果是不赶紧着时间,总能卖个讨喜的价钱。

骆威很仗义,不出一个月,车子就卖掉了,价钱是苏菲满意的,陈晚算完美交差。先前是骆威一个兄弟想换车,原本开的一辆宝马的双门跑车,被兄弟笑说太矫情,可苏菲的是一辆黑色,他说这车要是白的便二话不说的。过得几日,又有两个美国人来看,一男一女,试了车要讨价还价一番。骆威说可以再等等看,陈晚觉得这事拖在那儿久了也是麻烦骆威,劳别人心神,便问了苏菲价钱,卖与了那个美国女人。

陈晚结了钱,将款打到了苏菲的账上。此时,苏菲已与查理在温哥华办完了订婚礼。

两月后,林小云说起第二学年住到校外去的事。寝室中没有厨房,自己煮个面,女孩子炖个木瓜牛奶,都没有地方。这里又不像中国南方,外面到处买得到爱吃的甜食,莲子糖水,香芋西米露什么的,林小云说,要是有厨房,倒是可以自己做,假期也不必急着飞走——有自己的房子,总是比在寝室自在些。

前些日子被一锅方便面烧了寝室,陈晚想想也是怕。许多人都在校外住,便和林小云商量着,一起去租一套房子。

陈晚没有驾照,在中国有老爷子在,侥幸还敢开车出门去,出了事也有人处理,可在美国她不开车,第一要务就是要离学校近的房子。在网上搜罗了一番,发出去几封邮件。这天下了课还没走出教室陈晚就接到一个中介的电话。

电话那头一个三十多岁的女人,说看过了邮件,给陈晚找了几处两室一厅的房子，问陈晚什么时候能去看房子。陈晚挂了电话，又打去给林小云，小云推说这周末有考试，只得周六去看。打去说，那中介并不太高兴，虽说周末也可以看房子，却要调换了她与未婚夫的约会，又要陈晚记得身上带上支票，说房子租赁走得很快，看上了最好马上付定金，不然难说给别人抢先了去。

林小云先到了中介的办公室，打给陈晚，陈晚刚出门不久，等公交等了半天，又下起小雨来。林小云只说先聊着，叫陈晚别急。晚儿迟到了十五分钟，那做中介的女人叫艾米丽，虽是脸上有不悦，却也不好和客人发泄。说今天要去看四处房子，都是在学校附近，又说若提高些预算，还能有好些的。林小云只觉得要和学校的房租齐平，不然她甘愿回到学校去住。

艾米丽带两个女孩子开着车，绕到一处小路，是过了学校的那头，远是不远。

路上许多玻璃渣，都是附近大学生开派对喝剩下的酒瓶，陈晚眉头一皱，用中文对小云说这就像一条酒鬼街。那中介听不懂陈晚和小云在说什么，拼命地说这里离学校近，又是低于预算的，许多学生在附近，离公交也是方便的距离。车子开进去，停在路边。陈晚和小云下车来，放眼望去，这小路是一片凄清的青色，两旁都是低矮的独栋房屋，有的有院子，被人打理干净，有的就由着杂草长过半人高。路旁总是有玻璃渣，不知道是积累多久才有了那么多碎片，全是喝过的酒瓶碾成的。

艾米丽指了指她们几十步开外的房子，一栋浅黄色的两层小楼，门廊的板子旧得踩上去咯吱作响，连原本的木头颜色都模糊了，看不真切。廊前是杂草丛生，枯黄地耷拉着，从屋旁树上还跳下一只灰皮的松鼠，吓了小云一跳。房子的二楼窗台外挂了陈晚学校某一个兄弟会的标志，从楼下户外探望进去，什么也看不见。

小雨下过一阵，又没打伞，陈晚看得这房子在眼前都要摇摇欲坠起来。她和林小云交换了眼色，小云说，先上去看看。

两人被艾米丽带上楼去，楼上两个房间，第三个算是客厅，但也是隔开的，其实就是第三个房间。现在的租客不在家，家里是打扫干净的，旧沙发下面铺了颜色鲜艳的地毯，卫生间也是清洗消毒过，进去并无异味。陈晚对林小云说，屋内还是好的，只是这房子看上去都要塌了似的，住在这附近，全是酒瓶子，一看也知道并不安全。小云也点头说是，她们便跟艾米丽去看了下一家。

这一家房子是老派的红砖房，这房子的外表在波士顿倒是随处见得到，并不能察觉什么端倪。沿着长长的楼道，艾米丽带着她们到了三楼，木质的走廊踩在上面咯吱咯吱地响，艾米丽打开了尽头的一间房，说，这是个两居室，客厅非常大。陈晚和林小云走进去，刚跨出两步，立刻又退了出来。屋子里一片狼藉，还没来得及定睛一看，被一阵恶臭熏出来。客厅里还住着一个男生，地板上全是黑黑的油渍，衣服裤子随意地扔在地上。门窗全是紧闭的，陈晚不愿意再看，大家在中国都是住的好房子好装修好布置，哪里见过这种场面。拉着小云就往外走。

又去看了剩下的两家，陈晚和林小云对艾米丽说回去再商量一下，两人都决定换中介。

回到家里，陈晚对着满地的纸盒和柜子里的衣服发愣。寝室被她烧坏了，学校给她调了一间。衣服烧坏了的都扔掉，陈晚又忍不住去血拼回来，现在衣服寄到了，一箱箱地扔在地上。她觉得旧的衣服有清算的必要，搬了凳子来，坐在柜子前，眼神却游移起来。她拆了地上装着新衣服的盒子，因为有些牌子买得太多，陈晚就让店员按照地址寄到家里，省去了提在手上的繁重。她挑拣出几件打底的纯色背心，几个颜色同样的款式，穿旧了，她把不要的衣服扔在左手边的纸盒里，打算整理出来一起扔掉。有两件外套是去年在纽约买的，她嫌款式太惹眼，也扔了去。这实在是费心神的工作，每件衣服都仔细打点一番，想起当时买下时的兴奋，还要总结它们的生涯里出彩的场合。有些买回来从来没有穿过的衣服，也非要到了这般时候，才挖掘出来，在身上比对一番，忍不住试穿一下，觉得失去了当时的兴奋，竟也一并淘汰了去。陈晚想，做衣服做到这番，也实在是没有了颜面。总算把旧衣服清理清楚，接下来是新衣服，要一件件拆开来归类放好。

林小云打来电话，说明天下午约了中介，问陈晚是不是有空。

下午是一节写作课，不方便逃课，她问林小云是不是非要明天下午不可，小云犹豫一阵，支吾着说最好是明天下午能去看房子。陈晚心一软，想想也罢，便约了下午。

她们拓宽了找房子的范围，林小云约了个中介叫安娜，倒是带她们看了几处不错的房子。一处是在东边的高级公寓，也是按照她们的要求找的两室一厅，推门进去，家具是全套配备好的，木质的厨房，地毯稍微有些旧，但也是干干净净。临床照进缕缕的阳光，两个房间的大小也是差不多的平均分配，就是衣橱有些小。陈晚是喜欢，但是预算高出了小云的预期，她们便去看第二处。

第二处的境况和这家差不多，家具不包括，厨房比先前一家还要大，只是在一楼，照不到多少阳光，房间也一个大一个小。陈晚和小云心里都在计算，当然谁都不愿意委屈住小房间去。

又看了几天房子，这件事就算搁置下来。有一天，陈晚又一觉睡过去，苏菲走后，她更加不知道起床。昏昏沉沉地去上下午剩下的一节课，在门口碰到美惠。美惠也在找房子，陈晚干脆打电话给小云，小云也让美惠加入进来。计划有变，她们三人又开始找三居室。

三居室要比两居室分摊起来稍微便宜些，小云很高兴，打电话给先前找过的安娜，安娜又带她们看了些房子。可三个人找房子要凑齐三个人的空闲时间，这些天陈晚的电话不停地响，说的全是找房子的事。连续翘了两节法语课，结果安娜找来的房子，一处离学校实在太远，一处美惠又看不上。

美惠怎么也看不上。

房子越找越难找，原先只是找房子，找着找着，哪儿都不像家。波士顿处于新英格兰地区，当年英国清教徒逃亡最先登录定居的就是这地方，这里不但有美国的旧贵族，有英伦风味和名校的学术气息，还有老旧的建筑，复杂的街道规划，以及老掉牙的住宅和打不死的老鼠。用颜美惠的话说，美国就是个乡下，哪里有上海的繁盛。陈晚心中笑道，这年头光是中国人在美国财大气粗，老爷子怎知陈晚在美帝这乡下所受的破败。

这天三个人约了吃午饭，小云说晚点得回来，约了教授，就在学校附近的小餐馆吃泰国菜，美惠不肯，陈晚看她不悦，不想小云计较，就说打车出去，吃好一点的日本餐厅。点了一桌菜，美惠只吃寿司上的生鱼。陈晚说她和自己小时候一个德行。

用筷子一边挑着鱼肉，美惠说实在不行就住学校吧，小云反对："我都放弃了学校那边的合同了。"

陈晚咬着吸管，她从小喝东西就喜欢虐待吸管，用牙齿咬啊咬的，在一旁不吭声。美惠的睫毛在她眼里怎么看都不自然。

"以后住一起，轮流做饭吧。"小云最近老在研究甜品的做法，对厨房的活计很是上瘾。

美惠一皱眉头，画得浓重的两瓣眉毛挤在一起："我以前在家可从来不做饭。"

午饭后的中介是陈晚约的，她看房子看得疲倦，仍旧不吭声。

吃完饭外面阳光普照,美惠的浓妆在太阳底下有些泛起粉来。

陈晚说:“要不然下午这家算了。看了那么多天,还不都是那么回事。我有个朋友跟我介绍了一个地方,我们直接去看吧,别找中介了。”

美惠觉得合适,挤了小云一眼:“那石头剪子布,输的人打电话给中介说我们不去了。”

陈晚笑笑,拿起电话打过去。中介那边果然不怎么高兴,但也只能如此。“这种得罪人的事做多了多折寿啊。是不是有人该请吃冰琪淋呢?”

小云的细胳膊搂着陈晚:“走着,吃什么味道的呢?”

折腾了老半天,周围的房子被陈晚地毯式地搜索过了。这城市有它自个儿的性格,你转一圈看去,这是波士顿,不是纽约,也不是加利福尼亚。那红砖的英伦风格建筑像一张名片似的,老归老,老得也是有棱有角。走在波士顿,即使人潮涌动的闹区,陈晚心里也觉得是寂静的,她从心里就感到了这城市的冷静,可说是娴淑,也可说是冰凉。城中学生比例特别大,人来念书,一拨又一拨,陈晚觉得这城市人人居无定所似的。站在桥上,波士顿的夜景尽收眼底,却不管望去哪处,都没有南方家里的时间感。要说历史,波士顿是最有历史的,可这一两百年的历史,就是比不过自己看了十几年的一条街一间铺面,好像在南方,上学路上人行道的每一块彩砖她都认得,城市里的每一分岁月都要从那砖缝里渗出来。

要在这里找一处地方做家,陈晚说不出的阴郁。可是也是满怀期待,再不想住学校,逢了假期就要被赶出来。房子大多是低矮的旧楼,有些岁月的,可那岁月是别人的岁月,波士顿城中林林总总的大学与学院,从外面看去,像是关了满园的秘密似的。波士顿和中国的大城市比,迷你得很,可兜兜转转中,陈晚也是有心无力。

最后小云妥协地提高了预算，陈晚她们决定下周就去把房子签下来。合同要她们的护照和学校发的证件，还要交两个月房租作为押金和第一个月的房租，摊下来每个人将近三千美金。

这天陈晚去用信用卡提现，想取了钱出来交房租。连试了几次，交易失败。陈晚以为是数额太大，换了小金额，直到换成一次支取三百美金，还是取不出来。下午去买一条围巾，陈晚试过同一张卡，店员把卡还回来，问还有没有第二张。陈晚递过去一张美国的提款卡，先把围巾买下来。她意识到她手上的信用卡被停了。

等到晚上，正是中国的白天，陈晚打了电话给老爷子，打了三遍，没有人接。

她直勾勾地望着窗外，窗外什么也没有。楼下有两个学生路过，打闹声传上楼来也那么清晰，又渐渐模糊入夜里去。陈晚抓紧了电话，打开窗来。她吸收着外面的空气，房间的气息有些粘腻。真想马上下一场大雨，暴雨也无妨。波士顿的夏天还没有来，正需要好好洗刷一番。她的目光和听觉都止住了。她有些怀念南方下雨时的雨花，雨下得实在太大，排水不畅，积水像是流动地堆积着越堆越高，天上的雨丝落入地上的积水，戳出完美的弧度，那圆弧的晕儿向外扩散，空气里像开过了花一般的清新透亮，而又是温暖的。

这样想着，南方就打来了电话。

老爷子去了。

陈晚一年内第三次回到中国，她切肤地体会着冷热的交替，最真切的不过是天气，捂着户外户内人的肌肤。现在到了临近五月天，雨一阵一阵地下，下一场，就回暖一度。小时候大人说，五月天是小孩子最能长个的时候。

陈晚穿着短裤，汗衫外面还套了件薄薄的丝绸作外披，穿也不是，脱也不是。她回到宅子里，摸黑放下行李，也不敢抬眼好好瞧屋内一番，转身关门走出去，逃跑一样。

在街上游荡了两个小时，手机卡也不换回国内的号码，与谁都断了联系。

闻到一阵路边卖牛杂的香味，陈晚走过去，买了一大袋牛杂，口袋里的人民币还是上回出国前用剩下的。她一个人坐在河堤上吃，汁水滴到斑驳的路基上，化开去一摊深颜色，辣得眼泪鼻涕一起流。河堤上望见眼前汪汪的江水，看上去多像一煲要烧开的瘦肉粥，几十年前没有这河堤，人还不是要这样望着江，从岸上，山上，洪涝中，巴巴地望着这锅瘦肉粥，世代靠了这锅粥缓缓地，从上头流下来，又流到下头去，一日一日地，全指望着它做吃食，靠喝这口粥度日。

入夜了，陈晚还是不走，月亮高挂上去，周围有云雾，那月又生动地自个儿将云雾拨开，朗照出一个深邃的夜晚来。陈晚还是坐在河堤上，腿早已冰凉，动弹不得。对岸的高楼和这一岸的灯交相辉映了一晚上，她也是猛一抬头才瞧见。这与十年前的景象已然大不同了。

“你在找什么？”

说话的是一个搭讪的混混。身上是地摊上几十块一条的西裤和一件黑色的短袖衫。陈晚一阵警惕，才知道时间真的晚了，晚到混混都出来和河堤上的女孩搭讪了。又低头看一眼自己，绸缎外套罩住了她细弱的身体，两条腿露在外面，快要被夜晚的寒气冻僵了去。

那混混看出她的害怕，并不走近她：“我不抢你，你坐在这里一夜，我要抢早就下手了。告诉我你在找什么。你看这条江都看了几个小时了。”

她打量这个人长相并不坏，眼中也不十分有恶意的样子。想来何须杯弓蛇影，就顺着他的话头说：

"我在找一只纸风车。"

"什么纸风车？"那混混歪着嘴巴笑了笑。他走近些去，鼻头沌沌的，长得很清瘦，他比陈晚还要没有戒备些。

"四岁的时候，被爷爷带出来玩，就在那里。"陈晚指了指二十步开外的一块地方，河堤的这一处，正对着河对岸一家久有名气的大酒店，灯火璀璨，九十年代初曾是名声响亮，不但城中的人都知道，外省的人进了城来也要说道的。陈晚还记着这个位置。"在那里买了一只纸风车，用会反光的彩色纸做的那种，木头棒子固定住，拿在手上玩，风吹的时候，那纸风车有时转一半就被木头签子卡着，转不动了。"陈晚看出他年纪也不大，是与自己相仿的岁数，头发若不是这样蓬松又没有形状的话，也是生得乖巧模样的男孩子。她说："然后那风车被我攥在手里，不小心松开，摔一跤，掉下河堤去，我哭得很大声，在河堤上散步的人都扭过头来朝着我看。但是爷爷不让去捡，那风车就丢了，找不到了。"

"四岁的事情你还记得。我只记得我不久前往河堤下掉过一只塑胶拖鞋，与人打架，脱下来想用鞋子来砸人，人没有砸准，鞋子砸飞了。"陈晚心不在此，没去理他。

过了一阵，混混问她身上有没有带钱。停了三秒，说今天一天没吃东西，钱都输走了。

陈晚瞧他，欲言又止，最后笑出声说："你不是说你不抢我吗？"

他低头想了一阵："我过几天来这里，还给你。"

这次轮到陈晚愣了一下。

她从口袋里摸出一张二十，两张十块钱，还有几张零票，说她只有这么多。"你用不着还我钱。"她犹豫了一下，总觉得这混混原来一定长着一张干净的脸，但在夜幕里难以看清了。真想找块干净的布，抹干净了夜幕看清他。她说：“你吃东西回来，给我说个故事吧。就当我们交换一个故事。”

等了良久，陈晚抖了抖自己的双腿，有些发麻。她坐久了，怕是要感冒，下身冰冷冰冷的，夜的寒气层层地渗透入身体里去。她起身想走，怎么能在大晚上的坐着河堤上等一个不认识的混混，况且料想他也不会回来。

可是混混满头大汗地跑回来了。买来两个包子，半只烧鸡和一瓶二锅头，他将瓶中的酒在自己跟前倒去一半。

她还看见他手里举着一只纸风车。

陈晚愣在那儿半天，难怪他去了那么久。陈晚小声说：“我能不能知道你叫什么？”

“阿昌。”

阿昌把风车小心翼翼地递给她，又从裤子的口袋里摸出十二块钱，握得皱作一团，他摊平整了给她，陈晚吃惊地发现他少了两根手指。“这个是买东西找回来的钱。”陈晚只好微笑地接过来，说：“现在你欠我一个故事了。”

陈晚看着阿昌大口大口地吃着，肉绞在牙齿间，他也只顾得上用力地嚼。他说他明天去新的工地上干活，到了发钱的日子，就想办法把买烧鸡和包子的钱还给她。

陈晚说那你是不愿意说故事来听咯。

阿昌吞下去一口二锅头：“一个故事哪里值得一只烧鸡的钱。故事又吃不下肚子去。”

陈晚问，这么晚你在河堤干什么。陈晚见他这副模样，又不像是要专门出来抢钱。

吃饱后阿昌一阵沉默。灯光映在水里，黄澄澄地又映在阿昌脸上。阿昌说，大概和你一样。

“同我一样？”

阿昌说：“像你这样在这里发呆整晚赖着不走的，除了来纪念死人的，就是自己想寻死的。看你这模样，如果真的要跳，早该咕咚一声往下跳了。”阿昌说：“你家死了人吧，恰好今天也是小姗姗的忌日。”

陈晚便问小姗姗是谁。

阿昌头也不抬：“我姐姐的女儿。”

……

阿昌的声音像雨点，湿热地打在路基上。

“我的姐姐叫做阿秀，大我三岁半。生了我姐姐，我妈妈又怀了两次，都偷偷地打掉，到了我终于是个儿子。我和阿瑞，我姐姐，从小一起长大。过年的时候，鸡腿都是夹给我吃。我就在饭桌上舔一舔鸡皮，和隔壁的阿瑞出去满村跑。鸡是家家都有得吃，可鸡腿只有两个。走到阿瑞家背后，我就跟阿瑞要个纸包，把鸡腿包起来，晚上大人围在一起看电视的时候，邻居的阿叔阿婆都围过来聊天，跟我爸爸他们吃个花生喝点酒，也不在意小孩子干什么。我就去取回那鸡腿，跑回房间，把我姐姐叫出来。阿瑞家后面有一块小丘，他爸妈过年总和我家大人一起说笑，看电视，家里没人。我、阿瑞、姐姐，就在他家后面的小丘上，偷偷地点一把火，把鸡腿烤热了，给我姐姐吃。我知道，现在农村里没有吃不起鸡肉的，可是鸡腿总是给了家里最宠的弟弟。我要我姐姐也觉得有人关心她，知道爸妈以外，弟弟疼着她呢。”他摇了摇瓶子里剩下的二锅头，喝掉了剩下的两口酒。陈晚把外套裹紧。

“十几岁的时候，我姐姐就和阿瑞好上了。”阿昌说，“姐姐读完初中回家种地，我去上了高中，县上的高中念了两年，每两个星期，姐姐都要来看我，她干干净净的脸越来越红润，像个女人了。我看着她和阿瑞好，她有什么都跟我说。”

陈晚问：“那她同阿瑞结婚了？”

“没有。阿瑞的爸爸身体不好，他家就他一个儿子，高中没念下去，就回农村种地，后来村上书记说带领村上种烟草，他就去种烟草。阿瑞父亲过世后，阿瑞就去赌了，不种烟了。他赔光了家底，他妈好不容易把他劝回来，后来就在村后的小工厂里面干活。

“姐姐要嫁人的，我爸妈找了邻村的姑妈，托人给她相了个在广州打工的。我爸爸不了解，可是我妈妈知道姐姐和阿瑞的事情。可是阿瑞家里这样，阿瑞自己又不长进，哪里舍得就让她嫁给阿瑞。现在能出来打工的，都出来打工了，村里哪里还剩下几个年轻人。村子后头那几个工厂，常年往村中的水里排污，现在就连种出来的几颗青菜，都不是以前的味道了。

“我读书读得没有意思，就跟家里说，别人都出去打工了，我也去。爸妈没说别的，就说我也去广州便可以，跟姐姐也近，互相有个照应。我和姐姐感情好，姐要我住她家里去，她的公婆不喜欢媳妇带着个家里的拖油瓶，姐姐没生出儿子，已经叫人家看不起，我也不想给姐姐再添了麻烦，叫她看公婆的脸色。

“有了小姗姗，公婆和小叔子都搬到城里来住，租了一间出租屋。他们一家要我姐姐洗碗洗布，端茶倒水的，还一边嫌弃她做小买卖又赚不到什么钱，生个女儿在这里，光长了一张吃饭的嘴巴，不生个男孩顶什么用。还说等小姗姗大点，要上学，就跟公婆回乡下去，不然读书，借读费哪里交得起。

“小姗姗没等到上学的年龄，突然就大病。一开始姐姐着急，她公婆一点也不上心，只口中说每月交房租交水电，吃饭又要钱，添多一张女孩子的嘴巴来吃饭，现在这张没有用的嘴巴还要张口吃下那么贵的药。农村来的，打个工，钱就那么多，就算上头不拖不欠工资，也刚刚够养活出租屋里吃饭的嘴巴，哪里来的钱治小姗姗。那姓李的还去外面找女人，反正我姐姐也生不出儿子，公婆也不管。姐姐跟姓李的闹，姓李的是个窝囊废，动手打我姐姐。姐姐大半夜地抱着发高烧的小姗姗来找我。我差点带了两个兄弟把姓李的砍死过去。可是我知道，这是姐姐最不愿意看到的，如果我去坐牢，她和我外甥女就更加没有人管了。

“我没有想到的是小姗姗会病得那么重。先前是天天要吃药，我和姐姐把所有能挤出来的钱都挤出来了，一天只吃两顿饭，换了更脏更便宜的出租屋，姐弟两个和姗姗就睡在同一间房。后来姗姗要住院，我们没有钱。我们去医院和医生商量，让她晚上回家里住，早上把她送过来，姐姐辞了工，五点就起床，一天二十四小时就陪在女儿身边。

“我知道，如果我在工厂里出了事，就会有钱赔给我。我也听过一些无赖的工厂领导，不出人命是不管赔的，悄悄打发点，就要你走人。反正像我们这样的，没有合同，爱干就干，做工拿钱，不干也自然有别人肯做。我不能看着我姐姐走投无路去卖身，所以心一横，我就假装是机床出了故障，断掉了自己的两只手指。血溅起来，啪的像切西瓜，飚起来溅了我自己的眼睛。火热的，然后冰凉凉的，我记不得疼了。那两只手指切下来，不愿意离开我，我不知道是我剩下的手在感觉，还是我那两只切下来的手指在感觉，它们在我眼前，勾了勾，跳了两下，我并没有去发力勾手指头，它们自己就动了，动了一下，就跟死灰一样，我就反应过来我他妈的少了两根手指了。”他并不把手指伸出来给陈晚看。

“所以你拿赔偿的钱给了小姗姗住了院？”

“是。我的只是两只手指，小姗姗是一条命。”

陈晚心中本觉得这般故事听来耳熟，与报章中读来的一样，这在热火朝天推进各种速度的城中，总是寻常。可剁了两个手指，故事带了血，就又不同。

她轻声地说："你姐姐有你真好，你是一个真正有担当的男子汉。姗姗有个好舅舅。"

"可是没有用，姗姗还是没有救活。那天晚上三点，小姗姗两只手冰凉得像铁。我和姐姐抱了她去医院，医生说要做手术才可以，不然姗姗就危险了。"阿昌说到这里，陈晚终于看见他伸出手来，抹了脸上的眼泪。

"我姐姐跪到地上去，请医生先做手术，钱先欠着。那医生怕是见多了这种拖着家口来打工的，看我姐姐又被男人抛弃，恐怕也凑不出钱来，那狗娘养的就把我们姗姗晾在一边，说不交钱没办法手术。"

陈晚没问后来如何，两个人沉默了十分钟。

"你要的故事我也说了，你快回家去吧，大晚上的，不是每个混混都只是想要一只烧鸡的。"他对着空瓶子说了一些话，盖紧了扔进江里去。

"我也打过人，抢过钱的。"阿昌说。"你快回家去吧，风车带着。"

陈晚走到有人有车的地方，招手打了辆出租，上车说了地址，说到了再上楼取钱下来付车费。

她把风车插在书房的玻璃瓶里。上回回家买来的花早早就凋谢，被人清理走。瓶子是空的，正好插了纸风车上去。陈晚取了条毯子盖在身上，全无睡意。书房里关着灯，她靠在角落里，风车就在窗台上，有一丁点风吹就转啊转的，也转不利索。陈晚用双臂紧紧地抱住自己，那风车在泪水中模糊过去。

4

这里与年幼第一次来时有几分相像，却又有几分陌生。可土是最亲的土。这土不仅生了陈晚的祖父，死后也是这土地将她祖父吞食了去。往村里去的路上，陈晚半寐过去。柔柔妈妈下到县里，县里找了人开路回来，晚上柔柔妈妈住在村上不方便，县城里安排了酒店。本来新升迁的临市领导下县里来，县上须摆出一桌酒席，何况县委书记的儿子又是县上垄断的烟酒批发商，这种宴请要更加起劲，可惜这是去悼丧的领导，并不是高声笑语巴结的时候。一切从简，都免了去，只派一辆车，送了柔柔妈妈和陈晚进村。柔柔妈妈坐在副驾驶上，司机一路也不多嘴，柔柔妈妈见陈晚疲惫的模样，也不多叫她，她一个人在后边坐着，右手撑着窗沿，脸又压在手掌上，迷糊过去。陈晚空洞洞地睁开眼，凝望窗外一阵，都是一样的景色，丘陵当中黄绿交织，看一看，就乏力过去，觉得索然无味，又双眼迷蒙。她一路并不哭。一阵粗重的车轮音将她唤醒，这高速路给超重的卡车压惯了，有些地方路面沉下去，修修补补，开过深色的补丁，车轮的声音就低沉一些。

坐久了车，陈晚的喉头有些发痒，腹中难受又呕吐不出来。

最无趣的是高速公路，时间在耳边呼呼地响着，不知道过了多久，满目还是与来时一样的冗长青灰色。临到了城镇的出口，广告牌就在路边竖得密集起来，高耸着，直勾勾地在丘陵当中，柱子顶端方形的广告牌似是一块砧板，散发着鱼腥味。房地产广告最多，动不动就打出城市尊享的旗号，陈晚的目光游移在这些广告牌之间，心中冷笑，这几个年头，不知道从哪里突然就奔出来这许多人，提着裤头皮带还没系好就朝"贵族"的称号上狂奔。

忽然一个急刹车，司机连忙跟身旁的领导道歉。柔柔妈妈转头过来看陈晚，问她是不是还好。陈晚脸色青青，咧嘴笑笑说没事。

前方有车追尾，一辆宝马的SUV撞了一辆日本车，几乎要侧身翻过去，压坏了路边的护栏。日本车皮薄肉脆的，被撞得屁股凹下去，凹槽坑坑洼洼，尾灯整个碎了。开日本车的车主年纪有四十岁，矮个子，皮肤黄岑岑，他与SUV车主吵起来，两个人险些要动手。SUV车主并不与他张开嘴来吵，嘴里叼一根烟，被矮个子男人拦着不让走。他面额开阔，高出矮个子整整两个头来，衣衫入时，眼中这日本车本就是一台不值钱的旧车，何苦缠着他不放。

司机朝柔柔妈妈看了一眼，柔柔妈妈说不用理会，交警队自有人来，让司机绕道开过去。后视镜中同方向的车辆经过，都朝这两辆车打量一阵，放慢速度，又都绕过去继续向前。陈晚心头一纠，只觉得那SUV车主的侧影有那么一瞬间让她想起了韩默。又张望一下眼前的路景，只觉得开同一台车竟跨越两个世界。

陈晚泪水迷蒙了一阵，柔柔妈妈就在前面坐着，她不哭出声音来，脸涨得通红，泪水呛到了鼻子里去，一阵酸楚。她轻轻悄悄地吞吐一口气，把那溢出来的泪硬生生压回去，坐低下去一点。

下了高速，穿过一个乡镇，又往出城公路方向开去，离爷爷的村子越来越近了。老爷子不愿意葬到别的地方，生前早早地定下了要葬回出生的村子里，说是这土养了他，就该让这土吃他回去。镇上主干道挂了伟人的头像，旁边是巨幅的标语，以前是“三个代表”重要思想，现在是创建和谐社会。车绕过一个转盘花圃，沿着街道走得很慢。陈晚认不得这和路过的上一个乡镇长相有什么不同了。广场上喷泉没有开，路边错乱地停着计程车和摩托，有载客的，没客的司机围在地上，一圈人围着打扑克，许多人嘴里叼着一支烟，两个打牌的赢家耳朵上还夹着一支。新起的一幢楼兴许是新开的百货，楼前搭建起了临时的舞台，音响开足了气力，台上的人在做手机促销，不知道哇啦哇啦地在喊什么，话筒的音量在湿燥的空气中散开去，听不清楚他说的什么话。上一次去爷爷的农村是十年前，陈晚不记得途中有这个镇子，也没有人在大楼前面大喊大叫地卖手机。

镇上本来多是五六层的砖房，漆了正面，留下侧面只是刮了腻子，青灰色大片地露在外面，有的刷上油漆，打通讯公司广告的，宣传政府政策的。现在镇子也学了城里的样子，建起了小区楼，有模有样的还种了一片草，几棵树，也打起城中尊享的旗号来做广告，柔柔妈妈说这里的房子价钱也拉得老高老高的了。

陈晚有些晕车，迷糊过去。车子开出了镇子，开上公路去，这是普通的公路，比起高速来，要贴近田野许多，隔着沟渠，车窗外就是大片的水田，好像经过一幅画布，车稍微开近路边一点，都像要刮破这块布似的。这布上沾了灰,灰蒙蒙的,小工厂在远处不时地朝着低矮的天空吞吞吐吐。

进村的路以前是狭窄的一条水泥路,在原来泥泞的道上铺起来的,前几年柔柔妈妈想办法筹了资金给村里的路加宽,车子开进去,在路口还是不留神差点陷入路边一个泥坑里去,把陈晚摇晃醒。刚下过暴雨,路是湿的,青灰色比往常更浓厚,陈晚请司机关了空调,落下车窗,用鼻子嗅着湿漉漉的空气,村口有人推车在卖臭豆腐,一只锅架在上面,油咕噜咕噜地冒着,非要挂一个蓝色的广告牌:台湾小吃臭豆腐,那字是印刷的白色,已经被油污沾得模糊过去一半 。也不知道炸豆腐的油一天能不能换上一次新的。

开进村的路是蜿蜒的,不似公路直挺挺地向前延伸,这路更像是用粉笔在大地上画出的几道痕,勒在地上,生生刻出的印记。陈晚她们的车子沿着这印迹走,越走越窄,山忽然更近了,从画布一跃跳入眼前。她把车窗完全落下来,空气更加湿热,田间的气息贴着鼻膜。荷花塘中一片绿油油,没有荷花开落,单调乏味的一抹绿色,泥潭中水脏兮兮油腻腻。车拐了个弯,顺着道路,穿过一排树荫,立刻柳暗花明。

没开到姑奶一家人所住的房子,村上的领导就出来迎。村支书的车子引了柔柔妈妈的车子开进去,在陈晚的姑奶家门前停下来。邻居的小孩都围过来看。陈晚下了车,姑奶先来见柔柔的妈妈,然后才是陈晚。她还是印象中的长相,同爷爷是亲姐弟,眉宇间的英气是一样的,陈晚见到她,几乎震住了,低声叫了姑奶,跟进屋去。陈晚没有和柔柔妈妈到县城的酒店去住,她说想在村子里呆几天,柔柔妈妈就随她去了。

陈晚在村里住了两天,沉默寡言。姑奶到自己家的地里去摘些豆角，陈晚晚起，在被子里闻出一股与城中家里不同的气味，这气息是要乡土地方才有。雨水顺着屋檐滴下来，透明的珍珠，想要在水珠中抓捕住自己映在上面的脸。一串串水珠滴下来，留也留不住。房子是十多年前新起的，起在原来的砖瓦房的地方，两层的小楼，当时是崭新的，刮了腻子，外墙贴了小方转，楼顶原来开出一片地来种些花草，现在只剩下几盆绿色植物，长势不好，也没有人去管，很招惹昆虫。晒衣服的线从一头拉到另一头，晒了一张床单，把楼顶的天台劈成两半。站在这里还可以看到低处一些旧房子，它们在两三层的新楼中间错落穿插着，一片白，一片灰。说是新房子，也多有了十几年的岁月，白色的外墙掉了漆的，阴灰灰的墙壁像一张阴沉的脸，才盖的楼，又要旧了。晾衣杆横七竖八，有在天台上晒些红薯干的，不知道放了多久。

姑奶背驼，但精神比老爷子生前还要好，头发银白色，却也闪闪的还有光泽。她回到楼下，向陈晚招手，说醒了就下楼去。

姑奶问她想不想去地里看看，陈晚跟了去，摘些瓜花做汤。陈晚与姑奶走在一起，一家人，长得一副模样，陈晚忍不住朝姑奶的脸上瞄。穿过几排房子，路上的人和姑奶点头打招呼，隔壁的大婶刚从外面回来，手里提了两个大袋子。穿过这几排房子，视野就开阔了，村后都是耕地，不规则，划出一块一块的，山仿佛很近，又隔着许多田地，望过去，老远老远。村里的老人许多都葬在那山上。到了春天，杜鹃花开得尤其鲜艳，透着鲜血般，热热闹闹地开得漫山遍野。陈晚十年前来时，不敢跟长辈上山去，那山路曲折陡峭，要到山上去扫墓，陈晚只抬头看一眼那石山就心惊肉跳。村里面有邻居家的小孩跟上山去的，就给陈晚采集来许多杜鹃花，回来找陈晚，递给她，捧在手里满满的一怀抱，夹着些嫩绿的新叶，清新的一团团，那花瓣开张得正好，春意盎然地就被小陈晚捧在跟前，叫她欢欣得大眼珠子都要笑掉下来。她是城市里来的孩子，身上带着许多的零食，有人给她花，她就分去一些果冻给他们，彼此都高兴得不得了。

陈晚还问起姑奶邻家那个采花的孩子去了哪，姑奶说他去广州打工了，快要娶媳妇了。过了年就该回家摆酒，也是只会做点小工，读书不卖力，不出去打工也是没有出路。姑奶又说打工也没什么不好，农村的孩子去了城市念书，到头来也还是找不到工作。姑奶奶的两个儿子都在县政府里上班，平时不在农村。家里她一个老人，留下两片不大的菜地，她说自己没事可干，打理些菜还是可以，其他地就转给了人家种，收些租金，成熟时还有人送些菜和米。

陈晚不会摘菜，跟在姑奶后面，有样学样，蒙混过去。姑奶弓着背，陈晚从她的背脊后方瞧见远处的山，仿佛姑奶要把那山背起来似的。她不认得这里，光是凭了十年前来过的一次记忆，便要把这里认做家。这里是老爷子的家，也就理所应当的是她家。

村路蜿蜒，村后有一片开阔地。十年前来这里的时候，这片开阔地中的老榕树是何其粗壮苍翠，到了现在，也还是粗壮苍翠。胡须落入地里，又发展成新的树干。那主干的大小是一点没有变，枝干斑驳，十年不见，树没有老，来来往往的人却全都变了模样。陈晚觉得这棵树才是这里真正的村民，谁家死了人，生了新丁，它全看在眼里，不言语。几十年前，有人在这树上刻下许多标语，它身上一度伤痕累累，还有一回，村里人差点要将它砍了去——好在这棵树福大命大，陪了这村庄到今天。陈晚觉得自己二十岁不到的生命，站在它跟前，它就像个几百年的妖精，自己只是虾兵蟹将，它要是真的成精活过来，自己要在它指缝当中一捏就碎。

开阔地的低处是一个水塘，陈晚记得十年前还有许多女人在这里洗衣服，聚拢来，聊一些家长里短，秘密就是在这里传播。对家中女人，最热闹的社会活动，就是在这里一边洗衣服，一边打探新闻，这是在村里娱乐八卦与时俱进的重要一环。现在谁也看不到了，除了几个孩子还在水塘里捉小动物，人们连挑水都不往这水潭里去，早已经不靠引这里的水来浇灌田地，也用不着在这里用水洗衣服。陈晚猜想这些妇女一定比以前觉得扫兴，因为洗衣机并不能供她们围拢在水塘边说自己丈夫的坏话。她们现在都上网用微博，时刻警惕的是自己丈夫的聊天记录，但这一切，并不在水塘旁边洗衣服时分享。

其实村里看不见几个年轻的男人，女人也跟着男人到城里去打工了，过年有的回来，有的干脆在城里租房子，算是安下半个家，但小孩子没有办法上学，没门没路，总还是要回到农村。夕阳就要下去，把村后一块开阔的土地映衬出金黄色，这金黄的一层纱也是灰糊糊的。陈晚往回走，几个小孩头发蓬乱地经过，这些都是留在家里的孩子，平时见不到打工的父母，由老人带着。一个六七岁的女孩子转过头来好奇地打量陈晚一眼，问姑奶这个阿姨是谁。陈晚有些愣住，没意识到口中的阿姨就是指自己了。

一辆摩托车哒哒哒地开过，路窄，陈晚停下来，又顺便打量一眼村后的景色。这里看不到房屋，只是土地，山丘，远远近近浑然一体。她想，这就是中国亘古不变的一幅乡间景象罢，如今这么大一块画布，只完好地保留下这么一小只边角。南方的雨说下就下，打在头发上，顺着脸庞滴下来。姑奶催她快走。陈晚握了握手上的翡翠镯子，想起老爷子说，这一切，都是以前的好，除了女人。

瓜花打个蛋汤，炒了一盘豆角拌猪肉，就着米饭，只有陈晚和姑奶两个人。电视的声音做背景，把其他声音都模糊过去。雨淅淅沥沥地还在滴，木门开着，关着纱窗门，蚊子苍蝇就进不来。凉风透着纱窗门，丝丝地渗入屋内，夜晚有风，姑奶说要把门关上。

这是姑奶和爷爷出世的一寸地。先前是这一寸，现在还是住在这一寸，老房子拆了盖了楼房，也还是这一寸地。姑奶的皱纹在灯光下如同黄石公园的千沟万壑，突然深刻明晰，每一绺都能藏下一撮灰烬，陈晚有些不敢看她的脸。这位只见过两面的亲人，分明是上辈子就相认好了，那神情像极了老爷子，陈晚自知自己也是如此。血液是一条河流，从上游流到下游去，她盯着自己腕上的细小血管，怎么不是溪流，沟渠，江河湖海。这沟渠，这溪流，这江河湖海都各自有支系，陈晚的这一脉，就是从这寸土地上流入她的体内，如果老房子没拆，就是在原来的地基上，就是在这屋内。而眼前还活着的老人，至亲，而陌生。

姑奶认出陈晚手上的镯子，那是陈晚奶奶的陪嫁，价值连城的美玉，“文革”的时候，连老太太都心慌这玉的命运，专门回了农村，埋进地里去。女人亘古就那么点心思，不管换了哪朝哪代，沾染上和爱情有关的信物，都是要用了命去珍藏。爱情这东西，和婚姻挂钩要看赶巧，几千年的历史，要到了与当下接近的年月，结婚这事才和爱情有关。姑奶就和丈夫吵吵合合一生一世，吵到用鞋子互相打仗的时候也有。她嫁得很近，闹个别扭回娘家反正也正好方便，娘家的饭菜，怎么都吃得比婆家的香。她是老爷子的姐姐，就这么一个弟弟，坦白了说，她是记恨这个弟媳，也就是陈晚的奶奶。抢走了家里的弟弟不说，令人妒恨的是，这两人之间是不离不舍的真情感，女人不艳羡这个，还要艳羡什么。她一眼认出陈晚的镯子，要摘下来看。陈晚摘给她，姑奶一下就泪眼婆娑起来，想起过往许多事，她那皱纹里每一条都藏着一部历史，全部翻开来，能作一部史诗。老人情绪一激动，就哭个不停。陈晚在一旁，不知道如何是好，心里酸楚，又不能跟着一起苦作一团，放下筷子，饭也吃不成了。

姑奶和爷爷是连生子，只比他大一岁，上一辈是逃荒到了这里，趁着安稳日子有几天，生了姑奶紧接着就怀了老二，生怕过几年世道又变，连生孩子也是担惊受怕。生下来孩子，外面也还是兵荒马乱，家里的太婆得了心疾，每天生怕有人抢了他的儿子去充男丁。姑奶说，你爷爷最是金贵，幼时怕被人拐骗了去卖作别人当儿子，大了些又怕被植党营私的军队抢了去，藏藏掖掖，跟护着一个宝贝似的过了许多年。

人老了止不住哭，眼泪又从眼里窜出来，趟过脸上层层皱纹，流到双颊下巴尖，只见泪痕，泪都一路从眼部往下耗干。一辈子，怎么能哭一次就絮叨完。

她说，弟媳是好福气，弟弟也是真感情，改天葬了你爷爷，还要把你奶奶也移过去，分开了十几年，一阴一阳，哪里的异地恋有这么辛苦。

“爷爷奶奶结婚前两年就订了亲，订亲的时候你爷爷才十八岁，比你奶奶还要小。那时候他年纪轻轻刚进组织，结婚要组织批准的。组织说他太小，等过两年，就先把亲事定下来。他们两个哟，正正经经谈了两年恋爱，还是你奶奶先看上你爷爷的。你奶奶家里先前是做成衣铺的，在县城里算是有点钱的家庭。你随了你奶奶一样，会穿衣打扮。她们家铺子就开在跟县城主干道平行的街市里，你爷爷总爱故意经过的。她又不是成天在铺子里坐着，望也白望，可是就是喜欢经过，每次经过都像是见过一面了，一个大小伙子，共产主义青年，在人家成衣铺前面徘徊来徘徊去，不大好看。

“况且门也不当户也不对。组织不兴讲这个，可你奶奶她们家是讲究这个的。开始不敢去提亲的。

“可日子总在变化。后来自己做私人生意的不能傲气了，你爷爷这种跟着组织的青年人，又是农村出生，反倒是好了。她家大人也是鼻子尖，嗅得到味道，知道嫁个穷小兵，日后保不准比嫁给旧地主安全可靠。她家知道两个年轻人私下的相好，她姑姑就先找上我们来了。”

奶奶想坐着花轿嫁人。

虽然是“下嫁”，刘家也是不愿意委屈了这女儿的。陈晚她奶奶在家中排辈最小，上面都是兄弟，反倒是小女儿来得稀罕。又是做成衣的人家，从小哪里少过她的打扮，没事光打扮，除去是女人天性以外，这反正也是她家的职业。衣服倒是刘家在行，做得多精细都在所不惜，可是奶奶只想要花轿。她小时候看了自家的姑姑坐着花轿嫁出去的，羡慕了十几年，到了她嫁人，倒不时兴这些讲究起来。

花轿太小资情调，爷爷是组织上的年轻人，要做这么一个场面，爷爷脸上挂不住。最后即使陈家请不起轿子，刘家倒贴一个女儿一顶花轿，也不妥协。刚刚入了新社会不久，旧社会的八抬大轿不甚衬景。商量了半天，刘家的女儿倔强起来，非要坐了花轿出嫁不可。她想不明白，怎么自己姑姑赶上了时候，能坐了花轿风风光光，到了她头上，请得起花轿也坐不得了。

刘家女儿闹得不依不饶。

陈家盘算，避开别人的耳目，晚上不敲锣不打鼓的，悄悄抬了花轿进门，让刘家女儿遂了这心愿，等日出了，再办一次正式的走个过场。刘家父亲听了，怒火都要窜出来：什么荒唐礼节，大晚上的抬上花轿，又不是要将女儿嫁到阴曹地府。气得就要将婚约取消了去。刘家要给女儿另外安排，可这回轮到她自个儿不肯——又要闹，又闹得翻天覆地，最后不要了这花轿，也要嫁这个穷小子，谁让她喜欢上了,便是喜欢上了。磨蹭磨蹭两年,最后竟怎么都肯了。刘家反过来要骂这个小女儿不要脸。

到底是嫁了,陪嫁是私底下悄悄地做足。那时候谁不是穿平素的颜色,你奶奶嫁人时家里给做了不少花衣裳,一针一线都是讲究得很,全都悄悄地压在被子底下,难得在外头有机会穿过几回。她是爱打扮的,可生在如花的年岁,又打扮不得。陈晚她姑奶平素讨厌这个新嫁进来的弟媳,她的第一职业便是打扮。后来陈家小夫妻进城去了,丈夫越往上升迁,刘家女儿越得藏匿着她那些花衣服。

那些陪了嫁的衣服首饰不穿出来见人,也新三年旧三年地褪色变旧。刘家女儿是对打扮疯痴的:一日憋屈,一月憋屈,怎么受得了十年只穿蓝色布袄。南方的天气又烦躁,清秀清秀的春天,也被深蓝色遮盖得严严实实,全无新意。她每天晚上在家,临睡要自己打扮一番。每日都是有一场戏要演,她换上她翠色的短衫,领口镂空的金边,衣角和衣袖也是缝着金丝线的花纹。她十三岁就有了耳洞,最爱一对珍珠耳环,天天晚上打扮好了就要戴。陈晚听着觉得奇特,自己没有耳洞,也爱一对珍珠耳环——怎么血脉这回事竟是如此神奇,隔着一辈人,连喜好竟然也如出一辙,这品味像是临摹的字帖似的。陈晚感到两只耳朵冰冷,没有耳洞的耳垂像有人刚扎了一针。

奶奶日日打扮,即使困极了累极了,打扮也是每天的功课,她将人生的执拗和执着都全部倾注在这件事情上。她对着镜子笑,怕别人发现这番不合时宜的小资情调,可是即使只是黑灯瞎火的,她也要穿花衣裳,也要固定地美一番,还要假装自己就坐在花轿上,摆足了小姐的派头,把一套过程想象一遍。在她这里,美是自己的事情,是必要的事情,即使黑夜里没有一双欣赏的眼睛。她日日偷偷换着那几件陪嫁的衣衫，为了身材不走样，她从不贪嘴，不管是有的吃食没得吃食的日子，大风大浪，每日的这门功课都是从从容容。每日固定的孤芳自赏，是一出暗地里占了十年档期的漫长大戏，演戏的和看戏的都是静悄悄不言语，不能被外人发现。女人的定力，有时候叫人惊叹，倒吸一口凉气。最后她终于为了衣衫打扮走火入魔，早早地就得了痴呆。陈晚心中埋怨自拍相机怎么不早流行几十年，这样奶奶定然每日自拍，照片多得几个电脑的硬盘都装不下。可转念又想，自拍相机是满足不了她的。那打扮是精细妖娆，要照进全身才好，从肩头到腰肢，还有露出平瘦脚背的鞋子。奶奶是真会打扮的人，陈晚这代人都是浅薄，不知道女人真正的美好。

二十二年前，陈晚的父亲娶陈晚的母亲进门。

“那时候还没有你哦，你是错过了一场好戏。”姑奶又动起筷子，汤早就凉了，鼻中又有鼻涕又有眼泪，喝起汤来，与喝了屋外滴下来冰冷的雨水没有差别。

嫁入陈家的女人都是不幸福：“你妈妈的婚礼哪里是婚礼，尽给你奶奶抢了风头。”老爷子在陈晚父母的婚礼前夕请了轿子，儿子结婚，老爷子也要和奶奶再结一次。这次是风风光光。他从部队里退下来，一把年纪不怕被人说道。“你说你爷爷是不是个情痴，真是肉麻恶心哦。”姑奶这么说，却眼中尽是做女人的羡慕。这么多年，他一直记着呢，她要他用轿子娶她进门，当时做不到，现在就再娶一次。那轿子从家里一路抬到置办酒席的大饭店，衣裳是奶奶自己动手做了六个月的红绸衫，姑奶帮着绣上的凤凰，绣坏一针都要被说道三天。

那日刘家女儿不是娶媳妇，而是嫁她自己。

没有人再坐轿子了，讲排场的都是要同一个牌子的进口车，几辆十几辆，装扮成花车去接新娘，开在路上，路人都要回头去看的。可是刘家女儿五六十岁办婚礼，坐在轿子上，还是当年小姐的仪态，几十年不贪嘴，那身段还是像从前那样的好。她不怕别人指指点点。有人以为是在拍戏，还拿相机出来拍照。奶奶坐轿子再办婚礼，当日报纸要报，老爷子动了关系，报社把稿子和照片都又撤回来。刘家女儿总算是圆了心愿，一路途径新城的高楼，新铺的大道和广场，人们就像看戏似的，她自己就陶醉在这戏中，浑然不觉时光已经过去近四十年。英雄美人，偷偷演了那么多年黑灯瞎火的戏，就算过去了四十年，也要再在明处将戏演完。

奶奶坐在轿子上再给爷爷迎娶过去，陈晚还没有出世，奶奶第二年就终于活腻味，心满意足地死去。

家里的习俗是，过世三日内下葬不择日，过了三天，就要按照黄历来算。两件事要放在同一天做，只能迁就老爷子下葬的吉利日子。老爷子葬在村后的山腰上，今天要把奶奶的坟一并迁过来。下葬这天，只有陈晚家里人，老爷子以前的部下和其他人是不参加的，连柔柔的妈妈和柔柔也不在场，只要亲人把他的灰烬还给村里的土地，这也是老爷子早前自己就交代清楚的。

起了奶奶的坟，迁出来，夫妻两个人一起葬。

陈晚对礼节一点也不知道，跟在家人身后。

开启石碑，对陈晚来说，就像是去开一个人的头盖骨，她只用余光去看，低着头，风吹得她的头疼。她只看见姑奶的背影，和她前两天在菜地里看见那个背起一座山的脊背判若两人，她发现她也是瘦小的，细长如一根发黑的骨头，立在风中。可那景象并不哀婉，那根骨头连接了天与地，撑起一幅图景。

村里有村里的方言，一边开启石碑，行礼的人口中还念念有词，这些风俗，陈晚一点也不知道，她想，等到自己死去的时候，一定没有人懂得这么念了。奶奶的坟墓是被一棵大树的树荫庇护着，开的什么花，陈晚也叫不出名字。到了五月，花朵早就落尽，剩下一些落下的花瓣，围在四周，人的鞋子和牲口的蹄踩过，那花瓣杂糅成粘腻的一地灰白色。行礼的人口中是在唱村里迁坟启墓的歌谣，陈晚一个学过音乐的，也完全捉摸不着调调。这歌谣从前面好多辈就传承下来，陈晚是第一次听到，这样的歌谣，只有村中迎来送往的老人家听过多次，陈晚一生恐怕也只此一回。

那歌声飘散开去，代替了那花瓣在空气中飘飘荡荡，捉摸不住，是空空的，干净透亮的，挥发在空气中，一丝一毫，一点一滴，没入早晨的微凉。这是不靠人谱曲，没有系统编纂的音乐，不靠任何乐器，不吹拉弹奏，单单凭了人的嘴巴。唱的人的嘴巴就是乐器的发声部，像是高人捏面团，这调调听着是信手拈来，没有定式，可又明明是祖上传承的古曲，说是没有系统，实在是最有系统的，村上人的血液就是用来写这谱子，没有符号，声色调调都融化在血液里，外行人唱不出来。

陈晚也唱不出来。

她自小习得的是另外一种音乐，别人的音乐，拉奏的都是别人的血液。可要陈晚唱这村中的曲调，那也俨然不是她自己。有时候，她觉得体内的骨头就是一把琴，有些声音怎么拉奏也不对劲，拉的是别人的筋，疼的却是自己的骨头。后来陈晚在纽约找到过一个催眠师，想要记忆起那个曲调，却怎么也捉摸不住。她认定那音乐不是在她的血液里了。

突然歌声收住。

陈晚忍不住抬头来看。启出奶奶的骨灰盒。陈晚没有见过祖母，现在算见到了，是一个黑灰色的小盒子。那么细软的骨头，精致的腰和腿，烧出来就那么一点点，这是真正把一个女人的美丽揉碎，不知道揉得她是不是疼痛，陈晚又低头不忍心看。里面装着的不是烧尽的骨灰，是一个倔强的女人蜷缩起来，屈缩在这小盒子里，有胳膊有腿，耳朵上还戴了一对莹润的珍珠耳环。

有一朵花瓣被风吹起来，不知道哪里来的一枚干净花瓣，还是湿润的，雪白色中透着殷红的脉络，停落在奶奶的骨灰盒上。

家里人说奶奶下葬的时候，除了骨灰盒，还有那一叠陪嫁的衣服，专门做了一个檀木的盒子，规整地叠放好每一件她陪嫁的衣服，与骨灰葬在一起。爷爷怕她下了阴间也是爱美，舍不得她那些旧衣服，每天晚上一个人无事，也要打扮一番。本来要做新的衣服给她，可老爷子知道她的心事，新衣服不能和旧衣服比。就只葬了她那些压在箱底的，十几年间天天要轮番拿出来妆扮过的服装。一件翠色的短衫和一件黑色的金边袄子她最喜欢，就叠在最上面。

这盒衣服也要启出来，启墓的人却说找不到。

再挖深一些，陈晚就盯着刨出来的泥土，身体有些僵硬。那是包裹着死人的泥土，比周围的土都要肥一些。挖的人说还是没有。

姑奶自己走过去，自己刨起来，她弓着背，在陈晚眼里仿佛一根弯曲得快要折断的骨头，随时都要咔嚓一声折碎。她刨得十片指甲缝隙都是棕黑色，不一会儿就停顿下来。她说二十一年前她是亲眼葬了这个女人和这盒要命的衣服，如今这个女人还在，衣服却能去了哪里。

"莫不是这女人真的收了这盒衣服，陪她到了阴间去，又装出一个新衣橱。打扮真是她的第一要务。"对死人，她的一张嘴也还是不依不饶。

找不到这个盒子，大家都慌了神，姑奶只说了一句算了，但是陈晚却执意要挖。表叔挖了半个小时，把姑奶的眼泪都挖出来了，还是什么也没有。

一行人进了山，不管怎么样，隔了二十一年，大戏落幕，英雄美人总算是葬在一起了。陈晚骨子里可惜着祖父母的烂漫情怀，心中耿耿于怀那一盒衣服，姑奶只说不顾。仪式做完，已逼近黄昏。

活人成了先人，老人成了祖宗。

陈晚一个人在山脚下，别了姑奶他们一行人，说要一个人走一走。陈晚从小跟了老爷子长大，姑奶也不拦着她，这么多天，在姑奶面前也没见她哭过。亲人们收好行礼的祭器，农村人的贡品是可以吃的，两个表叔卷起袖管吃掉两个橘子解渴，他们一行人一路又哼着那支歌谣，飘飘渺渺随着歌声走下去，朝着远处错落有致的房屋回去，一片灰，一片白。

陈晚绕道去找十年前记忆中的一片荷花水潭，那时候还小，到乡下来一步一行，踩在哪里小陈晚都觉得脏兮兮。前面有人赶着牛经过，小陈晚侧身去让，重心不稳就掉进泥潭里，身旁有人拉住手臂，小胳膊被大人攒在手里，半个身体陷进泥里又被大人捉上来，现在回想起来虽然好笑，但是小陈晚哭得地动山摇，哭得村里的孩子起先觉得有趣，哭得厉害了，又投来鄙夷的目光，觉得这个老军官的城里孙女怎么这么胆小娇惯。只有隔壁家那个给她采集杜鹃花的孩子一直安静地陪在她身边，第二天一早，小陈晚睡醒来，窗台上多了一支新摘下来的荷花，粉嫩得令人心疼。

那荷花塘的地方陈晚找不到，到了印象中相近的地点，没有泥潭，只有一幢新起的小楼，一层是个门面，给人糊烟盒子的。也许是自己记错，也许是小泥潭已经被填平。

一个人呆在村子里，陈晚更没有眼泪。

像她这般大的城市孩子，小时候都有一个农村记忆。这农村记忆来自他们的祖辈，现在老人死了，这片农村就再不关她什么事。

在村子里晃荡了不知道多久，天空还是亮色，可是半轮皎月已经升上来，提前要将夜空占领，这也是要争的。

没有人出来找陈晚。一行人回去也就回去了。

陈晚自己走回姑奶的小楼。

离开了山脚，靠近村庄中房屋集中的道路，还没有走近姑奶家的房子，先听见人声鼎沸的，还有机器的轰鸣。有背了孩子的，把孩子裹在布里，腰上缠着一条布绳，孩子半睡半醒地在大人背上。大婶见陈晚回来，侧身看她一眼。农村人看人不避讳眼光，她要看陈晚，就由着眼睛上上下下地看，不遮掩她是在看人。女人围在远处，年纪长些的男人，要么围在前面看，要么指指点点几句。

这是在姑奶家的门前，陈晚快步走回去，远远地看见一个推土机，土黄土黄，耸在楼前，像极了一只跛扈的螃蟹，张开着大钳子，咄咄逼人。那一刻陈晚终于接受老爷子已经过世的事实，老将军一死，没有人再给谁面子挡在这个工程前面，上面也不用再看谁的面子。

没想到刚埋了老爷子，他们就真杀过来了。人的生死也连着这样现实的利益。

姑母弓着背，这根细长的骨头绷紧了每一分精气，站在一排人面前，咧着嘴高声地又是哭，又是骂。

她面前站着几个男人，穿着没有熨平的衬衫，皱巴巴的，裤子的长度正好粘了一裤脚的泥土。站在最前面的一个腰桶粗圆，腆着肚子，右手举着一瓶水喝，好像说了很多话似的，左手叉腰，仰头把瓶中的水往嘴里送，喝一口水，要花多大的气力。他不看姑奶，向着她说话也不看她火爆的眼睛，那眼睛要爆发出鲜红的血丝，卯足了力气地瞪。身后的几个人要年轻一些,有一个戴眼镜的,低头不耐烦地用皮鞋划着土,越划越擦不掉鞋子上的泥。

旁边还有一个戴着头盔的男人,也很激动,后面有人半拖半拽着他,他指着姑奶的脸说已经给了那么多次机会,到了如今,还有什么好说。又放出狠话,说今天非要推倒了这房子,就算有人在里面,他妈的老子也要一起推倒了。

“你家他妈的说话的人都死了,现在看看谁比谁硬!”

陈晚拨开人群,这才真切地看到姑奶,她上去扶了姑奶一下,姑奶搡开她。

站在前面的男人喝够了水,慢声慢气地说话,要显得他辛苦,显得他来头大,放慢了说,才能假装自己是一字千金:“陈奶奶,两年前我们就不停地协商,今年强制命令也下过三回了,你不能这么不配合吧,话我已经说过一千次了,你这样是干什么?”

陈晚的姑奶剑拔弩张,单薄的一个老太太与一排男人对峙着:“村上怎么与你们签了合同了,我不管,我家守着这个房子,守了快一百年,兵荒马乱的时候,我们家就到了这里了,连打仗的时候,‘文革’的时候,也没有人要随随便便推倒我们家的房子,这是九十年代自家新起的楼房,你要推,我就死在里面。”说完就进了屋,站在门口,两只手撑着门框。

村上的领导去拉她,她嘴上就骂,这根骨头年纪太大,谁也不敢真的用力将她拉扯开,一拉就要皮开肉绽,粉身碎骨。

“你这是干什么呢。干什么哟!”村上的领导苦口在她旁边劝,当头的那个男人白了一眼,又要去喝水。瓶子里的水喝干了,打了一个嗝,仰头要去喝,没水了,将空瓶子扔在地上。

带着安全帽的年轻男人一口黄牙:“你们跟她说这么多干什么,这种人就是贪得无厌的,那么高的赔偿金都不愿意走人,胡闹!

你越跟她说,越跟她商量,她越得意。他们家以前不就是有个人在上面有关系,找人能说两句话吗,现在人也不在了,你跟一个老太婆说什么说!”他见四下没有人吭声,又道:“这种老太婆说不定过几天也死了,她不怕跟你耗的。我们耗不起!跟她废话什么!她懂什么大局!”

姑奶反身进屋。屋外的人围了好大一圈,都沉静下来。

那个安全帽有些得意,觉得自己的话打中了姑奶的心。屋外人等了一阵,不见动静。熙熙攘攘一阵,不知道那个安全帽又要对跟前那个当头的男人说什么。村领导也没有什么办法,合约是他们签的,现在对着村里人不讨好,对着开发商又吃力。

沉寂过去又是一番议论,人群开始骚动。

只见陈晚的姑奶突然间跳将出来,银色的头发早已经折腾得蓬乱,一张铺满了皱纹的脸绷了起来,亮晃晃地,手里握了一把菜刀!

“我是老不死,我看你怕不怕死!你有家,你不拆,来拆我家!我守了八十几年的家,你才多大,你说我不懂,你懂什么!你懂你妈个屁!”说完就要向当头的那个矿泉水男人砍去。她举起刀子,脸上血脉贲张,如狼如虎。矿泉水腰粗,不灵活,立刻吓得滑倒在地,周围围着的村民哄然退下去,只散开一小圈,并不走。

女人才是真正强悍如兽的动物。

听说去年同村也有人用刀来砍,真砍伤了人,现在还没回来,被关进去,他媳妇只好签了搬迁的合约。

陈晚不知道如何是好,有人过去要夺了姑奶手上的刀子,又不能靠近,她挣扎着向那个男人扑过来,那男人扑倒在地,爬着退去两步想要爬起来,没有人去扶他。村上的人从后面拉住姑奶,她银色的头发跳跃飞舞,弓着的背和头发一起,发抖得要竖起来,向那男人砍去。他两只手撑住在地上，要爬起来，屁股撅得高高的，姑奶果真过去摁住他的手，发疯一样的，就着地面，当作砧板，顷刻之间，剁下那男人两颗肥手指。腰板粗，手指肥，人吃的油多，溅出来的血也特别的足，溅得陈晚她姑奶脸上一道黑红的印，她用袖口往脸上一擦，喘着气，冷静下来。那血被她的皱纹吃进去，一脸的污垢，血一下子就变黑色，入了她千沟万壑的皱纹中，被吞食进去。

周围的人马上趁势夺下她手上的刀子，把姑奶牢牢地压在地上。

那个男人躺在地上，一双短腿蹬着天，扯着惊恐的嗓子，拼命地叫道："杀人啦——杀人啦——钉子户要杀人啊——"

村上许多人去城市打工，地都没有人种，从村里承包下来的土地，草草签了合同就转让给别人，村书记的儿子几年前签了许多村民的土地，还有些算兄弟交情的，连纸上的合同都没有，口头上说了就算。按理说承包转让是要村里作为第一承包方同意的，自己说了不算，可是农村人哪里来那么多条条框框，又是书记的儿子，他同意，也就是村里同意。三年前他把村里许多土地转让给北方来的几个生意人，托了关系拿了审批的手续，要在村子上建立一个项目园。以前陈晚断断续续从老爷子口中听过这回事，但只是个孩子，就算茶余饭后的谈资，也只觉得谁没有几个多事的亲戚。除了那片地，姑奶和其他十几家村民的房子都在项目规划范围之内。北方人起先跟他们谈判，大部分人都拿了赔偿金肯搬迁，都是家里剩下老人，拿了赔偿金就跟儿子媳妇去了东莞。这村庄在附近算是景况不好的，离高速远，有人在这里建立项目园，前任镇长还肯提了裤头屁颠屁颠地跑去迎。

只剩下陈晚她姑奶不愿意走，谈判的人来了一趟又一趟，先前老爷子找了人撑着，来人也不大敢动，现在老爷子去了，这件事情就活生生地呈到了陈晚的眼前。

来人口气很硬，地是要买下的，给了钱最好赶紧就走人，肯不肯，这项目园也是上面批准了的。陈晚不谙这些事情其中的脉络，吓得面色惨白。

但不管村上和开发商有什么过节，现在姑奶砍了人，推土机又开到门前，一连两日，陈晚呆呆地坐在屋檐下，有雨时看着雨数着雨滴，没有雨时就数着门前的蚂蚁。心中的害怕蔓延开去，太阳把泥土晒得灼热。

开始要穿短袖了，陈晚除去身上的外衣，毛细孔就张开在户外，又穿回来，生怕这村中的空气啃食了她十九岁的肌肤。

两天后，柔柔的妈妈疏通了关系，带了姑奶回来，姑奶砍了人家的手指，自己也晕过气去，在镇上的医院躺了两天，陈晚觉得应该去陪，柔柔妈妈只叫陈晚好好呆着不要去。好不容易谈妥了，让上面先不抓人，那几个生意人也愿意私了。房子是照样的要推平，经过这一闹，不答应也得答应。只是赔偿金没有了，白白地抵了房子去，买了人家两根手指。

原本他们还想要一笔额外的赔偿，柔柔妈妈打通了许多门路，才压住了他们的气焰。手下的两根手指，并不是老板本人的，并不值得那么多钱。老板自己也乐得高兴，手下人的两根手指，换一块地皮，吵了两年的案子总算了结，这年头这种事总需要一番折腾，到头来大家都筋疲力尽。

姑奶住了两天医院，养回一些气血，就要回家去。

下个月他们来收房子，姑奶说，住一天也是少一天。

陈晚搬一张板凳，坐在门口，时间像水滴一样，一滴一滴，滴得沉闷而烦躁。她觉得从此世界上空无一人了。柔柔妈妈打来电话，说下午把姑奶先送回去，其他再从长计议，问陈晚要不要先回广州，陈晚只说等过两天。

柔柔妈妈送了姑奶回来，请陪同的人先回去，今晚就在村里和陈晚住。陈晚谢过柔柔妈妈，这些天光忙她家的事，怕耽搁了公事。柔柔妈妈安顿好姑奶，走上天台去，天台上的两盆花不知道什么时候竟然开出了血红色的骨朵。她抹了抹眼泪，把陈晚抱在怀里，叹口气，只叫她以后是大姑娘了，要懂事。

晚饭是柔柔妈妈做的，陈晚在旁边帮忙，一句话都不说，老爷子死后她就没说过几回话，现在口唇紧闭，再张不开了。

三个人围在桌子旁吃饭，只听见筷子夹菜的声音，三个都是女人，吃得很安静。陈晚不喜欢姑奶嚼饭菜，非要唇齿一开一闭，咀嚼时有口水的声音，嘴唇张闭的声音，在空洞的安静中很刺耳。

陈晚像布景般一言不发。炒的一个豆角肉丝，甜酸排骨和丝瓜汤，不知道什么味道。

姑奶镇静地吃着，吃完了把筷子一放，突然说起许多以前的事情。柔柔妈妈和陈晚也放下碗筷。

“姑奶吃好了？”柔柔妈妈问。

姑奶摆摆手：“你们继续吃。”

她说女人一辈子是受委屈的。家里有男人，就是要护着男人。打仗的时候，要藏着一个十多岁的弟弟，怕给人拿了当男丁去。女人在家里，辛辛苦苦怀孕，用了身体里一辈子的精华来养育一个男孩。生出来，世上的仗打不清楚，有硝烟的，没硝烟的，打着打着，就一个男人也不剩。这么辛苦怀胎生下的男儿，母亲们望着长大，打仗，一下就全打没了。她母亲也是个有心疾的，守着这个儿子，比守着金银珠宝还小心，有一次藏在被子下面，小口小鼻捂着，弟弟要叫出声来，大人盖上被子去捂，好像多叫一声，就有人发现这男孩的存在，有人要马上跟她抢走了去。那次差点把他活活捂断气过去。

“在这房子里，不知道发生过多少事。”她说，“陈晚你是读书的，你在学校里学的那些历史……”她摆摆手，“不中用的。”

“姑奶这房子里，有的是历史，就看你敢不敢看。”

说着她忽然伸手要去脱裤子。她不是她弟媳那样的爱打扮，普通村里老人穿的什么，她也穿的什么，天热了，换了一条纱织的黑色长裤，有些细碎的花纹，镇上的商店买来的。

那裤子滑下去。

陈晚和柔柔妈妈怔怔看着那裤子滑落下去，一双皱巴巴的细腿，骨头和皮的中间不剩下多少肉，剩下的肉也是渣渣的没有养分，让人第一个想起大盅的筒骨汤，煲了多久，才变成渣渣的，这副模样。

陈晚没有办法装镇定了。

她看到姑奶左腿上的伤疤，从来没有见过这幅场景。一个与她生疏的亲人，脱下一条纱裤，那左边的大腿根上一块腐色的伤疤，不敢正眼去看，看一眼，已知道是年月很久的伤，就在腿的侧面，新长在边缘的肉，也已经老坏衰败。

“这是你爷爷吃下去的肉。”

她说女人就是要受一辈子的委屈。

那年弟弟饿得快昏死过去，病入膏肓，醒来说要吃肉，哪里有肉！

陈晚和柔柔妈妈都沉默了，收了碗筷，洗碗筷的水声哗哗地淹没了水池，溢出来。

柔柔妈妈知道姑奶这一出的用意。

晚上她对陈晚在屋里说,只要姑奶不和你抢房子,老爷子留下来的那些钱,就给姑奶一家。

陈晚只望着屋外。她怕姑奶剑拔弩张。

她只是会拉琴会读法语电影,并不知道这世上真真切切的许多事情。直到老爷子死后,她也不清楚,自己是家中的谁,这村庄在她眼里,是另一个地界,而她对于这村庄,仿佛一个外人。她对柔柔妈妈说,她并不知道爷爷的财产要怎么的清算。原本是被捧在水晶盒里的大家闺秀,只能看不能碰,谁想突然之间,生活的口,就向陈晚血盆大开。

她不敢告诉柔柔妈妈七万美金被她一把火烧去的事情。她此刻才体会到老爷子的用心,那已是他全部的积蓄,他用这种形式给晚儿表达了最后的关爱。这样的告别,再次令陈晚痛如椎心。

不知道往下要怎么办。没有了资金担保,美国就算回得去,也不知道能不能平安无事地撑过这几年。当初是老爷子要把她送出国去,当中许多道理。

熬了一夜睡不着,陈晚的眼睛下面肿起一块,淤青在眼角,许久没有心情照镜子,在镜中瞥见自己,吓得退下去一步。

但姑奶终究是开了口要那房子了,她认准了老爷子这一条命都是用她的肉补回来的。

这是一家人。互相流着互相的血。

姑奶的嫡孙子在城市里打零工,原先在工地里干活,压坏了身子骨。后来老爷子给他安排了个工作,在机关单位里给人开车,当司机。他不是一个圆滑的人,吊儿郎当的,又嗜烟如命,天天没事就吞云吐雾的,别人怎么受得了。领导讲他 ,又要去顶撞,不懂得处世,弄得很不愉快,老爷子的面子也挂不住,没有过去多久,自己叫人开除了他。

他想着自己做点小生意，没有本钱，就跟家里要了钱，求老爷子又给了他五十万。一个农村人到了城市里，以为满地都是黄金，什么也不会做，赔得精光。到后来，和几个人跑去东莞，做女人的生意，不敢让家里知道。赶巧严打，又被拷走。老爷子气急败坏只说家门不幸，保了他出来，死性不改又要去赌。现在人已经三十岁，娶不到老婆，给人家当小弟，欠了一屁股赌债。

陈晚十七岁去考音乐学院。第一次去美国。走前那夜辗转反侧，兴奋得睡不着，满心满怀地紧张。凌晨三点多，家里被打进来一个电话，接进去给老爷子。接了一半，老爷子一阵高声愤怒，陈晚偷偷地拿起分机偷听，来人电话里说要六十万，六十万三天内到手，就一切都不追究，否则明天断手断脚，叫他家里人看着办。老爷子是将门，不受小喽喽的恐吓，电话里说动了他的人，明天来人的手脚也要不见。来人不知道电话那边老人的来头，放出几句狠话，反正是要钱。第二天本来要送陈晚去机场，飞美国去面试，结果一大清早老爷子就让司机把车开走，出了门去。陈晚一个人背着琴，打车去了机场。要说陈晚听说过这个表哥，大概就是两年多以前这一次。

现在姑奶开口跟陈晚要一半的钱财来填她表哥的债务，又要广州的房子。乡下这房子下个月就要有人开了推土机来推倒，到时候，轰隆一声，新宅旧宅在一个地址，几十年的岁月就统统化为灰烬。

失去了赔偿金，这已经是算不明白的一笔损失。

陈晚在波士顿上学，学费每年要去掉四万多美金，光交给学校不吃不喝就二十几万人民币。即使那七万美金没有被她一把火烧成灰，也不够她在波士顿一年的基本生活费。事到如今，包包、鞋子的钱再也没有人去算。

柔柔妈妈把她拉到房间里："你不要跟你姑奶打官司。都是一家人，中国人自家不打官司。"

陈晚不说什么，心中发紧。

在姑奶心中，陈晚本就是个没有用的女孩，当年老爷子花大价钱要她出国，家里就颇多微辞，那么大一个烂摊子不去收拾，让家里一个小女孩拿着上百万出国去拉琴。农村人有农村人的想法，这一切都是太不划算。

陈晚总不能令自己的表哥欠着新赌债，哪天失了性命，对外人来说，小人物的人命现在最不值钱，可人都是有家的。到时候出了事，也会算作是陈晚不让财产的一桩过失。法律继承归法律继承，中国人家算计事情，总是另一回事。柔柔妈妈教陈晚，有些事情上，须会一些道理。

陈晚低声问柔柔妈妈，她表哥在外面到底欠了多少债，柔柔妈妈摇摇头，也不说具体多少，她心疼晚儿，软下话腔来："晚儿，你还念几年大学？"

晚儿现在大二，以后如果要念研究生文凭的事情不谈，也还要两年半。

那天柔柔妈妈与陈晚促膝交谈，陈晚觉得恍然间她要脱胎换骨过另一番生活了。但柔柔妈妈也只是教她一些道理，她也是女人，心疼陈晚年纪轻轻。虽说是多年的交情，陈晚心里明白，柔柔妈妈到底是旁人。往后这许多事，还要陈晚自己一点点去体会。她闭上眼睛，四下空空如也。

柔柔妈妈说，房子你就先别管了，你姑奶她们去住着就去住着，你呢，还是回美国去。以后多靠着自己，想办法在美国留下来，阿姨希望你有本事，能别回来就别回来了。这两年的学费倒是不急，下一年的学费你是已经交了的罢？

陈晚点点头。

老军官在世的时候不愁吃穿和排场，但死后一个军人又能真正留下多少可以挪动的现钱？

柔柔妈妈说，过几年再看看光景。“钱你先用着，过几天阿姨给你一张三十万的支票，平时想买什么，还和以前一样，好不好？”陈晚张惶地抹了抹眼角的泪，不小心渗出来，要推回去，一想若是不收，也没有别的办法。

柔柔妈妈的意思是，等过几年，广州的房子可以卖了去，姑奶总不能永生永世活在这世上。

“可是到时候表哥要是占着房子？”

“不怕。”柔柔妈妈说，“你姑奶去世了，他不能死皮赖脸地占着你爷爷的房子吧？”陈晚只觉得不妥，这个没有谋过面的表哥不说一句就把老爷子的遗产吞了去，有胆量死皮赖脸地欠下那么多债，陈晚不信他没有胆量死皮赖脸地占着这房子。她心想自己可没有推土机，把人赶走还开了一台机器去。

她望着镜中的自己，以前，一张丰盈的嘴唇如同一颗璀璨的亮钻，不抹唇膏也是鲜艳，端凝有姿色。这几天睡不好，眼袋大得吓人，两瓣嘴巴也少了光泽，鲜艳的颜色是在的，只是没有了滋润，仿佛是血迹干了粘在嘴巴上。

柔柔的妈妈觉得陈晚气色太差，带她到村里一个有名的中医那里抓了几副药，回家来补身体。姑奶最近也是动了气，一并买回去几副给老人家的中药。

路上陈晚与柔柔的妈妈聊起那日启坟时候的事。她听说奶奶有一个盒子，下葬的时候，许多陪嫁最精美的衣服和她的骨灰一起下葬了去，迁坟的时候，什么也找不到了。

柔柔妈妈不以为然：“只是一盒衣服而已，你姑奶跟她母亲一样，都有一点心疾，说不定她什么时候自己偷偷挖了出来，一把火烧了去也不一定。你姑奶对你奶奶一辈子都是不喜欢的。但又不能说。”

她倒是还真的能理解这盒衣服的价值。仔细想来，那是她奶奶一生一世的安全感。真是祖孙流着同一的血液，陈晚以前害怕的时候，也是拼了命的囤积衣服。

陈晚想，烧与不烧，那些衣服反正也只是几张破布了。

离开农村之前，陈晚沉闷地往后山上走。花过了开的时候，连掉落的花瓣也已经不见踪影，土地有土地的算计，万物它都能吞入肚中去，只要有时间。她顺着别人踩出来的路踩上去向前走，这路要踩出来的，靠的也是时间。她哼着曲子，走到半路，也没有反应过来嘴里哼的什么，没有歌词，也不成曲调。

音乐不该是这么一回事。

“小兔子乖乖”也算音乐。

幼儿园里教唱的，请坐好，小朋友答“我坐好”。午睡过后吃下午点心，吃完小朋友们也要唱歌。那歌词曲调不知道是谁编的。许多儿歌，她用一个本子抄下来，集了厚厚的一本。唱的小兔子小花，唱的警察叔叔，唱的太阳唱的小鸟小鱼。这些就无端端地编造了一个童年，放之四海而皆准的，与是谁的童年无关。鱼是哪里都有的鱼，不论是阿拉斯加越冬的三文鱼，淮河当中的鲈鱼，还是珠江水中被臭气熏死的罗非鱼。小陈晚就跟着唱着，尽管她三岁时没见过活着的兔子，也不明白为什么一分钱也要去捡起来——她记事的时候，已经很少见到一分钱了，倒是来了美国，有一美分，许多黄铜色的零钱放在钱包里，光是增重，久了就全部倒出来，放在一处，也没有地方用。有一次她跟苏菲开玩笑，哪天收集九十九个一美分的铜板，到超市里去买一块九毛九的曲奇："不知道收银的年轻人会不会数铜板数到吐血。"

可是"小兔子乖乖"和一切都是没有关系的。和陈晚拉了十年琴一样，不痛不痒。

有些音乐唱便唱，什么也唱不出来。

小学的时候台湾有几个歌手的唱片在大陆卖得很好的。小陈晚与同学去买，藏在抽屉里。老爷子说这不是小孩子听的歌，全都扔了去。

老爷子眼里，那些流行歌手都是些不正经的，一说起他们就说是红头发绿眉毛的。老爷子是要唱革命歌曲的，但也不唱，音乐不是饭，下咽不得。

怎么巴赫就该是小孩子听的。对于小陈晚，都是一样，不管是红头发绿眉毛，还是巴赫，都像是与她没有关系的。小时候参加市里面的儿童演奏比赛，得了第一名，也是觉得与自己无关的，拉的是别人的曲子，听的也是别人，小小个的人在台上，琴比她还大。回家奖状也不贴，随手一扔，跟老爷子的废旧报纸放在一起，不知道哪天就被收走，后来申请大学的时候想起来，证书也找不到了。

她自己不在那些音乐里。后来大陆也有公司制作许多红眉毛绿眼睛了，尤其到了这些年，草根都能出去唱歌，谁都能号称要做自己，唱着同样的几个和弦写出来的歌，摆几个姿势，再把头发什么的弄弄，就是年轻就是真我本色。最后满大街都是一模一样的众多自我了。前几年，陈晚走在大街上，还有人过来与她搭讪，邀约她去试镜当歌手，她并不去的。现在转眼张震岳罗大佑都老了，许多小陈晚听过的艺人，也出落得同从前的青涩判若两人，网络上到处是熟悉的艺人结婚的消息，大家又都妥协忙碌着，去婚丧嫁娶，没空假装"真我本色"了。

难过的，是她仍然不在任何一处，她也不在村里人启坟的时候所唱的歌谣里。

她觉得她的音乐不该是这个样子的，在她全部的生命里，她压根不懂得音乐。

因为无论哪一种——巴赫，红头发绿眉毛，还是村里人相传的歌，她都不能在其中照见她自己，她茫然地转身从高处望着村里的开阔地，那山那水那天地，和远方的乡镇，城市，大海，她闭上眼睛把自己没入黑暗中，四下安静，这安静中杜撰不出一节音符。

时光和空间都有些错乱。

如今她一点也不挂念放在韩默家中的那把大提琴。跟了她几年的琴，好像从来没有认识过。还有那个拿走她贞洁的男人，仿佛从来没有见过面。

有时候，小陈晚拉琴，觉得自己就像在锯木头，老师要她在曲子里体会作曲人的心，她并不认识作曲人，她与他隔了千山万水，隔了几百年，她努力在音乐中找到相通的情感，最后，情绪是全人类可以相通的，生老病死，喜怒哀乐——而情感却不通。她突然为自己不再拉琴的决定觉得欣慰，再拉下去，也不知道该如何是好。她就锯着木头，在琴声中只能漫无边际地弹奏别人，找不见这琴声真正的魂魄，和她自己的魂魄。只觉得越来越烦躁，琴声越拉越空。

各自有各自的音乐，各自有各自的生存，陈晚拉不动琴了，不知道该走哪个调调，也不知道什么歌词唱得出口。

她摸索着路，走到爷爷奶奶的坟前。柔柔也叫人开车送了来，陈晚带着她一起去。

她们两个人站在老爷子坟前，柔柔先哭出声音来，陈晚只是沉默，闷声不响地，跪下来给爷爷磕了三个响头。

她停了嘴里哼的调调，找不到哪棵植物是开出杜鹃花的，她只认得开放的花朵，并不认得那植物的模样。她第一次自己上了这山，一不小心走滑了步脚，差点摔下山去。她自己爬起来，手抓住身旁的一株植物，她不知道其实那就是春天开了漫山遍野的杜鹃花朵。

5

时光也是戏，到老将尽，没有观众，就要草草收场。陈晚第二天就回到城里去。

在城市里长大，她并不会操乡下的口音，也弹不出那流传下来的古曲，那曲中唱的什么，她也只能意会，已经不能身体力行。那村后的一汪流水和流水遥远处的高速公路，横不平竖不直，好像它们不是沟通，而是阻断，把她阻隔在她够不到的一头。阻隔了祖辈的一生，她的一世。

周祖光打来电话说同学聚会，陈晚不去也不是，去也不是。陈晚打了辆车，堵在马路中央。滚滚的车流在路面上挪移，高架上的车辆随时随地像要砸下来，陈晚的出租车在车流里，淹没于车潮当中，出租车司机不耐烦地砸吧着嘴，陈晚的手机响个不停。

周祖光说:“陈晚你再不来就是负责埋单然后洗碗了。”

“堵车。”陈晚也没有办法。

南国的植物是四季常青,种在道路的两旁,专门用来吸去马路上的尘污,因此都耷拉着并不骄傲的头颅,灰头土脸,以尘土作衣纱。

出租车司机按喇叭,按完了又再按,陈晚低下头来看手机,好像要赶去投胎。最烦是碰上了一个红灯,接下来的路口就统统都是红灯。一个绿灯没放行几辆车,还没轮到陈晚所乘的出租车开过去,又转红灯,出租车司机开口骂粗。

刚要拐弯,一辆日本车与一辆穿越马路的摩托相撞,阻塞了陈晚的去路,出租车司机骂一阵,格子衬衣的袖管卷起来,一只手架在方向盘上。他也只好停下来。路口堵了许多车辆,喇叭声像合唱队,此起彼伏,相互应和。陈晚想在这里下车,眼看走路过去还更快,出租车司机骂起来,说在马路中间怎么可能停车。陈晚要是这样下车去,给车流撞死是活该。公交车有着巨大的身段,谁也不怕,只管横冲直闯,想要往前开去,又堵住走不了,巨大一个长方形,率先堵住路口,其他车辆也跟着塞进去,是真正的见缝插针,好像少一步,就要吃多少补不来的亏似的。可是后面的车还是要拼命往前挤,不肯少挪移一步,不把路堵死了,像身上会少一块肉。

陈晚电话里跟阿光说,一小时内估计赶不过去。电话那头一阵嘈杂,聚了高中时代玩得最近的十来个人,男男女女,基本上全是放假了从国外回来的。开了个包房,吃得正欢,阿光说出去找个安静的地方才听得见。

他扯高嗓门问她说什么。

陈晚说去不了了。

那边饭已经吃得差不多,欢声笑语,陈晚全然听不见。阿光在电话一头说着话，陈晚只能听见几个熟悉的高中同学嬉戏的声音。陈晚高起音量说话，出租车司机摇下车窗，谁都不耐烦。

没有人来处理正前方的车祸，能往前塞的便塞，不能再塞的，都等在后面，马路中间伸出许多个脑袋来，有用广东话骂的，也有用普通话骂的。一个下午就在众多车喇叭声当中过去。陈晚脑袋撑在手掌上，靠着车门，在出租车里一阵燥热。要司机开空调，司机也只是照做，又白她一眼，仿佛这里堵车是陈晚的过错。

眼看时间已经赶不及。陈晚和周光祖两个人改吃下午茶。

一双裸色平跟鞋，光着腿，回到南方，自己总觉得腿上的肌肤也是粗糙，不如以前细腻柔滑，全身的肌肤都跟着发起了小姐脾气。晚儿好不容易坐下来，巴黎买回来的一个名牌包包，上次元旦带回家里就放着没有用过，容量足够大，好用来上学，也好用来装东西，衬着陈晚娇柔的身躯，阿光一见她便说道："晚儿怎么还是长得这么细小。"

陈晚取出一条米白色的羊绒围巾盖在腿上，跟侍者要了一杯曼特宁，咖啡中有药草的陈香。她抿一口，鼻头充满咖啡湿热的浓郁气味。对阿光说想回乡下的老屋拍一组片子。那毕竟是老爷子的家，现在说没有就要没有了，拍一组片子留个念想。

阿光与陈晚在高中最为要好，阿光考去学了电影导演，平时最爱摆弄摄影摄像。高中时，陈晚最爱做他的人像模特，阿光高三有驾照之后，他们两人就开了车，到处去。去拍倒闭的厂房，旷野黑夜中的铁路，陈晚卧到轨上去，耳边有昆虫的细碎响声，阿光在一旁摆弄相机，她就闭上眼睛，聆听着土地与铁轨底下的一切悸动。远处是破败的旧厂房，没有滚滚浓烟，也不见袅袅炊烟，背景比人脸还要安静。那时刻，最为丰富也最为孤独，没有自我，什么也看不见，四下全黑，时间停摆，就摸索着火车渐渐接近的声音，阿光便捕捉陈晚的表情。

以为火车来时她自会起来，谁知道陈晚全然不顾。吓得阿光慌忙扔下相机，像拽一棵秧苗，连根拔起，把陈晚从铁轨上拽走，抱起她就往旁边扔开。

陈晚启出一个大盒子，推给阿光："你的相机。"她说专业的镜头她不懂得，挑了他要的型号，其他镜头和零碎，由他自己再买。

那次以后阿光就吓出一身汗，带陈晚出去采风，只取景色，不拍陈晚。两个人死党一对，阿光也不缺个新相机的钱，可反倒过了这么久，是陈晚突然想起来，觉得什么都要善始善终才好。也许是老爷子死了，才使人想起太多往事，而人年纪轻轻，没有什么惊心动魄的往事可供咀嚼，就只好把该善终的事件，善个终。再就是，陈晚自知这趟回美国去，老爷子不在了，兴许假期不能勤快地回来，房子由姑奶住着，回来也不是自家。

阿光扣她脑袋一巴掌："又不是以后再也不见了。"

陈晚只说，谁说得准呢。这时代就是通讯太发达，反而更容易再也不见了。

他望出落地的玻璃窗外，居高临下，不一定都是好风景。玻璃墙被打磨得透亮，映出陈晚的轮廓来，在玻璃中，硬生生地与下面的景致贴在一起。村上的楼在顶上看去，新新旧旧，一片灰，一片白；城中的楼在顶上看去，也是一片灰，一片白。但这灰与白不是真实的眼神，是许多五光十色杂糅在一起的。人需要在底下抬头仰视的大楼，到了高处往下去看，便觉得离高耸入云到底是有着天大的距离。楼房的颜色太不鲜明，从上往下看，天台上的一切都尽收眼底。高层写字楼天台是灰色的，像无数电子板，那车流拥挤的车道，就是电子板上的繁复线路，交织在一起，看似无序。低矮的旧楼像是故意被搞破坏的人塞进夹缝中去，此一堆，彼一堆，有的活生生被高楼划开去，不成区块，不见形状方圆。旧楼的顶上都是有花草的，挤在一起，有心机的老居民才去打理他们，就算久了没有人去理睬，它们也已经有能力自行在雨水和南方温热空气的滋养下，自行开花叶落。可在陈晚和阿光喝下午茶的角度，望下去，那旧楼当中的花花草草，像是没用洗牙水的一口黄牙缝中，陷进去的一小片残留菜叶。

阿光说："这城市生长得一副不讨人喜欢的脸，一个孬种似的，没有性格。"又说还是国外好，欧美的小地方，怎么拍都是一幅图画，像假的一样。

陈晚说："也没有什么不好，这里的一切才都是活生生的真。"

这城市是生生不息的，不管是吃进去精致的高级餐点，山珍海味，还是喝进去一桶地沟油，这城市都是照样存活，每日吞吐出最切肤的温度和气息，轰隆隆地朝时间的那一头开进。阿光说的孬种，没有性格，也是对。要奔了都市的形象去，又不能舍弃岭南的骑楼，西关大屋和凉茶铺，要留在旧羊城的印象里，但步子已经迈开去，向了现代化，你不走我便走。这一切急促，那一路拥堵的车流就是一个征象，一切都觉得来不及，回不去，又出不来。

阿光说下学期想要转学去纽约，这里的电影，学不过国外的一套。陈晚替他可惜了。她说你不知道在家有多好，你还记不记得小学的时候，每天清晨时候司机开着车送去上学，要路过广场，早早的就有老太太排开一个阵营，拿着红色的扇子就跳起舞来，等陈晚她们中午休息的时候，老太太老头子已经早就喝够了茶，一盅两件，聊一个上午，再去超市买菜。她说这些人气，非要在这里才有，国外太安静。

"就像你把我放在铁轨上，你不去拽我，我便自己不起来不是。没有声音的，可就是觉得死一般的寂静，因为你的血没有流在这一处，呼吸不顺畅似的，让人也不清楚是在真实当中存活了。”

她挤兑阿光，说到了美国，哪里还能整天喝早茶按摩泡脚唱歌，你要真决定转学去，会寂寞至死。

“哪有那么严重。”阿光笑道，“不是还有中国城么。如今美国大街上走的都是中国人，离开家我更自由些。”

陈晚说，你的自由无非就是喝酒泡妞抽大麻，你拍的片子，将来还不是要在中国电影市场上卖。又说女人就是有这个好处，只顾着浪漫，因为浪漫亘古以来无关痛痒。“要你只去拍女人看的戏，你又不妥协。”

陈晚说着就收了口。她脑中回忆起在房间正中央坐着假装拉琴的一幕，拉的是空气，听的是琴声。怎么寂寞就如同一滴阳光下的水，晒着晒着，日子就干巴巴。她不明白那样饱满的寂寞来自哪里。

她不能妄断了阿光去美国的寂寞，也许年轻男人离开家，只能是如神如仙地自由快活。又不是不回来。倒是现在中国人在国外遍地开花，想想往前一百年的移民，才真是不知道怎样的生活。但那时候许多是输到北美区的劳工，也并没有需要足浴按摩和精细饮食的享受。

阿光说：“学校又不是我家开的，去不去得成还是个问题呢。”

阿光说趁晚儿没回美国去，请她给自己的一段微电影配个乐。电影学院转学申请要拍部片子，须交一部作品上去。陈晚说作为中国人是占了便宜，几十年变得翻天覆地，随便抓了什么小细节小人物，都能拍个片子让美国人目瞪口呆。不在乱世，没有枪林弹雨的生死纠葛，做作品的人往往就只能编造感情纠葛，可光是纯粹感情纠葛或没有技术含量的戏份，阿光说拍出去没有人要看。

陈晚不以为然：“你要是敢把一个女人的纠葛放在一个时代中

去拍，那才是真的比拍枪林弹雨，爱恨离别还要艰难，见真功力，什么时代的负担到最后不是落实到女人的头上。”

阿光笑了，说陈晚幸好学了法语文学，只顾着浪漫就好。“你若也是个搞电影的，非要被自己的一副认真给吃穷了去不可。”他望出玻璃墙外，指着远处一处地方，没有什么奇特，没入城市楼房当中，只是一部分的背景：“我们小一点的时候，那里还是块菜地。现在这里成了广州新中轴的重要一部分，连歌剧院都是从积水潭上建立起来的。你这边一边进新国际学校去上学，那边还有人一边在拆迁的地里给猪狗搬家。”陈晚掐指算算，也惊异原来不过一瞬间，时间就走到这里。一眨眼，这条新中轴已经比巴黎的还要长，从卢浮宫到拉德芳斯，也超不过这十二公里。

阿光说你根本不用算，光是算你自己的年纪，总共也是这么点，能有多久呢。说着轻轻将壶盖启开斜放在壶口，招手示意服务员加茶。阿光刚和高中同学到外面唱歌打桌球，才过一下又觉得肚子饿，要了一碟鸡翅和一些点心，水晶皮包的虾饺，粉红从皮里透出来，他一边说不如以前的好吃，一边又全部都吃下去。

“你吃这么多不怕胖啊。”陈晚笑道。

阿光说：“大家都是打肿了脸来充胖子，要是吃胖了，不是便不用自己打肿么？”

陈晚咖啡喝了一半，有些凉，放在一边。阿光要拍有关这座城市的片子，说时间总是一把锋利的杀猪刀，挥刃见血。

她倒是不知道该配个什么音乐。她与阿光说起自己有一段时间在空气中拉琴的事，又说起村上人启坟的时候唱过的歌。服务员把茶端上来，陈晚谢过，示意她可以先离开，自己伸手去给阿光倒茶，她说，也许是两个人最后一次在一起做这些事情也不一定。阿光食指在桌上轻轻扣一下，说即便爷爷过世了，往后你也还是要回来的吧。

陈晚说不知道，美国也不是想留就能留，两三年内投资移民的路大概是行不通了，房子现在有人住着卖不出手，要留在美国换工作签证，也不知道能做什么，现在的公司都不爱帮国际员工转签证，多一事不如少一事。她对阿光说，实在不知道要怎么做这片子的音乐，又说她脑子里已经找不到音乐了。“你若说音乐，我脑子里只有自己在房间里拉空气的情景，如果是你要向我找音乐，那个便是。”

两天后陈晚又在河堤上走，走着走着就出了汗，长发被她拨在耳后，额头上有汗水沾湿了额前的头发。又到那个掉风车的地方，突然她扭头走去打车，往庙里去。庙中嘈杂，周末来的人很多，仿佛不是庙宇，是公园。老爷子带过来这里吃斋食，以前这里的斋饭做得很好吃，但是光光记得好吃，不记得好吃的是什么。她自小不知道庙中的神仙都是何方神圣，南方人很信这些，具体信的谁，又说不出。只要是灵，开车到多远也有人去拜的。

庙附近有许多打着招牌算命的，人都求个福禄寿，这也有广告好做。

还没有进到庙里，阿昌走过来，有些不敢认她。陈晚见他，吓了一跳。陈晚先向他点点头。他走过来，说真的是你。他换了一身干净的T恤，皮肤黝黑，远看与一般在城中打工的年轻人并没有不同，陈晚忍不住用目光去寻他那只断了两个指头的手。他大方地伸出自己断指的一只手来，问陈晚是不是想看这个。陈晚不好意思地微笑，不敢正眼去细看，赶忙突兀地移走了目光，问他为什么会在这里。

“想过来给亲人烧柱香的，姐姐有了新工作，来求个符，求个平安吉祥罢了。小姗姗也要请神仙在上面照顾。”

陈晚说怎么知道这些神仙认识小姗姗，阿昌说反正神仙都是住在天上的。

陈晚不知道该不该叫他一起进去，他又说：“来了才发现香火都变得那么贵，以前不卖这么贵的，拜个神仙还要买票的，还不如拿钱去买烧鸡和烧酒，好好吃一顿。”陈晚笑他，在佛跟前也说烧鸡和烧酒。

“那神仙也没有说来拜拜他还要收那么多钱。”

陈晚笑他说的是，别了他自己走进去。

她不懂得其中的规矩，看有懂得规矩的人，临摹着别人的动作。陈晚买了一把香，像捧着一把未燃的烟火。

移步到佛像前面，深深吸气，她方才体味安帛在美国每周去做基督教礼拜的心，人总要有个指望，才甘了心、情了愿，在漫长的岁月中承受佛家所说的七苦。她闭上眼睛拜三拜，将香插入炉中，生、老、病、死、爱别离、怨憎会、求不得，哪一苦都不比另一项好过，陈晚想到要历尽其中艰辛才能走到尽头，突然怅惘不知所措，睁开眼睛，也不过是在庙中，眼前老树苍翠，香火繁荣，人来人往，人总只能看见当下，哪里能一眼望穿苦难。

炉中香火很旺，有燃尽的没来得及清走，红色的柄插在那儿，繁荣地占着地方。陈晚找一处空隙，插上香，旁边有一个小女孩看着她，见陈晚发现又扭过头去装作没看。她在每个炉子里只插两支，朝拜不是她的兴趣，她是在分发花朵一样的，分给每个香炉里两柱香，派送才是她的快乐所在。

陈晚小时候与爷爷来时也是如此。她看着那小孩，有些伤感。那女孩回头看她一眼，这次是发现陈晚先看她，眼中流露一股胜利的得意。

炉中的香火散发清净的气味，芳香四溢地，使陈晚觉得，神与人也是不舍得互相的寂寞。

下午约了老爷子以前的秘书，有一些文书和账目要交付的，现在陈晚已经成年，须承担起世事炎凉。

离开的时候她回望一眼，已经记不得十多年前来吃斋饭的景象了。这一回头，陈晚觉得有人在探头看她。她没有想到再见到阿昌。

他又走了过来，拦住陈晚，说一直在等她，还好她动作不慢，一下子就出来了。

“等我?”陈晚有些不解，也有一些防备。

阿昌说:“对，是在等你，刚才碰到你的时候忘记了。”他手伸进口袋，摸出两张二十块钱，摊开来，递给陈晚，说我还欠着你的钱。我以为你不来了。他伸过去给她，又将一张二十块收回来。

“都说了，真的不用了。”陈晚有些错愕。

阿昌把二十块钱放回口袋，在另一个口袋里找出一卷随意捏作一团的钱，展开来，挑出一张十块钱，又添上两张五块，给过陈晚，说那张钞票太旧，捏在手里都薄了。

陈晚不收，他硬塞过去，陈晚不想与他推挤。他拽着钱，用五只手指头的那一只手，这样站在陈晚面前，陈晚不推挤，他不敢硬靠过去握她的手掌塞到她手掌中，就站着，走也不是。

陈晚没办法，收下钱，从包包里取出钱包。

“你叫什么?”阿昌问。

陈晚抬头看他一眼，停住没说话。

阿昌说现在的人都是那么小心，这里的人都像怕别人要吞了他的身家夺了他的命探了他的天机秘密似的。

将钱放进钱包里，陈晚也不回答。阿昌看见陈晚钱包中一张照片，问是不是她小时候。

“十岁的时候。”

十岁生日拍的艺术照，照的时候造型师说一句不用化妆，可小陈晚没化过，执意要化。不知道那时候皮肤最娇嫩最真实，陈晚取出照片来，穿着白色的裙子，恍惚看上去还以为是婚纱。现在自己觉得小时候化妆可惜了，该听话不擦粉，是真的吹弹可破的肌肤。可现在有现在的美好。陈晚正是最青春可人的岁月，年轻女人的美好要从内部迸发出来似的，花朵积攒了饱满的力量要绽开，一抹挡不住的鲜艳色彩，要与大地最温暖的阳光和最充实的岁月紧贴在一起。陈晚不能想过个十年二十年，这一切都要变化。

肌肤是人天天露在最外面的一层皮，还要装载那么多年喜怒哀乐，天天年年，日日往复地承担那么多情感，最后还要从肌肤由内而外——陈晚惊叹人的这一层皮才是最为坚韧不拔。

钱包里陈晚把韩默的照片压在自己的这张下面，陈晚抽出十岁的那张，放回去时，盯着韩默的脸看了许久。她把自己的照片放回去，把韩默的抽出来，想着干脆扔掉，又放回去，保留下来。还是压在原来的位置，看不见。

周祖光开车来接。

陈晚问他要不要进来坐一会儿，阿光许久没来，开进院子，院子里的玫瑰枝叶疯长。

“是不是看上去连刺都比以前锋利了。”陈晚说。花没有人管了，自由地生发衰败。“就跟你一样，胡子拉渣。”

阿光笑说，艺术家都是不剃毛的。

周祖光的爷爷是陈晚爷爷先前的战友，后来是部下，老爷子在的时候，两个老人偶尔在家里下盘棋喝个茶什么的。都是陈晚在旁边侍茶，阿光有时候也来的，是家里的常客，备有专门的拖鞋，阿光一进屋就问她鞋子去了哪。

“别脱鞋了。”陈晚说。“扔掉了。过段时间我回美国去，乡下的亲人要搬过来住。这里的东西该打点的打点，该处理的处理了，你穿鞋子进来吧。”

“说的也是，连房子都处理了，谁留一双拖鞋。”

“谁说房子要处理了，还早呢。”陈晚说着，心里也没底，跟阿光说，不知道以后的日子要怎么过下去。但转口又说：“阿光啊，其实老爷子去了，我也还和以前一样吧。”没爹没娘说出口有点难听，阿光也不回应。

他说那你祈祷我能转学到纽约去学电影，离你近。

下午去阿昌家。阿昌说起姐姐没有过这样美丽的照片，又逢她生日，陈晚答应带阿光去给她拍一组生日的照片。因为周光祖拍片子需要这个城市的素材，正好带着机器，碰运气录一段看看。

“你不是要转学去美国吗？怎么这个时候还换车开？”

阿光说：“原来那辆在城市里开太招眼，耗油又大。而且原来那台车子我改过车灯，我爸不知道，卖掉换这台车来开算了，不然哪天他发现原来那台车改装过，又要骂人。”陈晚知道阿光爸爸传承了上一代的军人性格，大风大浪闯荡出来，血性十足，成不了大业但能赚得到大钱。他打小孩也从来没有手软过，初中时，阿光不爱上学偷钱去玩游戏，打他是用真棍子打的。打得阿光大男孩一个还跑去找他爷爷，他爷爷说男人被打怎么还敢哭，又再加一棍子。

陈晚说：“那到美国又要买台新的？”

阿光把器材从副驾驶放到后座去，陈晚上车，他说：“转不转还不一定呢。”

陈晚白了他一眼："那我们今天还去录什么？别录了。"一掌击中阿光艺术家不剃毛的胡子，刺痛地说："你还不刮胡子装什么电影艺术家。"

阿光说："你说要给人家拍照片的。"

"我不是为了给你找机会积累素材吗！"陈晚说，"有空还是把你脸上的毛剃一剃。"

"生气了，不当司机了。"

司机阿光照着地址开到路口，又堵车，阿光喃了一句："差不多是这里了吧。"没有地方停车，他转出来，绕到附近一栋商业大楼的停车场。绕了几层楼，转出来，没有地方，又转回去，等在一辆黑色奥迪车的后面，蹲点候着别人退出车位来，阿光终于把车泊进去。

"会不会把车停得太远？"

"待会儿你就知道近了。"阿光说。"下车，就一条街。"

陈晚关上门，阿光锁车，她又叫阿光开车门："礼物放在后座了，开一下车门。"

"什么礼物？"

"人家姐姐生日嘛，带个小礼物比较好。"

"总要尽礼数。只是随意的小物件。"

阿光开了车门，取出陈晚包好的一个小盒子，只怨说陈晚万事太过认真。

绕过商业大楼的后方一条街，平凡热闹的旧楼和摊位全被大楼挡在身后。高高低低，城市是在一片白、一片灰中生长茁壮，灰与白互作陪衬，互作遮瑕。大楼里的许多员工，午间休息也是绕道后面这条旧街，在骑楼下一间粉丝铺要一锅猪肝粉丝煲，或者一份鸡翅饭，穿衬衫的出了空调房，把袖口卷起到一半，卡在关节处，露出手臂，坐在店里吃得汗如雨下，西裤下面露出深色的鞋袜。也有不懂穿着的年轻人新进城来工作跑业务，深颜色的裤子和皮鞋非要穿白色的袜子，但其实并没有人看，没有人在意。吃不得辣又要吃辣的，吃得鼻子窸窣响。吃完了，女孩子再回到楼里去，补个妆，继续聊些八卦，又再开工。有时候懒得出去，附近大小公司许多外卖也是从身后这条旧街的餐饮店里送出。

街前的幢幢高楼是这城市的晚礼服，后街的粉丝煲才是她平实火热的内心。

陈晚问阿光："你有多久没在这种地方吃东西了？"

阿光耸耸肩："不知道，三年吧。"又双眼冒出口馋的青光，"要不要吃一串豆腐包？"

"回头再吃吧。"

"要涮上厚厚一层酱汁，淋在上面满满当当，哇，爽死了。"周祖光知道陈晚爷爷最禁止她吃路边摊，她总是最是要吃。

"抓紧时间赶紧吃。"阿光说。"这些地方，不知道什么时候说拆就全部拆掉了，没有了，拆了就什么都没有了。"说完走到摊前买了三串豆腐，一边刷辣酱一边引诱陈晚："我要忍住忧伤，含泪吃下这些豆腐了，你不要来一点吗？"

"你不是吃得挺欢乐吗！"陈晚笑着瞪他。

吃完阿光又要了两串："阿姨，最后一串多送一颗豆腐嘛！"

陈晚催他吃完快走，阿光说你急什么。

"不是去给人家拍东西吗？你又说想顺便录点东西。磨蹭鬼。"

阿光又说你急什么，还在慢慢吃着，"请你喝奶茶。"买了一杯香芋奶茶，陈晚捧在手里，吸管堵住嘴巴。

"你急什么呀。"阿光说，要拍的就是这些东西。晚儿大小姐，你知不知道这种地方真的就是要赶紧过来看一看，抓紧时间吃一吃。谁知道你下次回来，它们还在不在。他说起这些天他积累的一些片段，许多旧街的影像，串联起来许多他没听过的故事，长在这里，明明有关，又与他的生命没有牵连。他说有时候故事不用口说，城市自己有一双明眸，你看着她仔细地看着她，她不用说一个字，就能告诉你一切事情。

"拆了之后，去哪里吃豆腐包，去哪里喝便宜的凉茶？"陈晚咬着吸管问。

阿光说："不知道。"想了一下，笑说回家冲王老吉。

这杯奶茶喝完，阿光说影像录得差不多了就拿去给你看。

陈晚看出阿光这次做得很用心，咬着吸管，说："你一定要去纽约，说话要算数。"

阿光说："不知道。"

秀秀竟然是上镜的，这出乎陈晚的意料。她的神色比弟弟和气。丰腴的下巴和手臂是她的标志，她一个人坐在那里，就有办法把屋中的燥热从容地压抑下来。秀秀的年纪长不了陈晚几岁，她生过孩子，体态中照得到其间所发生的变化，生过孩子的女人，最明显的不是身体，是脸上所现的神情，很稳当，处事不惊的。她的下巴很有肉，耳上也没有打耳洞。唯一可惜了皮肤颜色太深，不然也是好胚子。

出租屋内有些潮湿，是西关旧屋走了主人，分割出租给人的。这些年，旧区搬走的户主越来越多，有嫁娶在外面买房子的，也有举家搬迁走的，走了以后屋内还保留了原先一家几个儿子几房大人小孩的气息，灶台上的油污积累了漫长的年代，刻在墙上泛黄的一层黄白交融的史诗，黄白不分你我，擦不干净了。擦过了，也只是潮湿过一阵子，水干了也还回到旧模样。天井不热闹，每间房都关得严严实实不透风，阿光说这些地方没想到转眼就变得这么破旧了，好像是从别人记忆中挖出来的场景，不安地存在着。

秀秀把一张折叠的小桌子搬出来摆在门口，阿昌端了三张板凳，自己站着吃饭。陈晚和阿光推脱说不吃的，但是人家已经把桌凳搬出来，也推脱不掉。陈晚就带头先坐下来。周祖光和陈晚从来没有这样在人家屋外吃过饭，阿昌的饭渣掉在地上，旁边人家的狗就凑过来。陈晚吓得站起来，反倒吓到了人家的狗。阿昌笑她怕狗，他用腿去踢了别人的狗，熟练地把它赶走。有人进出，也并不看在门口吃饭的四个人，三个坐着，一个站着，陈晚一抬头忍不住目光就落在阿昌的手上。他站着吃饭就是要把手放高一点，好不让陈晚总看，吃几口饭来夹一口菜，两个断指就在陈晚眼前晃。

"你猜秀秀几岁？"陈晚偷偷用手机发给身边的周祖光。

云不知道什么时候低低地压下来，阴凉的风扫过来，扑在人身上，经过人肩膀，闷闷的，不知道是不是想下雨了。阿昌把碗里的饭刮得很干净。

陈晚去听半空中低矮的云与雷声的磋磨，雷声一点都不吓人，温温吞吞地低喃几声，陈晚又觉得是有人在煲瘦肉粥了，又闻见南方让人怀念生生世世的味道。

周祖光发回一条短信："拍片子照出来的女人都该是看上去二十五岁。"

"怎么拍都是？"

"嗯，怎么拍都是。"

"那是你们这些男摄影师的片子里，硬要人家都是二十五岁。"

陈晚放下手机，坐在屋外。抬头就是旧屋斑驳的墙，水泥地面，再向高处，在屋檐的角上，映出半幢高楼，商厦顶上的灯屏白天关着，在将落雨的午后又惨淡得厉害，不抢陈晚的视眼。那旧屋与高楼拼成一幅最常见的图影，阿光却说像是软件做出来的拼凑。

“我觉得挺好的。”陈晚说。

阿光说：“觉不觉得有点像积木？”

陈晚赞赏周祖光的这个比喻：“后面那几栋高楼是很像。”陈晚回答。小孩子一个人花一个下午，用全套的积木拼出一座城，最高的那座，总是红色的三角尖顶，放上去最后一块，大功告成，孙柔柔在旁边候着捣蛋，一推就倒。

“我说的是高楼以外的部分。”阿光纠正。

“以前孙柔柔总是盯着我搭积木，纵横雄伟的一座城。”陈晚比划着说，“才一拼完她就过来推倒，前功尽废，我一下子就哭出来，柔柔百试不爽。”

柔柔妈妈负责去堆房子，孙柔柔才屁点大，只能欺负陈晚，去推倒她的积木。反正陈晚比柔柔年长，推倒了哭一趟，也不打她也不骂她，光是恨，恨完了两个小不点又要和好如初，不分你我。

以前柔柔还住在规划局的时候，也有人打进电话来，只跟柔柔妈妈说了她女儿上学的地址和放学的时间，报上孙柔柔的名字。柔柔自己都不知道，就是这样她妈妈才把她突然转进一家国际学校，一路从小学念到现在。

旧城区要拆，一下子又拆不下来，就像一包塑胶袋里装着糖果，想吃，两只手用力去扯，扯出一条拉痕，塑胶袋延展开，口子越变越薄，却也还是打不开，吃不到。最后还不是到处找剪刀，咔嚓一声才剪开一道口。

轻盈地，一枚新枝从墙中镂空的窗格伸进来，屋内足够暗了，阴阴然，加之屋外开始有雨声，有落地的碎片，夏雷滚滚，场景是天造好的。陈晚盯着从窗格当中投进来的光，密密麻麻，看得见捉不住。周祖光在一边请秀秀摆姿势，秀秀不好意思地只是傻坐着，不停地用手去捋自己的头发，头发有些泛油，但棕黑的长发不经意间也展现出蓬乱的美感。尤其这个年纪的女人，她们风姿绰约，不修饰比修饰了还要可贵。周祖光调试好相机，说没有灯屏，屋内太暗了，就让秀秀坐在窗边，借了那一格格的日光和悄然探头进来的带刺的绿枝桠作布景，落了俗套，却也没别的办法。连拍了几张，摇摇头说不好，秀秀窘迫地端坐着，像只焦点中央的猎物，她不停地拨头发，又将两只手攥在一起，因为紧张，所以只好笑。

“不用刻意去笑的。”周祖光说。

不让笑，秀秀更加不知道所以，脸上笑容也僵硬了。

周祖光给她照俗套摆了几个姿势，秀秀觉得怪，顺从是顺从，可不知道周祖光说的那惆怅和期许的眼神是为了什么，又要怎么望，才望出他要的惆怅和期许，手搭在肩上也是奇怪，这肩头，有什么好摸。陈晚觉得秀秀想他们快点走。

人家秀秀是在拍生日的纪念，周祖光硬是要给拍一个出租屋里的租客，而陈晚拍的，是一个进城务工的女人阴雨天旧屋下的肥下巴。三人都拍不出自己心中所愿，心有不悦。

陈晚说，摆造型更拍不成。她让阿光再调相机，自己和秀秀坐下来聊天。她说秀秀有一张好面色，说这也要年轻，女孩年轻最美。秀秀抬头看她，意思是陈晚更年轻漂亮。陈晚僵着马上又转回来，说：“可是太年轻了，美丽透不出来，最羡慕你的面色。”

来都来了，尴尬也还是拍下去。她把目光移向窗外那株带刺的植物上，说阿光要不然你趴下来从下面往上拍。

秀秀有一只别人学不来的稳稳当当的下巴。

秀秀推说自己可不会摆这些造型和花样。

陈晚说，不用摆姿势，请她坐着便好。她不是专业的，但知道姿势场景都不重要，她和周祖光抓不住人家的表情，拍出来的照片只能是俗不可耐，不如直接用数码机拍生日照，用自拍机拍大头。

硬生生拍了许多，也不知道当中能不能挑出张把好的。陈晚对阿光说差不多了，阿光又为他们姐弟两个人拍合照。陈晚迫不及待地要离开出租屋，她抓起自己的手提包，要走出门口的样子，面红耳赤，要阿光快告辞。

“你急什么。”阿光怠慢拖沓，不紧张，他原本也有些不高兴，陈晚催他，他脸色下沉，不给她正眼看。秀秀不留他们，陈晚又窘又急，扯着阿光往外面走。周祖光上臂用力，甩开她伴住他的手，说你急什么。

“我们什么也拍不到。”陈晚说要走。她突然控制不住自己的情绪，恼羞成怒，大声扯嗓和周祖光在秀秀家门口吵起来，邻家的狗绕过来，陈晚也不避，狗吠了他们两声，转屁股走开。

阿光的少爷脾气也被她逼出来，说你他妈到底想拍什么。拍不到，拍不到又是你要答应人家要拍的，又是你扯着我来的。

陈晚突然失控地吼起来，阿昌从外面买东西回来，陈晚迎头又见他的断指，她吼周祖光说：“我不知道。”

“你突然好好的发什么神经。”

陈晚蹲在地上，眼角有泪水，秀秀在门口站着，只看见她粗壮的小腿和脚踝的弧度。秀秀不知道这到底是怎么了。周祖光拽了陈晚起来，往大路上走到旧街上，往前面闹区的停车场去取车。

陈晚面颊上眼角前的皮肤被渗出的眼泪噎得干红，她说，阿光，我们什么都不懂。

“不懂什么。”

陈晚说：“我不懂音乐，你不懂做影像。”

周祖光没说什么，沉默五秒，说：“我原本只想用西关旧楼做景，把她拍漂亮点。”

陈晚说:“你抓得住她是谁,就怎么拍都能看出女人的漂亮。你拍不出来的。”她又说,“你拍不出来。”

她双颊烧得火辣辣,撩拨她心头弥漫着的一股强烈的羞愧感和迷茫。她接过阿光的相机,沉甸甸地抱在手里,打开刚拍的片子来看。阿光俯身从下往上拍的。老住户丢下来的旧窗贴,恭喜发财,通过格子光,变成影子,打在秀秀身后阴阴的墙壁。屋内混乱又烦躁地黑暗。画面左上是窗格与那绿枝桠,秀秀坐着,原本怎样,还是怎样,她占了画面的五分之二,一个女人坐在旧屋的窗下,一张侧脸,丰腴的手臂,穿着白色裙子的身体,看得到红润的面色,粗壮的小腿,粗糙的皮肤和丰满的下巴。她的下巴如同一只灌汤包,滚烫,圆润,饱满,浑身充满力量。

陈晚觉得怎么也拍不出秀秀。

她开始歇斯底里,那一刻觉得自己十几年的琴白学了,此刻走在旧街的道路上,人声喧哗,也看不见周祖光拍那些影像的必要。她失控地落了眼泪,旧街在泪眼模糊当中使她倏然迷失了自己到底是谁了。她想叫住阿光,让他走慢一些,竟然停下脚步,脑海里空荡荡的,想了十秒,才想起阿光的名字。

阿光说:“我不明白你突然为什么那么大脾气。”他停顿了一下,说你真他妈以为你自己是文艺青年啊。

这条街说要拆,过了这么久,人们还在这里住着,也没有人出来说句话到底拆不拆,什么时候拆。许多人还这么住着,多住一天是一天,有地方去的人都搬走了,可也还是有人愿意搬进来。陈晚走在这条路上,听见各种口音,平常的一个下午,雨下了一小会儿又停下,打湿了路面,像有人要扫地了,先在路上撒一层薄薄的水。

有些屋子被推倒没多久,最底下的一层还在,中间是空的,外围堆积的建筑垃圾,厚脸皮地延伸到原本就狭窄的路上去,占了半边路面。简单地用一些竹料支撑着,红蓝白纹的编织布绕着废墟围出一道塑料墙。这编织袋的颜色最醒目,红蓝白相间,前几年连路易威登都跟风仿造民工的红蓝白。远远看去,与一袋没有人愿意倒的垃圾没有什么不同,编织布脆弱,包不住那堆水泥碎块。水泥碎块高过一人头,过往的人居然都安然自若,只有陈晚看得惊心动魄。

陈晚走去买一杯凉茶,要最苦的。老板说不苦不要钱。

她自己喝一半,实在受不了,苦得吐出舌头来,阿光也没有要理她的意思。

有三四个放学的小学生走过,甩着脱下来的校服一路追逐过来,跑到编织布围栏,路边窄了,一旁还有人占着地方乱摆小摊做生意,他们踩着编织袋围栏的边缘,慢步走过去,一脚踢去脚边细碎的水泥碎块,又再一路追逐。

“靓女,你的包!”老板是个四十岁的黄头发阿姨,眼睛最快。阿光放下相机。赶紧去追。

陈晚还没有反应过来,被人撞了一下,人是稳的,手上的凉茶被打翻,她顺道看过去,只见几个小学生的背影,眼前又多出两个人,一个抢包的贼,一个追贼的阿光。阿光比那贼高出一个头,视线中跑步的人一摇一摆,一条线遮盖过去,陈晚只见到阿光,贼的模样看不到。

老板搓搓鼻子,说肯定又是北方人了,叨叨说你太不小心了,走在路上都不小心包包的。现在的贼都识货的,你那个包多少钱,里面装了多少钱,现在他们做贼的都看得出来,真货A货都看得出来呢。

陈晚接过阿姨递的纸巾,说我包里没多少钱,有证件就是了。街上的人都朝着阿光和盗贼的方向张望,哄哄的谈论声,炒热了旧街平凡的下午。陈晚脑袋有些嗡嗡响，这几天身体本来就不舒服。

“你朋友去追了，跑不掉的。”老板说。

统共才几秒钟，好像只是一瞬间，周围的嗡嗡谈论声一下子提高了音量，像油炸鬼炸开了，油都要弹起来。

陈晚快步走过去，看到编织布的围栏果然挡不住水泥，有人撞上去，正好摔一跤，被溢出来的碎屑砸中了左腿。摔跤的正是那贼，脸上恐慌得不行，一下子又爬不起来逃走，包包被阿光从地上捡起来交还给陈晚。

周围的人一下子围过来，旁边一家卖鱼丸的生意一下子少了一半，还在排队买的人全部来围观。陈晚抬头看看那堵脆弱的编织墙，说不好到底是像一个巨大的编织袋装着一包垃圾，还是一只巨大的路易威登装着一袋烧饼。

被烧饼砸到的贼，腿上有伤，知道逃不掉，又惹了路人来围观，黑黄皮肤的脸上，五官难堪得皱作一团，惊慌而凶恶地看着阿光。

陈晚上前，她多怕那个巨大倾斜的路易威登包包里轰然间又倒出几只烧饼，砸到人。她说你先别激动，你受伤了，要不要先叫救护车？说完就要打电话叫救护车。

阿光说你神经病啊，还给他叫救护车。他去逮倒地的贼，陈晚说别了，人家都受伤了，我包也还在呢。

那贼看见陈晚去拨手机，忽然激动地张口大叫，自己阻挠陈晚说千万别打电话，慌忙地说他没事，不用去医院，说的是普通话，有很重的口音。他勉强爬起来，半逃半避地走了，这下走得倒很快。

买鱼丸的老人摇摇头，用一口浓烈的广东话说，是北方人。几个街坊的讨论也不持久，不到半分钟，人群就散开，全部都走了，买鱼丸的还是回去排队买鱼丸，没有什么能抓住观众长久的兴趣。戏完了，就该散场。那个巨型路易威登在旁边立着，被冲击过更加摇摇欲坠，本来就是推倒的危楼，陈晚不敢去看，怕多看两眼它就轰然崩塌。她不敢看，好像它马上要崩溃，要压坏狭小而不堪拥挤的路面，压坏卖鱼丸的铺面，还有排队买鱼丸的人，压坏凉茶铺和秀秀的照片，然后这座城市陷进地里去，地面凹陷下去一个无限大的洞，陈晚觉得自己也要掉进去了，洞吞了一切进去。

她真的掉下去了。没掉进洞里，地把她接住了。

阿光扶住她，喘着气。跑了一路，阿光还有急促的心跳和呼吸，陈晚的耳朵贴在阿光的胸口，蹬蹬地听着心跳，缓过神来。

“去我家吃饭。”阿光把陈晚搀走。

“我自己能走。”

“你再晕我可不把你捡起来。最近身体不好又不肯喝中药。柔柔她妈不是给你抓了中药吗？”

“那么难喝，而且煲起来那么麻烦。阿姨走了，家里谁给我煲药喝啊，我自己又不会。煲中药这种事情可有技术含量了。”

阿光开了车门把陈晚扔进去：“今晚去我爷爷家吃饭。”

陈晚点点头：“没给爷爷买什么。”

“把你带过去就行。”

擅自装修成欧式风格，爷爷不满意。周祖光他爸爸给爷爷买的新房子，推倒重新装修，按照老人家的意思重来一遍。前后花了一年多，装修出来阿光的爷爷一面说新房子好，又一面说搬家总觉得空。以前的许多物件搬家的时候都不跟着走，带得走的都是无所谓，旧屋的油污和天井中种的花草都带不走了。许多年前就给他买过一处新房子，他嫌弃公寓里人情冷漠，怎么都不愿意搬走。搬走了，闻不见妻子生前的气味。

阿光他爷爷和他爸爸是按照军人的上下级规矩，尽管陈晚不用猜也知道，阿光他爸爸揣着钱在外面，和所有揣着钱在外面的男人一样，但是在阿光爷爷面前，他爸是极尽全力地规矩，一级也逾越不得。老爷子不满意，整件房子的装潢就全部打掉重来，从丹麦订回来的灯饰也全部撤除，花出去的钱，一句怨言也没有。阿光他们家的父子关系，从上到下，从来似军队，是打与被打的关系。到了阿光这里，更是没有手软的。阿光卖了跑车，换这辆车来开，也是心虚怕被父亲发现车灯的事情，要受皮肉之苦。刚好这段时间，他爸爸回家回得特别频繁，前些时候还去查了阿光的账。男孩子长到这个年纪，有钱有车，就会有心思。他爸爸在他这个年纪虽然没有信用卡没有跑车开，但是那点心思自然再清楚不过。他查过阿光这三个月的账单，问开销怎么突然大了。阿光对陈晚说："我当时正在开一瓶汽水，他一问，我他妈的汽水都喷手上了。我以为他这么快就查出来我非法改装车的事，以为他又要动手了。你妈的，他打起人来，还真以为他军队的啊。"

陈晚笑说，雄性动物都是欺软怕硬。

阿光开过一个小学门口，放慢车速让路口的人过去，学校放学，接送的车辆在路口浩浩荡荡地挤成一股又一股，黑压压的一片，跟开车展似的。阿光右手握着方向盘，食指不耐烦地去敲："结果后来我爸爸问我是不是拿钱去泡妞了。害我原先紧张得。"阿光之后想起来觉得还是害怕，自己干脆去换了辆车子开，免得哪天他爸爸回家又去查他开的车子。阿光说："我猜他倒是想从我车上查出女人的香水味。"

陈晚笑说："不怕查香水味，就怕一不小心发现灯不一样了。"

阿光跟家里说原先那辆车子耗油太大，他爷爷还高兴说阿光知道节省了。倒是他爸爸，总问他是不是拿了大价钱去泡女孩子，一脸笑靥，笑起来松垮的胖脸上皱皱巴巴地跟着抖，极富喜感和动感的。

“泡你妈的妞啊，”阿光说，“我现在忙得连打飞机的时间都没有。”

“怎么那么远。”

“不远，堵车而已。”

陈晚捂着嘴哈欠，这一天过得太慢了。眼前的色调变得越来越昏暗，车道两边是绿化带，绿化带的两边是非机动车道，非机动车道旁边是街市，楼房的上方是灰蒙蒙的天空，所占的画面比例越来越小，所有这些都杂糅成一团。正前方透过车玻璃陈晚留心到一朵孤零零的云，也是暗色的没有什么光泽，陈晚看着觉得如同一团要滴又滴不下来的鼻涕，公然挂在天幕。

她拿一张纸巾，在阿光的车玻璃内擦。车堵一路，阿光停下来，问她在干什么。

“那里有一朵鼻涕。”

阿光笑破一张绷紧的臭脸：“那是老天爷的鼻涕，你也敢擦。”

陈晚问阿光他爷爷怎么突然愿意搬家了。

“搬了一段时间了。”阿光说。“以前他一直住在老屋里，买了另一套给他，装修好又不肯搬，空在那里，我爸前两年还开玩笑说，现在那个房子空在那里，价钱都涨了那么多，怎么那么高的身价还配不上你哦。我也觉得，旧屋到底有什么好，放着新房不住，爷爷说没有街坊，自己在白墙四壁的空调房会闷死一条老命，住得越高死得越快。我住五十七楼那么多年从小学住到高中，高考前买在学校附近那个也是六十几楼，没见我先死。”

阿光说：“你说旧街拆了不好吧，不拆，不拆老头子又不愿意搬家。这次不是拆迁令下，我都来这边新买一套风景又好的房子。他都不肯搬，我都想跟他说你不住给我住了。我还想我爸爸单独买一套给我呢。现在这里的房子都疯涨，说得不算难听，闻得到死鱼味的楼都当海景房卖给你。”

“你又想要房子干什么？”陈晚困了，又一个哈欠。“泡妞吗？”

阿光白她一眼：“我爸爸倒还真是希望我是在泡妞。改车灯要打，泡妞不打。泡妞的数量是和有出息程度成正比的。”要不是阿光终于把车子开到了尽头，陈晚觉得这一天就像是永远地耗在车上了。

家里的厨师把饭菜都准备好，陈晚记不清过了多久，也累得不去多想。以前家里也是这幅景象，厨师把饭菜端上来，陈晚就坐在老爷子的身边，端坐着，规矩地吃。这些印象都是错乱模糊了，人过世，总叫活着的人打开无尽的回忆，一直回忆，回忆，眼前的什么都要与过去扯上千丝万缕的关联，怎么会不累。热气腾腾的饭菜在眼前像假的，陈晚双眼模糊过去，这是过日子的饭菜，尽管也是有讲究，但是是家里的，是专门用来吃的饭菜，填饱肚子用的，过日子用的。

阿光爸爸给陈晚夹一块肉，陈晚猛然用筷子挑开去。手一发颤，连碗也打翻在地。阿光爸爸和陈晚脸色都很难看。陈晚脑中掠过姑奶皱巴巴的细腿，和腿根子上一块被剜开去做了弟弟吃食的人肉。

阿光爷爷吃过饭要喝茶。陈晚说她来。老人说：“让阿光来。”老爷子不在了，陈晚现在是客人，以前给两位老人侍茶是老爷子在，现在突然有了一层微妙的改变，陈晚稍微推一下，交由阿光来沏。

新房子的装修极好。

老人知道不可以一切仿古，这屋子竟然是摩登的风格。“老要老得真实。装修把新的装成老的啊，那是做假。”

喝着茶，老人又讲起讲过许多遍的往事。陈晚端坐着听，往事也有听着无聊的时候。时间好的时候，是一条流淌的河，小学时候总在是作文中这样写，可时间有时候更像一条暗道中的沟渠，没有活鱼跳跃，落花流水，没有往事烟。挤满了油污，偶尔还要堵塞一下下水道，使得脏污流不走，没有人愿伸手下去清理。日子顽强，努力过一过，就过去了。

初夏的时候，陈晚在广州大病一场，痛苦得火烧火燎。但努力过一过，日子就真的过去。回美国之前，阿光把自己拍好的影片带给陈晚看。陈晚问起秀秀和阿昌，阿光说只送过去后来拍的两姐弟的合照，设了情境的照片一张都没有拿去。

陈晚瘦下去一些，有一天起床来照镜子，看见镜中一个窈窕的年轻女人，双唇血红，她又回到第一次去美国时候的身材，一点油腻都没有。岁月再拖拖拉拉，女主角也要长大成人，二十岁不久就要来了。

病好以后，她的肌肤也像是久病初愈，大口大口地吸食着新鲜空气，胃口大开，皮肤通通透透。也不知道人生下来孕育了多少玄机，怎么长的，能长得这幅美妙的曲线。赋诗也要有平平仄仄，陈晚的母亲一定是一个诗人了，在胎中就把她所有的起伏声韵都仔仔细细酝酿过，才得如此雕琢。

乡下的房子被推倒了，姑奶他们将搬到城里来住。陈晚收拾妥当，最后把老爷子收藏的一些字画托给周祖光的祖父来保管，又与老爷子的秘书碰了几次面。还有一些文书要办，秘书说过些时候办好了给陈晚寄发到美国去。

陈晚请阿光喝下午茶，抿一口咖啡，说总觉得一个时代草草收了场，好生难过。心中也还是莫名不安。

“明天我送你。”

“不用了,”陈晚说,“我打车去。”

“干嘛打车,不要钱的吗。”

晚儿无言以对,说你爱送便送吧。

阿光说:“爷爷过世以后,能省一个钱是一个吧,谁知道会怎么样呢。”

晚儿说是。

前面又是堵车。

“怎么了?”陈晚右手撑着脑袋,靠在副驾驶的窗边,又是套一件宽松的粉红色帽兜外套。天上打雷,咕噜咕噜的,又像是有人在煲瘦肉粥,烧滚了。潮湿地扑进来凉飕飕的空气。陈晚开一点窗户,阿光说关上吧。陈晚就关上,沿着窗缝车道上的废气和阴凉的新空气一起挤进去。“都叫你别开。”

陈晚说那栋楼下面几层的商场外墙什么时候换了装潢。阿光说还是原来的好看,陈晚不觉得。车流爬得很慢,天暗下来,疲倦疲倦的,深蓝紫色,远处有警灯闪烁。

“怎么回事?”陈晚问。

“我怎么知道。”阿光也不耐烦。车缓慢地向前挪,道上塞满了走不动的机动车,前边的车子不走,后面的车子没地方动,就迫不及待地跟进一点是一点。久了没有动静,就闲不住往前移动个十厘米也要移,直到快擦到前面的车屁股,一点空隙也不肯留。阿光前面的车往前开走,右边车道的车流还没有一点往前的意思。前一秒阿光跟前的开走,右边车道的一辆轿车就打了灯蛮横地要插过来。扭了车头,插进去半个身位。那车后面的车主趁着他往左边插队腾出来的半辆车的空挡,踩一脚油门去填补了空位:现在阿光的车道上又动不了了,右边车头挡在阿光前面,屁股还卡在右边道上，前后不得。阿光骂了几句，骂的越来越难听。

“他奶奶的，走不走啊！”阿光凶猛地按喇叭，陈晚说行了别按了，听了多心烦。

车流又动起来。右边的车赶紧插进左边的车道，他身后的一辆也打灯想插队。阿光骂了一声，踩了油门填了空位，右边司机只好停住。

往前慢步开出十米，阿光说前面有人要跳天桥。

他按了车笛，骂道：“什么时候不跳，专门挑人家赶飞机时你跳他妈的天桥！”旁边的司机落下窗户也探头出来：“要跳赶紧跳，跳完了收工大家都走得了。”

警察在前面截流，放一阵又停一阵，怕那个人往下跳。陈晚坐直起来，天色暗淡，又在远处，只见一个人影在天桥中间舞动，仔细看，又多一个人影，那么久不跳，恐怕是劫了人质。她说：“怎么会有人跳天桥？”

“谁知道。要跳赶紧跳。大哥，警察都来了，路都堵了，不跳对不起观众了，不跳也不要阻塞交通嘛！”阿光手敲着方向盘，晚儿说他嘴巴太毒。

“好像还有一个人。”陈晚说，“但看不清。”两个街口外，聚了三辆警车，电视台记者也来了。天桥上方是烧得火红的晚霞，天桥上剩下两个黑影，又重叠成一个半。车流在下方，生了锈的链条运转得磕磕绊绊。

阿光发火了：“谁啊这是。”又对陈晚说：“再晚你会不会赶不上飞机啊？”

陈晚说换条路走吧。

阿光急躁地说：“换条路走也要等到下一个路口啊，而且左边那条路是单行线，也要绕。过了前面那个路口我们再左拐，走另一条路上高架桥。”他的手不停地敲击方向盘，“大哥，你要暂时不打算跳呢，你就说一声，让前面的车先放行开过去，行不行。”

“动了，动了！”

车流向前。这次缓缓地，顺畅了不少，大概警察也是看他暂时没有要跳。阿光到了路口，左转，绕路的车也不少。陈晚回头过来看，车流又停下。阿光说左转这条路堵不了多久，再忍耐一下，应该还来得及。车子在转角处，又停下来，阿光打了左闪灯，候在路口。

两只鸡蛋接连砸在柏油路上，一只先砸向一辆出租车顶。天桥上有一个黑色的人影被推下来。

紧接着，推人的男子自己也跳下去。

鸡飞蛋打。

陈晚目瞪口呆，吓得说不出话来。阿光趁着前面左转的车流移动，踩一脚油门，转进岔路去。陈晚面色铁青，直到机场，都没有说话，哽在喉头。

走的时候阿光把一个盒子递给她。晚儿打开，是一条钻石项链。阿光说是他爷爷给她的。

陈晚低声说：“阿光，我觉得那个人长得像阿昌。”

“哪个？”问完他周围打探。

“不是，我说刚才天桥上掉下来的人。”

阿光说你又看不清，怎么可能。“阿昌又不是个演戏的。赶紧去安检吧，抓紧时间。”

晚儿别了周祖光，拿着护照和登机牌，走向安检的队伍。觉得地上裂开了一个巨大的洞。天上的人掉下去，它就张开一张大嘴，没有牙，吞了他，吞了车流，吞了他到的商厦和写字楼，高架桥，广告灯，还有那朵灰色的、如鼻涕一般的云。她看见红蓝白三色编织布和木料包围的旧屋的废墟，像一只巨大的路易威登，装了许多铜锣烧，轰然倾斜出来，全都倒进地面上一只庞大的裂缝里，洞越裂越大，马路陷下去，一个血肉模糊的伤口绽开，割成两半。城市里的一切都掉进去了。

那天阿昌是先去的警察局。

秀秀被介绍到一家小型美容院做前台，就是阿昌跟陈晚提过的新工作。阿昌去公安局说姐姐的新老板把姐姐灌醉了非礼，公安局的人见他说得语无伦次的，叫他留个记录。他咬口说老板强暴了他的姐姐，要他们去抓人。

“你激动个什么，留个记录。”警察问来人要身份证，同省西部的农村户口，与陈晚爷爷出生的村子正好是同一个。多年后陈晚问起表叔，表叔说村里以前有一个年轻人叫陈昌平，就是给小晚儿上山采杜鹃花的孩子。他也有一个姐姐，名叫秀秀。

他登了记，走的时候，那个人在后面喊了一句，这种事谁有空鸟你。乡下女人把屁股凑上去给老板还要来装清纯，不是比查自行车盗窃还白痴。

阿昌退回去，目光紧紧地盯着那个人的衣角，逼近他，上去扯着那个人就要打，说你敢再说一次。

那个人也是个新来的年轻人，又再说了一次。记录的和报案的扭打在一起。阿昌举起断了两个指头的手握成拳，给了人家眼睛上一下。马上有人过来阻拦，阿昌见人就打。有人上去要拷他，他慌了手脚，不顾一起地冲出去，后面追了一群人。

也不知道那天的事情怎么会变成这样。阿昌有些气喘，呛了一口口水，血要流不上来了。他不知道自己跑了多久，其实也没有多远，快跑不动了，视野里一切都模糊起来。冲上天桥，被一张广告单滑了脚。下面浩浩荡荡的车流杂乱无章川流而过,滚滚浪潮,就像站在河堤上,往下看。他目眩过去,劫了一个路人,拔出刀子顶在人家的喉头。

一切已经来不及了,也回不去、出不来。

……

6

醒来以后，骆威问晚儿想吃什么。“炒面好不好？”

陈晚窝在被子里，听见厨房中的响动，骆威叫她出来，她披着骆威的衣服，白色卡通，光着腿，骆威端着碟子，从厨房走出来。昨晚她被骆威从查尔斯河边捡回来，半夜里做了一个噩梦，到现在陈晚还是双脚冰凉。她坐起来，蜷缩成一团，她想起昨晚骆威把她压在身下，她问他第二天早晨是不是就会把她丢下，忘记她是谁。骆威直起半个身子，拨开她的黑发，说女人把自己当成什么，就是什么。说完他又重重地压她下去。

那个早上的映像，跟阳台外面的阴凉气息一模一样。落地的玻璃窗被晚儿打开一点，湿润的夏天早晨迎面一个拥抱，身后骆威的体温与这阴凉一前一后补充着。骆威说："过来。"

陈晚调整了呼吸，最后贪心地吸了一口，外面的空气，沁入心脾，小雨在这时候最合适不过，比洗面奶还好。外面是波士顿夏末最柔软的绿色，柔软进骨子里去。离得近的树叶被楼宇房檐拖沓滴下来的水滴打一打，往下低头，又抬起，弹跳回旋几个回合，之后就安然静止。晚儿在骆威的衣服里特别的细小，她光着一双腿向骆威走来，红嘴唇比什么都鲜活，骆威去吻她，她笑说，面要从盘中倾斜掉出来了。

面条里加了火腿，满满一盘，暗黄色，散出热量，又与透进来的阴凉空气一前一后地补充着。厨房的设备倒齐全，冰箱却是空空如也。她以为骆威连锅都不会碰。他端了一碟面条出来，晚儿坐在他面前，要他喂她的冲动一时像洪流涌上心头。

她看着骆威两瓣英武的眉，细声地对他说："要喂。"

骆威瞧了她一眼，像瞧着一只小鸟，对这鸟儿说："好。"夹起一口，放在自己嘴边吹凉了，给陈晚。

晚儿把嘴唇凑上去，骆威低下眉眼来，骆威这一眼就让她知道骆威并不爱她。骆威有惊讶，有欣喜，他并不知道陈晚会这样愿意跟他撒起娇来。

"我应该觉出他并不爱我的，就在最初的那一眼，他看我的那一眼。"十天后陈晚在纽约，她一边整理着自己面试的正装领口，一边对身边的安迪说。安迪放下涂了一半的指甲油，什么也没有回答。

吃下去一口，晚儿觉得从来没有过的温存，她心口在跳动，面条的热气从她的胸中向全身的脉络扩散开去，顺着浑身的大小血管，从粗的到细的，伸向每一个方向每一个角落，灌肠而入。骆威说把窗户关起来吧，她也觉出体内的热，把小雨的阴润对比得刺骨。吃完面，骆威用了自己的嘴唇去给晚儿擦嘴巴。陈晚坐在他的身上，喂他喝水，骆威突然站起来，连同陈晚一起被他抱起，陈晚两腿挎着他，两个人爱过去一次。

“不知道哪里养成的坏习惯。”骆威说，“做爱的时候会聊天。”他觉出陈晚不谙这事情，晚儿在他身上，他对晚儿说不要晚儿来动。他抽动起来嘴巴的左半边向上翘，有一股凶狠的劲，这是陈晚在除了韩默以外的人身上感到的冲击——他们两个那么地不同。那一刻她有点想到韩默，但一晃即过，她顺从着骆威，像从来并不与他陌生。

骆威问今天要干什么，问她想不想出去玩：“还是我们要在床上躺一天。”陈晚笑了。骆威搂着她，说：“我才不要在家呢，我要带你出去玩。”他们一边做爱，一边讨论要去哪里，骆威说怕她不敢坐过山车，便不去六旗，又说去海边，可外面下着雨，阴寒阴寒的，只好去看新上的电影。

电影到一半他就快睡着了，陈晚问他要不要回家去，他不回去，一直把陈晚拥在怀里，不停地亲她。陈晚爱极了他的嘴唇，一直让他搂着，他怎么也亲不够。

他把陈晚送回家，说就在楼下等她。陈晚透过楼上的窗口，骆威放下车窗，一等一个小时。下午，阳光热辣辣，骆威等在楼下的车子她看在眼中，一切在陈晚眼前迷蒙过去。窗台上新种的花开得欢腾雀跃，一瓣一瓣，层层叠叠，不断地向外喷发着夏天的力量，阳光正好，一切正好，晃眼的金黄色，晒得什么也顾不上，只顾得这夏天的温暖，向天上升去。对面家的向日葵，开起来，向上亮出，也是拼了全力的。晚儿换衣服，换得心情七零八落。她回到骆威身边，说你怎么肯等那么久。骆威说：“这是我对猎物的耐心。”

“谁是你的猎物了。”

骆威说:“不就是我眼前这只小东西。”

陈晚趴在副驾驶座上,靠过去,用嘴去吻他的额头,鼻子,嘴唇。

晚上吃晚饭他把她送回家,约了一帮朋友吃饭喝酒,凌晨又舍不下她,问她睡了没。陈晚在电脑前发邮件,深夜不睡,不也是为了等他。音乐调到最大声,不怕邻居来敲门,觉得放过一曲,他就会来。他不来,放过一曲,盼他将至。

“宝贝你睡了吗?”

陈晚说没有。

骆威说等下去接你,还要过会儿,如果她累了就先睡。

晚儿说我不累,我干点别的事情,等你。

她把实习的邮件回复好,积累了三天的邮箱,有些垃圾邮件要清。实习的面试通知发了来,她不想到纽约去,但又不能任性,确认了时间地点。

等了一阵子,骆威发来赞她说:“你甜得跟糖果一样。”以前聊天的时候,陈晚说自己在爱情上全然没有办法,“我对喜欢的人,好得周围的人都看不过眼。”她没有想到这句话真正落实,是到了骆威的身上。现在他夸她甜得像糖果,她心里也甜得像糖果,繁复嚼着他的话,出落出一番满满当当的饱足感。骆威喝了酒,车还是开得稳当,夜与晨一样是凉的,路边的绿色变成黑灰色,除了凉风和骆威的体温相互补充着,什么也没有。陈晚吸一口气,从喉头清凉遍布全身血管。

“你喝酒还开车。”

骆威说今天自己并没有喝很多:“倒是抽了大麻。”晚儿说自己从来没有吃过那个东西。骆威英武地眉间挤在一起,认真对她说那个东西她千万不要碰。

“好在没有多弄，那东西如果搞多了，我也不来接你。不安全。”

陈晚笑道：“怕笑点太低，车开进水里去？”

“那就换条船来开。”骆威说他倒是长久以来想要买一条船。

“那就买呗。”陈晚说这话的时候心里悻悻然紧了一下，话还是照说。她这就想起前阵子回美国，一次街没有逛，买个名牌包也要思量，免得一时拗不过来，还大手大脚。

骆威说买船一年只消用个一次几次，平时要放在船坞里，占着地方，每年还要重新拿出来漆底，实在麻烦得可以。陈晚说她并不知道还有这回事，以为放在船坞，用时启出便好。骆威说：“哪有那么容易，照看它比买它费劲得多。要不然就买了。”

进屋一股大麻的味道。早晨离开的时候，布偶玩具躺在落地窗口，现在躺倒在了沙发上。骆威要陈晚赶紧进房间里去，说他们在客厅里刚才抽东西，那股味道还在，不要熏了晚儿。

“那你又要碰。”陈晚说。

骆威说，所以不希望你碰。他让陈晚进房间里去，说：“小东西，别留在客厅里。一股味道。”又说那群死孩子，竟抽的都是纯的。他说起附近几家学校的男孩，陈晚并不认识，只知道都是有本事挥霍的人家。这些年到美国来的各路中国公子哥，花钱没有眨眼的。晚儿转学不久，所上的法语文学更没有什么机会认识中国人。以前跟苏菲她们一起，如今苏菲订了婚去温哥华，她也不再去认识别人，苏菲与她说起，中国人的圈圈总是比较复杂的。后来陈晚问过骆威，这么整天醉生梦死都是为了什么，骆威只耸肩说一句：“要不然呢。”但是说完了他也要叹气的。

他看晚儿为他打扮，从车库里走上来时便说：“你来见我不需要穿得这么好看。”

连丝袜都是精雕细琢。她低头看自己，细腻的针脚，黑色透明地勾出一双极年轻的腿，小腿跟还有中式的雕花，这是她从中国来时买的，她喜欢买袜子，再贵也爱，尤其这双脚后有深黑立体的唐风雕琢。其实这些袜子买来都是浪费钱，再好的袜子，穿几次也会勾破，与便宜货没有差别。

他说你把妆卸了吧，带着妆睡觉对皮肤不好。

韩默从来没有让她卸过妆。早上起来，眼睫毛掉下来的颜色晕染在眼角周围，上下一片黑，外人看不出来，但晚儿自己觉得脸上蒙了一层膜，又有女人第二日的羞辱。韩默只管送走她，并没有什么与她谈。骆威说去找找看家里有没有洗面奶，停顿一下说是母亲来探望他的时候留下的，应该还在，说母亲上个月才来过。

“还真的有。”骆威从另一个房间出来，陈晚并不能从牌子上辨出是母亲还是前女友专用的洗颜水，但已经用了一大半，捏着都是瘪下去。陈晚曾问过骆威有没有女朋友，骆威只看着晚儿，抬头，眼神移过她的眼睛，正好打在一起，说以前是有的。骆威以为陈晚知道。陈晚关门，对着镜子，取下嘴唇上的颜色。离开韩默以后她的唇色变了，她买了一支带颜色的口红，用笔勾出轮廓，又用唇刷取了口红往两瓣唇上填满。那颜色跃然纸上，晚儿的脸因着一张变大的嘴显得更小。先前她一点也不习惯这突出的颜色。以前她所涂的亮色啫喱，悄悄隐没了她一张嘴巴，如今这张嘴在浓墨重彩下，突然有了它的位置。她不对自己坦白这一切都是因为了韩默，使她变成一个女人。

陈晚叹口气，把余下的部分也卸干净。往后她若留在骆威家住，都是回家取自己的洗颜水。

回到床上，骆威在找电影。他们躺在床上，侧着身子看屏幕，骆威要晚儿躺在他的肚子上，陈晚笑说人肉枕头你不疼啊。对电影他总有自己的见地，比起周祖光还要好，但他说自己不是做电影的，不以此为生，因而能够肆无忌惮地发表见解，随意批判。陈晚的脑袋枕在他肚子上，问骆威喜不喜欢她，他关了电影，俯身去含住她的唇。

晚儿趴在他身上，说，你知道我最喜欢萧红《呼兰河传》的哪一段？骆威侧脸问哪一段。她说开头写吃食的一段，卖馒头的老头子。她还看过她写的算计钱吃饭的日子，每一日吃什么，花去多少钱，生活一日须吃掉多少钱。怎么有些人写出来就是记流水账，而有人记账都能写出生活的花儿来。

她说人一辈子就是在这些算计当中过去。

陈晚又说王安忆的《长恨歌》，你知道我最喜欢当中哪段？骆威说又是写吃食的一段，陈晚说是啊。王琦瑶给人打针时住的那屋，屋里几个人打牌吃东西，吃得口舌生疮。她说人一辈子就是在这些琐碎算计当中过去啊，在一间昏暗的房子里，漫漫长长地，用牙齿剥开瓜子，用舌头吸出蟹钳当中的汤汁，直到有一天，觉得日子转瞬即逝，一眨眼就全部都过去，都变成回忆。

陈晚坐在他身上，盯着他的眼睛，用手去摸他的轮廓，用眼睛去找他眼睛里所丢失的日子。骆威抓住她的手，"走，我们去吃东西。"骆威说，"要不是肚子饿了，我现在就把你就地正法。"

骆威开车带她到海边："这家你一定从来没有找到过。"他停稳了车子，离海只有两步的距离。湾中的海水静静的，偶尔拍一拍木基，也是轻盈优雅，点到为止。空气是清亮的，陈晚披散着头发，出门的时候没有化妆。脸上的肌肤贴着空气，空气中细微的咸味也能闻得出来，眼睛，鼻子，面颊，贴近了海水上空的欣喜。骆威靠过她身后，凑过来吻她："有人是不是想被扔下去？"

陈晚朝他挤鼻子:“扔下去,不给你亲。”

骆威重重地去咬她的鼻子:“不给亲,我就开车在街上再找一个。看谁漂亮把谁拉上来。”这是一句玩笑话,但陈晚知道这也是真话,并不做声。她腻味地说那就先把你扔下去,骆威就真的把她举起来,问:“要把谁扔下去?”

陈晚问他怎么知道这个地方。海边一家小屋,平常人找不到这里的,生意却又很好,在楼上都能闻到海腥味。侍者是一个幽默又多事的老头,坐定就问他龙虾要怎么吃。骆威说吃带壳整只的。晚儿说吃带壳的很没有吃相。陈晚在家老爷子也是经常吃海鲜的,但陈晚从小对带壳的东西心有戒备的。以前老爷子专门叫阿姨教她,如何在饭桌上吃大闸蟹,吃得干净又优雅,但总剥离出许多壳来,动物坚硬的肌肤七零八落地堆积在餐桌上,只叫陈晚想起生吞活剥四个字。老爷子年纪大些也不吃太高的胆固醇,晚儿更是极少在人面前吃带壳的海味的,她也没有吃出波士顿有名的龙虾好在哪里。

坐在她对面,骆威朝她轻扬一下下巴,对她说没事,说他帮晚儿弄好便是。

虾壳在陈晚面前堆起来一座小山。骆威不要晚儿动手,他剥下来整片的虾肉,要她张开嘴巴,她张开嘴巴,他就盯着她把食物吞下去,把剩下不是整块的肉放进自己嘴里。陈晚很想问他是不是对所有的女人都是这么喂,但没有问出口,看着他动手把一整只龙虾大卸八块,手上全是汁水。

陈晚说她自己来就好,骆威制止她,说反正自己的手已经脏了,不要她动。他一口一口地喂晚儿,让那个幽默又多事的老头在旁边只觉得可爱和好笑。晚儿在骆威对面坐着,他喂一口,她就吃一口,顺滑得像窝在太阳底下休憩的猫咪。海边的阳光从外面照进来,陈晚一时什么也看不见了,她看着骆威,连时间也要停止运转。与骆威在一起,浑身上下都是舒服的。

结了账走出来,陈晚拦在骆威面前。骆威问她怎么了。

陈晚上前去抱住他,细小地把巨大的他用两只手臂圈起来,像一只小橡皮糖黏在纸盒上。她对骆威说:“为什么跟你在一起,可以那么快乐。”不知说的一个问句还是感叹句。

“那你还要把我扔进水里。”

陈晚对安迪说,当时那一个问句是出自心底,一辈子最真心,“可我当时看见他只是过来拥我入怀,也许从那时候开始,他不知道要拿这个女人怎么办了。”

陈晚接过骆威的话头,说还是要把他扔进海里去,两个人拌着嘴,骆威说:“小东西,我发现你胆子怎么越来越肥了。”说完果真抱起她,拥着她走近海边停车的方向。陈晚在他怀里像一只小猫,两个人的两双眼睛离得那么近,她一半惊恐一半欢乐地看着他。

“说,要把谁扔下去。”

陈晚箍着他的脖颈,嘴上不服软地说:“把骆威扔下去。”

“把谁扔下去?”

“骆威。”

骆威把陈晚向海里兜,差点真的抱着把她扔出去,又收回来,又扔出去,又收回来。海边这两个人,快要把所有的笑声都用尽。陈晚脚上穿一双银白色的凉鞋,骆威每把她扔出去一次,那银白色就在太阳底下闪出一道光亮,欢腾雀跃,和陈晚肉呼呼的脚趾一道,映出夏末最为动人的颜色。有谁受得了这样的宠溺。

陈晚被他放下来,两个人长久地吻在一起。

骆威带她吃许多顿饭,跟她谈论许多事情。他知道许多事——他并不知道陈晚也会和他谈论那许多事。

骆威像一枚陨石，撞在陈晚的心里了。他洞穿了陈晚内心的通道，一泻而入。后来骆威跟她说，不该与她上床，失了她这个朋友。对陈晚来说，骆威以后，再没有一个能与她说话的人。

他问她所喜欢的文字和音乐，陈晚说出几个名字来，她以为骆威不懂，骆威却很惊奇："我原本以为那是你所不爱的角色。"

他带她到查尔士河边，开一瓶波尔多的红酒，他说你一个小女孩，谁教会你这些道理，她原以为骆威只是会飙车，喝酒，抽大麻，用他自己的话说，能想得出的坏事，没有什么他没做过，她问他既然玩世不恭，又从哪里懂得这世间的许多。

他们守着星星，河水，说了一夜，长久没有与人说出来的话，都说与对方听，陈晚觉得积累了长久的情意，是骆威等在这里，只有他能听她诉说，也只有对了他才肯说。陈晚不能喝酒，骆威让她轻轻靠在他宽厚的肩上，枕着他的肩膀，他的一呼一吸，一言一语，陈晚的耳都听得一清二楚。

她的耳朵贴着他的外套，仿佛她生出这双耳朵来，就是为了靠近他，听他说话，吞进去他的每一个字句，像一个吻一样，句句都是命中的细软。

晚儿说累了，就坐下来听他说。他们两个人靠着河边的深绿色的围栏，并排坐在地上，夜里阴冷，他去拿了外套披在晚儿身上，陈晚枕着他外套上的气味，枕着他的肩膀，他也说累了，两个人就坐着沉默一阵。那晚，河边一个人也没有，他们依偎着，喝下去一瓶酒，喝干了去。玻璃酒杯就留在河边。

陈晚跟她说起音乐，说起过往和未来，一草一木，一月一影，都有了生灵。她说起她在空气中拉琴，说起阿昌，说起秀秀，说起姑奶剁下别人的两个指头，说起这以外的许多事。末了，她说女人胸中不该有家国天下，可家国天下的重担到头来都是落在女人头上。男人在外面划一道伤口，都落实到女人所承受的一切生离死别。

骆威说是他有时候也实在不清楚要去往何处。高中就被丢出国，现如今的生活像一朵浮云飘飘忽忽，是醉酒一般摇摇晃晃。她问骆威到底有多坏，他说世间许多事情由不得人，又说既不是好人也不是坏人，不过都是人而已。他提起前段时间父亲的集团下面，一个工厂伤了工人，他说世间有些事情就是如此，除了多赔他些钱，也不能怎样。陈晚眼中浮出阿昌的两个断指，酒已经被他们两个人喝尽。

这里靠近麻省理工的船坞。

波士顿浩浩荡荡的夜色，就在河对岸。绵长的一条河边的车道，草地，道路，河水也有醉意地泛起波澜，映出对岸各色灯火。河面伸展开去，东西两面，寻不到尽头，彼此没入黑夜，越远，越深。陈晚问骆威，不远的一条桥，是不是连结麻州大道的桥，骆威点头说是。

陈晚说，人不知道自己是谁，要什么，最可怕。

骆威问那你想要什么。

陈晚低头沉默一阵，转身背对他，说人的真心。

骆威说哪里来的真心。连爱玲和胡兰成那一纸不作数的婚书，压在箱底，也只提愿岁月静好。

陈晚喝得有些晕迷，低声呢哝："是啊，岁月静好，岁月静好……"

船坞附近泛起一阵拍打的水声。灯火的颜色在水面上，水波晃动，灯火的颜色也跟着曳曳然。

陈晚问那是什么。

骆威怕她冷，隔着披在她身上的外套去拥她。他说那里有一只小章鱼。他说我们今天晚上说了太多的话，打扰到它休息了。他要陈晚上车，夜已经深得一地孤冷，他关上车门，去吻她的额头。

他和陈晚躺在床上看电影，陈晚习惯了躺在他的肚子上，他的身体是一片巨大的、宽阔的领土，他使得陈晚觉得这世界上从来没有人与她这样亲近过，也再没有人与她能够这样亲近。他们将对方吃进彼此的身体里去，这土地上每一寸都有饱满的力量，使陈晚的生命生发，绽放，开裂，地动山摇。他要将陈晚揉成细软，揉碎成泥，每一寸每一厘都贴近，只能越发地贴近，总差一分一毫，无法贴紧，要再贴紧。

这一切也是由他来教会陈晚。他们在彼此的身体里渐渐熟悉，陈晚在他的教导下觉出人间的好来。

她在他怀里睡死过去，半夜醒来，骆威还紧紧地圈着她，将她的每一寸肌肤都占为己有，她在暗夜里目不转睛地盯着他看，看得他的轮廓刻在她的脑子里，一闭眼又模糊过去，她用力记着他，但她越看越不明白他是谁。

早晨出门去车库取车的时候，遇见骆威的兄弟回来，骆威将陈晚挡在身后，陈晚便先上车去了。她不敢伸手去抚摸骆威的脸，怕他醒来，伸手去摸，他并不知晓。她的目光停留在骆威的脸上，一夜睡意全无，她怔怔地望着窗缝当中渗出的夜色，难以自持地浮现出一个念头，令她清晰刻骨地感知到生命花开的快乐，但往后没有了这快乐，她不知道要怎么存活。她被这念头重重地一击，不知道如何入睡。骆威搂着她一夜，一直没有松开手。

他们花去一天里最长的时间来缠绵。晚儿觉得她要将灵魂也给了骆威。

但骆威说他做爱可以，恋爱阳痿。他对陈晚不用避孕套，他说："这是跟你，与别人一起，都要用避孕套。"陈晚眼中有泪，骆威并不觉察。

生命中有一些事情，它发生的时候，你要么措手不及，要么浑然不觉，但在往后冗长的回忆里，其他都成了布景与铺垫，只有它，构成你生命段落的主题，幸与不幸，仿佛你之生存，全是为了迎来这一段尤其刻骨的人生。而骆威之于陈晚，就是这一页人生。

他把冰块放入陈晚的体内。

不知道陈晚的身体与剔透的冰块哪个更晶莹易碎，陈晚忍住疼痛，觉得自己也将幻化成冰，生生僵硬作一团，在时间和空间的任何一者当中，都不能动弹，不知道哪一者要先被灼人的热度焚灭成灰。

也不知道白天还是夜晚，窗帘把外面的夏末空气也隔绝，陈晚窝在骆威的被子里，听骆威在外面细碎的一声一响。他端了一只碗进来，用嘴巴吹气，要陈晚坐起来。一整天陈晚都病恹恹地，肚子不舒服，骆威冲一包红枣茶给她，看着她喝下去。

“真乖。”

陈晚又缩进被窝里。骆威说：“我本想骗你，我把肚子疼的药也一起冲进去了。”

晚儿突然掀开被子，搂住骆威的脖子不肯放手。她告诉骆威，小时候老爷子要她喝苦药，只有军令。骆威把碗放在一边，抚摸着她的头发，说昨天不该带她玩冰。

他等陈晚睡醒，坐在她身边：“小东西，我带你去吃饭。”

不知道什么时候，大雨滂沱。

老板见骆威带了人来，告诉他今天的鱼虾，骆威要了一味螃蟹，另点了几个陈晚好下咽的菜。睡一觉过去，陈晚脸上有些颜色了，温弱地把牛肉羹舀进自己嘴巴里，一口一口地，骆威看她，就像盯着一个娃娃看。本来他顾着陈晚肚子不舒服,说用螃蟹来煮粥,无奈老板听成了姜葱,骆威就在一边把螃蟹肉剥好了,一点一点喂给她。陈晚穿一条浅色牛仔短裤,上身穿的是骆威的T恤,两个人同一个卡通,一个那么巨大,一个那么细小。从一开始到最后,骆威在晚儿面前没有一点隐藏,陈晚笑他的吃相,骆威便说他不随便带人来吃这种东西,就因为太没有吃相。陈晚又想起从前念过的一些文字,说给骆威听,又说不知道人要吃下去多少东西才能过完一辈子。

店外雨声窸窣,念念叨叨,夜里的空气冰凉冰凉的,夏末深夜,一口呼吸也变作两口,开敞着的一片朗润。

"想去哪里？还是回家继续睡觉?"

陈晚说:"我想去一个没有雨的地方。"

骆威说那就往南边开吧。

"往南开,到罗得岛去吗?"

骆威笑着看她,摇摇头:"就当我陪你疯了。"

这次换作晚儿怔在那里,长久地不说话。

骆威发动起车子,在大雨中带着晚儿,果真向南边开去。陈晚坐在他身边,不声响。雨大得有些不可收拾,打开了开头,没有办法收尾。雨打在车玻璃上,像空中砸落无数玻璃球,到了面前,统统碎掉,肝肠寸断,柔情用尽,哗啦啦地撒开。

开上九十三号高速公路,雨水连车玻璃都模糊过去,眼前难以看见任何东西,泼水般汹涌。骆威说他从来没在这么大雨的高速上开过车。雨幕把他们团团包围。

陈晚逗他:"我喜欢在雨里面的感觉。"说觉得很好玩。

骆威开着车,好气又好笑地瞪她一眼,说:"你知道我现在什么感觉么？你还很好玩。"他说:"我心脏都快跳出来了。"

陈晚柔柔地扭头去看他，浅笑道："回家去吧。"

骆威说宝贝我们回家吧。

滂沱的大雨，实在不安全，一不小心就有翻车的危险。他们找了一个出口，打道回府。骆威说他最怕桥下积水，他逗陈晚说："我们要是在桥下水沟里熄火，就等着明早警察叔叔把我们捡起来吧。"

夜里陈晚又没有睡着，她的眼睛贴着骆威紧闭的双眼，心里对他说抱歉，其实她没有真的想去罗得岛，只是没有想到，有人肯为她想去没有雨的地方，真的义无反顾地往南方开。

她睁着眼睛等到凌晨五点，轻轻悄悄地用嫣红的嘴唇啄了啄骆威的睡眼。

她踮起脚尖，独自走到客厅中去。光着脚，不踩出一点响声，地板的冰冷从脚底窜上腿，窜上身体，窜上脖颈。她发抖地想打喷嚏，生生忍住。四处找不到纸笔，心跳得很快，怕骆威醒来。她在桌边找到前天骆威拿给她看的账单，说暑假不回国，谁知道比回国花的钱还要多。她脑中浮出骆威说，以后轮到他们这群死孩子挣钱的时候，够不够花。骆威的声音就在耳畔，她迷糊中怕是骆威醒来，定神下来，四下一片寂静。骆威晚上睡觉，客厅的灯也不关，屋里看出去比外面的天色还要亮。昨晚的雨下了一夜，到了现在，还是不依不舍地下，下得细碎，吞吞吐吐。

陈晚在账单空白的背面给骆威留下字条，手上颤抖，笔也抓不稳。

"和你在一起几天的快乐，多过我过去一年的总和。

谢谢你。

晚儿"

她轻手轻脚地掩上门。

电梯里映出她没有化妆的脸，她觉得自己比原先漂亮，脸上自然有了颜色。她穿一件单衣和短裤，淋着雨走出去，头晕目眩。走到路口，没有一辆出租车。她脚上穿着银白色的凉鞋，雨滴滴在她的脚趾上，她觉得自己与光脚走在地上没有不同，原先短短的一段路，走出路口便花了十分钟。她的发梢上全是水，拦不到车，她站在路口，冷得哭不出来。

午后的纽约。

她看到一只灰色毛茸茸的小东西，伫立在右前方，这如水塘般湿润却粘腻的下午，她困倦不堪地头枕着包包，全身只管压在草地上。这灰色的小东西让她有几分反感。她腰腹用力，半挺起身。她看见它对自己毫不理会，一动一动地发着呆，身上的绒毛连风都吹不动。陈晚觉得她自己正在和一只松鼠睡在同一张绵软而粘腻的床上。她吃了三片面包，抹了足量的黄油和蓝莓酱。与骆威在一起，连她的胃口也撑大，她仍觉得不饱。曼哈顿的松鼠都是鼠精，它们和当下许多事物有一个共同之处，长着一副讨喜的外表，内心其实阴暗无比。它们常常在城中的绿地上蹿下跳，神出鬼没，像电影快放镜头一样，动作迅速并且夸张。一条浑厚的尾巴摆动起来，一惊一乍，你看树丛中不安分的不明动物，八成就是各路的男女松鼠。中国的大街上并不会有这么不安分守己的动物。

初次遇见这些松鼠的人，大概是年幼时受到动画的影响，心中大多对它们抱了不切实际的幻想，以为它们都像动画里那样，聪明伶俐，肥嘟嘟笨乎乎。陈晚最受不了路人见到松鼠时发出的娇喘般爱怜的尖叫。因为松鼠其实是像人一样表里不一的物种，趁其不备就会到你的跟前，双脚扒着树干，像一坨橡皮泥，不依不饶地粘在树上，头伸向你，向你一龇牙，一咧嘴，发出燃气泄漏的嘶嘶声。此刻你会发现它们都是有爪子的，有时过分地会用软硬各种果实砸向你。曼哈顿的松鼠多是又胖又可爱，却基本上来者不善。陈晚不敢盯着松鼠看，因为她突然发现它的眼睛明亮，瞳孔张开，竟然有接近人类的深邃。至少比不带瞳孔放大片的少女的眼深邃。陈晚越发讨厌这只在她右前方的松鼠，她害怕与它的对峙。相比起松鼠，她更愿意和骆威躺在同一张床上。她无法估量这只松鼠圆滚滚的憨厚外表会不会欺骗人，不知道它一只形单影只的松鼠伫立在这里良久是在沉思些什么，但骆威不爱她，这是她所更加确切知道的事。

太阳有意西沉，她的影子在绿得冒油的夏日草地上越发浅淡。

她和它总有一个先走，陈晚耗赢了它。它定然已经不年轻了，而且看得出吃得很好，身躯鼓起来好似要涨裂的球体，毛发并不很干净，却很整齐。毛发在西沉的阳光下一根一根，十分清晰，并且每根毛发都映出一层落日的金黄色，温热而粘腻地将松鼠自己包围起来。这金黄色把它捧成宣传像中伟人一般的图像。

“我会躺在骆威的被子里，说松鼠的各种坏话。说它们长着一副好模样，却是一群心计小人。”陈晚说，“他会翻个身，咬我的嘴唇，说你这厉害的嘴巴。然后吻我，吻着吻着就睡去。”

那只松鼠走了，蹿进绿荫丛中不见了。

她任由周围较高的草没过她的手臂，任由自己压垮较短的青草。她觉得她和这草就是互相欺压，彼此间的触碰温热粘腻。安迪坐在陈晚身边，问：“后来呢？”

“那天早上他没有在我离开后醒来。骆威睡醒了，将车开到我楼下。我并没有下去，在窗内守着他在楼下的车子。如果他不来，我猜我也不会回去。后来换作我自己站着他的门口，他开门将我拥进来，这样抱着我许久，在我的感觉里，或许比那么久更久。他说他看到了字条，直接去了车库，车都没有热，就往外开。他说他以为我刚刚离开，在外面找我找了许久。”

腋下已经许多天没有除毛，此刻，她感到腋下兴奋得血脉贲张，草地和她的身体温热地交融着，每个毛细孔都悄悄张开，大口呼吸，使劲换气。她闭上眼睛，一片下午的红晕扑向她，她和她的毛细孔一起，呼吸着，越喘越慢。每一根草都无限地接近太阳，只要她一睁眼，它们便炫耀似地，如一根细刺，在夕阳底下拼了力气散发着淡黄鲜亮的光辉。她说骆威抱起她的时候，她感到那就是生命，肆无忌惮地爱着这股生命。

安迪拉起陈晚，说：“我们吃饭去，去你以前最喜欢的一家。”安迪以前并不轻易说去这家，吃一顿下去可以买许多衣服。她见陈晚这样不高兴，便说女人吃一顿好的什么都能忘记。

陈晚来纽约来应征实习，如果能进第二轮，要留十天，十天都是住酒店，老爷子走后她更觉得世上什么都是昂贵。她对安迪说不去了，安迪拉着她，说饭总是要吃的。两个人吃过饭，陈晚早早地回到酒店，安迪要她好好休息，又说：“若是进了第二轮，往后几天可以住我家。”以前陈晚不觉得什么，现在倒觉得谁都不好打扰了。

她把第一轮面试的正装取出来穿在身上，与骆威在一起短暂的几天竟然被惯坏出一圈小肚子。

陈晚实在累得难以支撑，脱下来衣服叠在一边就睡着了，上眼皮紧巴巴地吸着下眼皮，到早上快迟到了也不放开。她只好马上打电话叫出租车，一路责怪自己不知道时间，白白浪费了这么多车钱的花费，又暗自算计以前不爱挤地铁，不知道自己打车打去多少菜金。前一阵帮苏菲卖车的时候，陈晚也想要买一辆车子来开，去哪里都方便些。跟骆威提过，本要带她看车的，回一趟中国去再回来，恍如隔世。从中国回波士顿，陈晚临时找了一处房子，家具水电网络都是配备好的，她只住一个房间，另一个房间空出来，每月要缴去近三千美金，上星期才刚寄出去一张支票来交房租，每日又在外面吃饭，光是给出去的小费积累起来也够吃一顿大餐。她不敢去查卡上的金额，揣着柔柔妈妈给的支票，兑成美金存在另一张卡上，她叹自己当初没有推脱柔柔妈妈，心中又生出一丝与姑奶打官司的念头。可每每这么一想，又看见姑奶细瘦的腿根，根子处剜去一块肉。

九月开学须新找一个地方住。来纽约之前，骆威陪着陈晚去看房子。时间紧急，好的房子早就给别人签走了去。骆威说不怕，总会找到地方。陈晚枕在他的手臂，两个人看电影，陈晚昏睡过去，他说你又睡，你是猪啊。陈晚睁开眼睛去咬他鼻子，说你才是猪。第二天约了看房子，骆威拍拍她，关上看了一半的片子，说："算了，睡吧，明天带你去看房子。"

陈晚见他不悦，撒娇地望着他，啄他的唇，细细地说："你生气了？"

骆威压过来，说亲亲就不生气了。陈晚脸上笑，无奈知道这句也是实话。

她与他爱过去一次，她问往后想他该怎么办。

他说不要想，他说想一个人多痛苦。"我不想你想我，我只想你想被我上。"陈晚去堵他一张讲了实话的嘴。第二天天明，她煮一碗面等骆威醒来，端给他，他说并不饿。

带看房子的是一个二十多岁的女孩，中国人，在这边毕了业，为房屋中介工作，评价不上好与坏，学经济的，但反正能暂时在这里留下。陈晚越发觉得自己只会花钱。

那女孩样貌干干净净，头发是自然的黑色，光亮柔滑，齐眉的刘海，一头短发，一袭连衣裙。

“现在找九月的房子很难找了，尤其这一带中国来上学的越来越多。”她说陈晚若是与人合租还容易些，自己住一居室，有倒是有，但都是离学校远了。

骆威说可以先去看看再说。

“我去取车子。”女孩说，“从办公室开到那里倒是不远，要看的两个房子都在同一条街。”

骆威说那么只开他一辆车就好，便去为她开车门。陈晚自己上了车，对骆威说如果离学校太远是不是没有看的必要。

骆威说：“先看吧。”陈晚现在觉得买车比打车的花费还大，她还存一些虚荣，觉得买了太差的车，实在开不出去，就算车子本身不贵，每个月停车费就要几百块钱，油钱虽然不多贵，但开得多了也是一笔钱。现如今她总算明白美国与石油国家的战争，全都落实到美国人每月的账单上。她连驾照都还没有，驾龄越低，保险的费用就越高，每年几千美金的保险，她算计着，想买车，又开脱说服自己打车比较划算。

“我没有车的话，住这边很不方便。”

骆威知道陈晚的状况，劝她说买辆便宜的二手车代步也不是不可以。

“我连驾照都还没有呢。”

“对噢，你连驾照都还没有。”骆威说改天去考个驾照吧。

“就在这里，把车停这里吧，不然到了前面路口不好停车，就是旁边那栋红砖的。”她一面介绍着说这房子好就好在够宽敞，独立的厨房是新装修的。陈晚进去看过，出来说房子是好，正好一室一厅，就是楼不好，与波士顿许多老掉牙的房子一样，从外面看着她都觉得心慌。楼道是极黑暗的，楼下的第一道锁坏了，包裹就胡乱扔在邮箱外面，没有人来管。

虽然到了临近搬家的时间也不该挑剔，但一想到反正离学校远，陈晚便说不妥。

回到办公室，女孩又在电脑上搜索房源，问是不是能与人合租。林小云和美惠住在一起，陈晚回国的时候两个人签的房子，安帛有奖学金，住在学校的房子里，问过凯蒂，她母亲不愿意让她住在校园以外的，大家各得其所，陈晚对骆威说："我去哪里找人合租哦。"骆威说，那就不要变来变去了，只找一居室的就好。陈晚说走之前应该把房子签下来，骆威说马后炮都是白搭。

女孩对陈晚说离得稍微近的也有，但是是豪华公寓，两千多一个月的，一室一厅，问陈晚预算有没有这么高。陈晚说贵了。

女孩说倒是还有一个更好的办法，她说许多中国人都爱在这边买房子，若在这里几年，到时候转手并不亏，又免去几年房租，若是长久留在这里，迟早会动买房子的念头，何苦交几年房租给别人，又搬来搬去。

骆威对这个比陈晚感兴趣，就与她打听起来。

陈晚与美惠她们找房子时就动过买房子的念头，在中国的时候，美惠也与陈晚联络过，说若晚儿不与她合租，她要么与林小云签两室一厅，要么短期内就着手在波士顿看房子，和家里说过，家里也觉得买来比较划算，只要手上有现钱，美国虽然经济不景气，但没有战争，房子总是房子，就算不升值，也不至于贬值。自己不住，也可以当房东租给人住。

"亏倒是亏不了。"女孩说，她的头发顺滑极了，转过头来说话，头发一齐甩过一边，一点不拖沓。这天天气热极了，女孩的连衣裙没有衣袖，腋下的肌肤裸露出一小块，散发出一股带着汗味的香气，叫人遐想。骆威说倒是他最近想要买房，夏天已经看过房子，路过时他也与陈晚说起，说外表看上去不怎么样，里面的设置是极好的。他向女孩探听确切的价钱，远低于骆威的意料。他马上又来了兴趣，说改天约女孩看房子。陈晚在旁边生出一股妒意，又不知道从何妒起，只觉得今天是来看租房，无端地并不要多生出一个选项。即使是买房子，对她而言也远不是当下的事。

她忽然觉得日子紧了，头疼这些房屋水电，找了半天，没有住处，她顿然生出一股无家可归的感觉。不知道老爷子秘书那边文书都交接处理得怎么样，也不知道什么时候姑奶才肯交出房子，这么一想，又觉得自己是在逼迫一个亲人的死期。

晚儿觉得一切都与刚来的时候不一样了，但街道还是原来的街道，波士顿那股干净的淑媛气质，讲白了是一个孤独的处子，不开学的时候，见不到几个人。她被忘在脑后，只有大家开学的时候，才想起回到她的怀抱。

回家前骆威折回去，进了一趟银行缴账单。又说不知道这群死孩子以后轮到自己挣钱了到底够不够花。

夏天的花开得特别热烈，拥挤着，争抢着，一团团，层层叠叠。她看出骆威的疲惫，用手去擦他头上的汗。陈晚知道骆威并没有义务陪她做这一切，但又不能少了他，看着他一对英武的眉，觉得有他一切都会妥帖。

躺在床上，陈晚说："明天我离开你好不好？"

"好。"

陈晚带着哭腔，说从来没有人这样对她宠溺，为什么一切是假的。

骆威有些动气："什么叫假的。"

他对陈晚说，没有什么好，什么坏，只是人，又说如果早认识你，一定好好地陪在你身边，陪你过完大学四年，然后……然后他说他也不知道。“可我现在就是个大烂人，如果我真的让你做我的女朋友，哪天你回来，搞不好看到女人的衣服脱了一地，也不一定。”

人和人在一起，总会磨。日子那么长，比人想象的还要长。“现在你肯给我做早饭，过一个月，过三个月，你还想天天早起给我做早饭吗？你去哪里我现在自己会想去接你，过一段时间，我累了，我还会每次都去接你吗？”陈晚问起他以前的女友，骆威以为她认识，陈晚说不认识。骆威犹豫一阵，只说还不都是凑合过。但他究竟又肯与别人过一个月三个月，一年三年。于是骆威说，人生有两大错误，一是和红颜知己上床，一是以自己喜欢的事情为职业，两者都使人的心智磋磨，最终失了真心。他说：“我已经犯了第一个错误，就看我能不能犯第二个了。”说得陈晚无力反驳，只蜷着身体，由他来说。他懂得陈晚骄傲，以为应和了她的骄傲，承认她的好来，她就肯罢手。他说晚儿你是不一样的，你与别人是不一样的。晚儿默默地流下眼泪来，如一只软骨的小生物，卷缩成一团。骆威说起他以前怎样泡女孩子，一切都有一个定式。他说你看我不是没有带你去买东西刷卡吗。他说这一切怎么会是假的。“我已经把你捧在手心了。”他说当初不该动她，她走的时候更不该把她找回来。

他伸出手臂去搂陈晚，疼惜地说：“晚儿，你要记着这个温度。如果以后有人给你的温度没有这个暖，没有这个紧，那么他的心里就是没有你。”

房子已经定下来，陈晚想签一家离学校近的房子，但与另一家价格差了三分之一，心里觉得往后日子还长，在外面生活一举一动，每一步都要花钱，终于签下一家自己不喜欢的房子，骆威说等她从纽约回来再去给她看家具。陈晚自己将家具订好，他又说可以给她组装。陈晚推说找搬家公司便好，骆威说搬家公司又不是不要钱。

现在在曼哈顿拥堵的车流中央，陈晚看着出租车的计价表，才体会钱真的出去得太容易。麦迪逊大街今天封路，司机只好绕道。黑人司机话多，陈晚搪塞过去，取出镜子来，整理自己的妆容。

天生的黑发衬得她的皮肤白皙，可是横看竖看就是晚上太累了没有睡好。与骆威在一起的日子里，陈晚惯了不上妆，现在去面试，疲惫的皮肤上抹一层粉，自己看不习惯了。她今天穿谦逊的灰色，简洁的剪裁，里面的衬衣是小荷叶边，安迪陪她一同去买的，她说会不会太亚洲风格，安迪却说正好衬出陈晚的气质。陈晚另外挑中一件，比身上这件还要简便，价格差出许多，她在镜子前面犹豫，安迪顺水推舟说反正都是白衬衣，穿出来都是一个道理。陈晚本想辩解说衣服都在细节里输赢，又觉安迪说得对，正好给她一个台阶下，只穿一次，头一回，她觉得没有必要为了一块布来计较，安迪说："为什么拼命地要给别人钱。"

衣服是一块布。

电梯里遇到一个与她一般年轻的中国人，肩膀很窄，陈晚一眼看出她的衣服鞋子，她是秦雪。

秦雪脚上的一双鞋子已经过季，还比陈晚脚上的一双来得贵，陈晚从不买那样的鞋款，觉得穿在街上过于招摇，何况与她衬衣的风格不配。她与秦雪两张东方脸孔并排站着电梯的镜子前面，一个戴眼镜，一个戴隐形眼镜，她很想给秦雪换一双鞋子来配她的衬衣，眼睛又不好打量在别人身上，一动一静，一呼一吸，在狭窄的电梯里，镜子前，一清二楚，一目了然。

陈晚瞥见秦雪在镜中的眼神，要穿透了她一双眼睛。电梯门还没开，她突然愣了一下，心想自己兴许是累，一时呼吸不上来。

陈晚分明从镜中看到一双熟悉的眼睛，面试之前她一直在想那双眼睛，什么也想不起来。

凯蒂这时候拨进一个电话，说已经从香港抵达波士顿，过了一个暑假，想陈晚想得不行。陈晚简单说自己在纽约准备实习的面试。

“开学前还跟朋友去一趟夏威夷，晒黑之后回来一起吃饭。”

“当然的。”晚儿关了手机。第一次面试，心跳得不行。同组做案件分析的一个美国人趾高气昂，压得陈晚喘不过气。许多事情事先总有期许，没有想到第一次实习面试说来就来，这里没有人当她作小孩子的，只管勇往直前，其他情绪一概不作数。她走进洗手间，瞧着镜中的自己，唇上是抹了颜色的，整张脸靠了唇上醒目的颜色来强调。案件分析她总共只说出几句话来，美国人入了讨论总是演员抢戏似地，谁也不愿意做没有台词的一角。他们强化，陈晚竟发呆起来，眼前都是骆威的身影。

她觉得口干舌燥，面试三个小时，她一口水没有喝，拿起包包就往外走，走出大楼，上了出租，脱下高跟鞋，感知不到地面的温度，想从包里取出平跟鞋来换。她累得喘不过气来，也不愿意挤地铁。其实地铁是不挤的，在陈晚鼻腔中，地铁总散发一股腥味，何时来车又说不准，耗尽了委屈用尽了气力踩着高跟鞋等一辆满载着人的车来，偶尔还要上错车，陈晚觉得被人操控了似的，不愿拖着疲惫的躯体在地面以下耗尽耐性。可是包中没有陈晚的平跟鞋。她脑子一紧，与那个中国女人拿错了包包。不是完全相同的一款，却是同一个颜色，一个牌子，一个大小。她累得头晕目眩，抓起存在会议室外面试者所存的包包中一个相像的便走。但秦雪先于陈晚出来，是她先拿错了陈晚的包。

房卡和资料都在包里，陈晚回不去，也退不了酒店的房间，她改了地址，让司机开到安迪家去。

安迪不在家，陈晚又背不下她的电话号码，晚上安迪回家来，见她坐在门口。

“晚儿。”

晚儿快睡着过去，她说：“有人跟我拿错包包了。”

“怎么不还回去，说不定她也拿回去了。”

陈晚说车子开到一半才想起来，而且自己的手机是关机的。安迪说明天同她到公司去找。

“请你吃饭。”

“不吃了，”陈晚说，“累都累死了，吃饭的力气都没有了。”她在安迪家睡过去，第二天陈晚把包留给公司的寄存，秦雪自会回来找。但陈晚的一只包包并不见人还回来。

公司发来邮件说陈晚入了第二轮。

安迪给陈晚拿一杯咖啡，安迪给人教钢琴，下了课，坐她身边。陈晚笑说自己现在连一杯咖啡都买不起了。又说起银行卡该不该去挂失。但证件和材料全在包里，她心里乱出一群到处爬行的蚂蚁，自己也如一只蚂蚁。

“从没想过自己第一趟面试是这幅鬼样。”这下进不去酒店的房间，连第二轮的正装都要借安迪的钱来买了。躺在中央公园的草地上，远处有一群儿童在打棒球，一点也不惬意，陈晚觉得浑身难受得要长草了，丢了一个包包，像丢了全部身家。“包里两张卡和证件就是我，我就是那两张卡和证件。”陈晚说，“有一天我不在了，那世界上不过少了那两张卡片和证件。”

第二轮面试，陈晚提前两个小时到了公司。身份证件没有了，连楼梯口都进不去。

秦雪皮肤黝黑，出落得同一只豹子般，陈晚上去叫住她：“秦雪。”

秦雪把包包还给她，伸出手来握。陈晚问：“万一我没进第二轮呢？”

餐厅里音乐细细流淌着，灯是定的，摇曳的是人心。陈晚说自己许久许久没有来过这里，秦雪说是第一次。她由她带领，只说庆祝进了第二轮，并不在意吃什么。侍者呈上新一季的精美晚餐菜牌，陈晚自己并不尝试新菜。秦雪又说你来帮我点吧。

“你为什么这么不在乎吃什么。”

她用同样的口气质疑安迪挑衣服，质疑秦雪吃东西，质疑骆威对女人。她想起周祖光说她万事太认真，想起巴黎惊讶她不吃奶酪的失落，她希望这世界不是只有她还在乎才好。秦雪只对侍者说和陈晚要一样的。

时空因为旧时喜欢的食物错乱地交结在一起。最近陈晚的情绪忽高忽低，现在秦雪与她面对面地存在，使她穿着一身黑色裙装的身体通体发痒，如坐针毡。秦雪没有一张吸引人的长相，穿衣服虽然贵重但很没有考究，她在曼哈顿行走，使人一眼看出她是中国人中财大气粗没有品位的一派，名牌店现在很爱笼络她这种盲目的顾客的。陈晚观察着她的眼眸，不能从中找出任何光点使她觉得带给人期待。

饭吃得无聊极了，令陈晚后悔带秦雪到这样昂贵的地方来。

水晶吊灯点缀得秦雪的皮肤黝黑无光，铮亮的刀叉，折映出陈晚的脸，被挤压在狭长的刀刃上，才吃过开胃菜和前菜，陈晚就吃累了。烤羊膝上上来，摆盘非常简洁，仔细看又用了许多材料。有为了味道的，也有为了颜色的。她一时觉得无心欣赏这些衬托，觉得这简洁的摆盘也是多余了，只要这一块羊膝。那油光使她想念与骆威在海边吃饭，阳光的身上也是有鳞片似的，透着光晕油淋淋,树木、房屋都跟着在眼皮下抖动,微微颤抖,谁说寂寞没有形状。骆威带她吃法餐时,因为陈晚不满美国法定饮酒的年龄,少了配酒,没有诗意的。但在骆威面前他不要她伪饰,吃的一口鲑鱼,就是一口鲑鱼。与他一起,陈晚觉得生命可以伸,也可以缩。她说生活竟是这样妙不可言的,Le Temps retrouvé,“重新找回的时间”,到了愿意使得生命勃勃伸展的人手里,译作“追忆似水年华”。寻找,成了奔跑一样的追,而时间,过滤析出了华彩,有记忆的时候,时间,就被人珍藏作了年华,窝藏于心。

多聊几句,侍者来问甜点。

她看见秦雪盘中的菜肴也没有用尽,知道她吃得也累。陈晚对侍者说不必了。秦雪在餐桌上也不多话。灯光照得如帆布一般,直勾勾,平坦坦。怎么在英文课上念过的各种情节的曼哈顿到了现实当中这样乏味,让人没有冲动。她曾经与骆威讨论过些歌词,骆威说好的文字看起来也是直勾勾,平坦坦,才情这东西,似是冬天从屋外刚刚入了房屋的一缕温暖,安慰人心,不需汹涌澎湃,拍打得人心将疼不疼,日子总是磋磨。

结账时,餐厅里响起 Piaf 的歌声。她与骆威说过自己看了三遍《玫瑰人生》,她说她在 Piaf 眼里照见自己,孤独无依。骆威面无表情,只说没有谁与谁,非要相依相生。

秦雪把陈晚拉回家里,说刚才吃得难受,回家做给她吃。陈晚说打车,秦雪说坐地铁。“你还没开始挣钱就爱乱花,即便是一张地铁票,乘以六点几的汇率,也是十几块钱呢。”

冰箱里有菜有肉,桌上还有半盒没有吃完的蛋挞。

“这才像是有人住的地方。”

秦雪做出一大桌子菜来。陈晚什么都不会,秦雪让她在一旁看电视,只管等着。

“广式卤猪蹄,炒豆苗,香煎菠萝虾饼。”

陈晚目瞪口呆,万万料不到秦雪竟能下厨房。“卤猪蹄你都能做得这么快!”

“买了高压锅。趁热吃吧,豆苗是昨天去中国城买的。”

陈晚指着第三个菜:“你是南方人。”

“你不也是。”

陈晚看着一桌热饭热菜,叹口气。

秦雪要她坐下来,说你叹什么气,赶紧吃饭。“我最讨厌你们这些文艺女青年,吃饭就是吃饭,把饭吃下去比什么都真实,吃饭是最他妈文艺的一件事。好好吃饭,我明天还上班呢。”

陈晚看她摆在沙发边上的照片:“你是跳舞的?”

“那是十多岁的事,我还是学校舞蹈队长呢。我也不知道我怎么的就是舞蹈队长,可能是给我爸爸面子吧。”她招呼陈晚过来吃饭:“来来来,快吃饭,做得这么辛苦,不吃重罚。一个人在美国,不能委屈自己的胃,又总不能一日三餐出去吃。再笨的人也能被逼成大厨。”

“谁教你的?”

“教什么?”

“做饭。”

秦雪笑了,夹给陈晚一块猪蹄,说吃了美容,又看她穿着裙装,问她要不要换件衣服。

陈晚说没关系。

秦雪说:“做饭有什么难的,自然就会了。人在这世界上头一件事情就是吃,不吃就会死去,做吃的都不会吗?”

她去给陈晚倒水,杯子都在消毒柜里烫得很,她去书桌上取一只纪念杯,说先用这个吧。

“高胜的杯子。”陈晚接过水杯。“你学金融的？”

“以前在高胜做过一段时间实习，跟你这么个年纪的时候。现在去另一家了，两年了。做得不开心，想换个地方。”

“你真潇洒。”陈晚说，“我那实习还不知道有戏没戏呢。要是进去了，将来抱你大腿。”

秦雪说：“好，我包养你。”她说看你是有心事，不高兴。陈晚不语。秦雪说：“好好吃饭，比什么都强。”她说许多人想来美国还来不了呢，你开心点，没什么过不去。

陈晚说自己以前不想这些事情，怎么一眨眼的就到了要找实习的时候，又说今后毕业也不知道要不要继续念研究生，实在是不想念了，可是如今中国人的竞争那么大。她有点想念起老爷子来，涌出几朵泪花，以前还和老爷子为此吵了一架，现在该自己知道盘算。

秦雪说：“总之能留住就留在美国，现在越来越容易来，却越来越难留了。”她说你的眼神和我以前的多像。她说以前一心想跳舞，从舞台上掉下来，摔伤了脚，再不跳了。“我现在都不敢穿露出脚背的鞋子。”

陈晚突然胃口极好，两个人把桌上的饭菜吃去三分之二。

秦雪敷了一张面膜出来，坐在沙发上与陈晚看电视，苏菲说过陈晚透过面膜露出的眼光，好像是长久长久以前的事。秦雪说不知道你为什么不开心，但是一定记住，没什么比好好吃饭更强。

陈晚没得到公司的录取，开学还是要回去继续上课，倒是天天来跟秦雪学做饭菜。

从酒店退了房出来，连没住在里面的几天钱一起交付。陈晚和安迪喝了点酒，陈晚说想试着唱歌。安迪说我来帮你弹琴。唱到一半，陈晚自己捧着肚子笑起来，笑到一半又戛然而止，两个人坐在地上，醉了酒，睡过去。

她说："我真的好想把你吃下去，细嚼慢咽，把每一毫厘都消化干净。"

骆威吻她，说："那你不是还要把我拉出来。

第二天他送陈晚去拿钥匙，说有朋友约他："自己在家等家具好不好？晚上过来给你装床。"

送家具的送错了地址，又折回来，等来了，陈晚发现口袋里没有零钱，又跑到附近的提款机去取，进甜甜圈店买了一个甜甜圈，找开了一人十块钱的散钱，气喘吁吁地回来给工人做小费。回来的时候天深蓝色地黑了一大半。打发走了工人，家具的零部件和陈晚的行李杂乱无章地摆在屋里，陈晚坐在地上发愣，自己对自己说话，空荡荡地竟有回声，她收住口，不敢再出声。

凯蒂打来电话叫出去吃饭。

陈晚不知道骆威什么时候来，也不敢发短信问。他说会来，她就相信会来便是了。和凯蒂在附近的餐厅吃完饭，不见骆威的电话，凯蒂说夏威夷好玩极了，又拿出新拍的照片来给陈晚看。说暑假回香港在一家银行实习，父亲介绍的，不是很辛苦，过得还不错，母亲很喜欢自己送的包，包是陈晚陪着去看的。

陈晚一个人坐在角落，万事不想关心。书还没有买，须提前念的莫泊桑也没有念。

骆威来的时候没有把车停在楼下。他身上有大麻的味道，他搬了家具的零件进房间，陈晚去找果汁给他。

"有创可贴吗？"

骆威把一条长板子搬进房间，撞碎了顶上的灯。陈晚心疼得不行，把他的手握在手里，说不要你装了。

骆威说那么一点点小伤算个屁。

“我心疼。”

“不心疼。小东西，不心疼。”

她把他的手攒在手里。

“心疼。”

“不心疼。”他说我和你非亲非故的，不心疼。

他把陈晚的床装好，开车走了，说还有得喝。人都陆续回了波士顿来开学。

她一个人坐在床前，打开音乐来听。Piaf 的小舌音震颤得一波未平一波又起。她唱得夜空都摇曳都震颤，把每一个字都吞吐得清晰，歌的节奏一起一伏，一弹一跳，钻石般坚硬，剔透，掷地有声。她一遍一遍地循环播放，声音的浪潮把她推倒，她光着腿，坐在窗台上，陈晚，嘴唇微微开张，跟不上 Piaf 的歌词，她握紧自己的臂膀，全身起鸡皮疙瘩。窗台透进的风要把她的半边身体，吹打得僵硬，使她觉得体内有一股穿越的力量被消磨：

Je revois la ville en fête et en délire

我回想起那个节日疯狂的城市

Suffoquant sous le soleil et sous la joie

在阳光和快乐中停止呼吸

Et j'entends dans la musique les cris, les rires

我听到音乐声中的叫喊和笑靥

Qui éclatent et rebondissent autour de moi

在我周围爆裂和跳跃

Et perdue parmi ces gens qui me bousculent

我在拥挤的人群中迷失

Étourdie, désemparée, je reste là

头晕目眩,不知所措

Quand soudain, je me retourne, il se recule,

忽然,我转了身,他退了后

Et la foule vient me jeter entre ses bras...

人流把我扔进他的怀中

…

Entraînée par la foule qui s'élance

随着人群向前奔

Et qui danse

舞动

Une folle farandole

欢腾的法兰朵拉啊

Je suis emportée au loin

我被越推越远

Et je crispe mes poings, maudissant la foule qui me vole

握紧我的拳头,咒骂那人群

L'homme qu'elle m'avait donné

抢走了它送给我的人

Et que je n'ai jamais retrouvé...

从此再难寻踪

7

她跑到查尔士河河边，一动不动地站着。吃过饭骆威总说来打扰这只小章鱼。他们在河边，沿着深绿色的围栏，现在在脑海中，这条狭长的道路成了一幅画卷，查尔士河河岸与绿地，卷起麻省理工的房子，洋洋洒洒，陈晚哪里有强大的臂力，举起这画面的轮轴，将它卷起来摆放妥当。陈晚去纽约面试的前一天晚上，她穿一件连身短裤，套一件针织衫就跑来河边。收拾妥当行李，她不自觉地就往河边去。骆威与她传简讯，说跟兄弟在一起有事，又问她在哪里。

“去跟它道个别，明天去纽约。”

“那只章鱼吗？”骆威让她早点回去，问她冷不冷。她被骆威一问才觉察出夜里是真的带着寒气了，夏末，天空中一个星星也没有。

他们互相传几通简讯，最后一封骆威说："回头。"

晚儿穿着长裤，没有穿袜子的脚把寒气都透进身体里。她看见一对男女把车子停在河边，正是骆威那晚停过的位置。女孩穿一件玫瑰图案的连衣裙，翩翩走下车来。陈晚望着隧道出口的方向，知道今晚不会有机缘巧合，而骆威也再不会传一通简讯让她回头，她回头，他的车已开到身后。那画面蒙了一层保鲜膜，膜下的夜空和车道都是透亮的，对岸的波士顿生鲜活曜。

她想起那晚他与她说，我骗你的，根本没有什么小章鱼，这还没到入海口。

"我知道。"

他说你真不让人省心。

"我知道。"

"老实说，那你为什么还要去。"

陈晚只说我想你，他说我不希望你想我。

他们喝过酒的玻璃杯碎成一块块，隐没在草地里，尤其难以发现，陈晚拾起一块玻璃，原先华润盛酒的器皿，红浆在杯中回旋，轻摇杯脚，两个人说出了万语千言；它们现在碎作万段残体，陈晚想附近慢跑的人不要踩到才好。总有几只好奇的松鼠，人有鞋子，而松鼠是不穿鞋的，虽然它们可憎，也总是无辜。

秦雪听到这里，往陈晚碗里添一块辣子鸡："我就是讨厌你们这些文艺青年，不疯痴不成活。认真成癖。"她又说，女人总要记得给自己留一手。她说你长得干干净净，这么美的一个女孩，怎么就陷进他这摊沼泽里。

"认真有错吗?"陈晚问出口，觉得日子怎么把她磋磨成这样没有主见的人，她猛然觉得这就是最终一个女人，以前学的诗词歌赋，都要教她把自己当做一个男人来看。

秦雪说："认真总是错的。"

"不认真就不美了。"

"吃饭和美哪个重要。"

陈晚说："吃饭有什么重要的。"

秦雪收了她的碗筷，倒进洗碗池里："你别吃了。"

罢了，秦雪下楼去找她，她没有知觉地坐在那儿，问她饿不饿。

陈晚说她不饿。她说这就要开学了，明天回去准备一下。秦雪说这就对了。"你记得，好好吃饭，比什么都重要。""你的眼睛多像以前的我，要认真，要美，一切都不顾的，非想着要让生命开出花儿来才值得。"

"我跳舞的时候，也是较死劲。别人都走了，我就是不走，练功房里灯火通明的，只有我一个人还在练。我其实没有什么天赋的，光是喜欢，光觉得女孩子就应该美美的，就去跳舞。我不知道是我的执着还是我爸爸的面子让我当上舞蹈队长的，我每天都最后一个走，所以也没有人反对。但我的身体是硬邦邦的，怎么也练不软。我对着镜子，盯着自己的身体看，一点一点地与我自己的身体说话，一点一点地认识我自己的身体，我的脖子粗壮，皮肤又没有光泽，化妆上台的时候，上妆的老师都要嫌弃我的。

"可是没有人比我认真。

"我为了跳舞，连功课也不肯做，累得掉眼泪，妈妈也叫我不要练了。"

陈晚说你这么执着。

秦雪说："不要太感动，这跟执着有关系，也没有太大的关系。"她笑说，"就是天生长得不太好，身体硬邦邦的，我实在是没有天赋，但是又拼了命地要练。"她说，"我不做功课，每个学期都是倒数，但是我爸妈不觉得有什么问题，老师对他们说我的成绩太差，但我妈妈却对班主任说没有关系的。她说我反正用不着工作。学习就是为了毕业考大学找工作。妈妈对我说她可以养我一辈子，她说女人就应该像花儿一样的养在水晶泥里。我的父亲是小时候穷怕了的，他的学历高，脑子又聪明，升迁得很快，我从一出生起就没有过过苦日子，每天除了跳舞，回家还要耍一下小姐脾气，买东西也从来不眨眼。我什么都不怕，我以为我就这么跳舞跳下去，跳不好就再练习，我也不知道我跳舞跳到哪一天，但是我就是喜欢，我就认真地跳，因为除此之外我没有任何可供担心的事物。

“直到我变成了主舞，我领着舞群，做最难的动作，做灯光下最招人眼球的一个。我快乐得觉得生命要开出花儿来。

“我第一次做主舞后，我就再也没跳过舞了。”

陈晚问为什么。

“那天我从钢丝绳上摔下来，音乐响起，幕布拉开，我脸上的妆容让我也认不出我自己了。我的眼睛冲着强烈的灯光，我感到脸上全是脂粉，惨白得没有灵魂。我摔下来，这时候身子硬倒成了一个好处，我就跟木头人一样的，脚上摔断三根骨头，但只是断骨，没有碎裂。我躺在医院的病床上，醒来的时候发现自己是在普通病房，喊护士护士也是没有好脸色的，都说她们是天使，天天颐指气使。我现在还讨厌护士，就是因为从那以后我觉出她们就是在做一个趁着人心脆弱身体罹难的时候趁人之危压榨钱财还给人摆脸色看的职业。如果我父母亲在，她们一定不敢对我这么差。

“醒来的时候我的爸爸妈妈不在身边，也没有人给我找人转进好一点的单人病房。我躺在床上，脚上一点知觉也没有，我越躺越害怕，我不知道平时父母亲都是熟络哪个医师的，因为我从小就不生病，我只知道外婆生病的时候，父母都是在医院找了人安排最好的病房和看护。没有人理我。

"整整一天,我连水都没喝一口,我觉得我被弃在荒野里,我又睡着过去,直到深夜。深夜再醒来的时候,我的奶奶坐在我的身边抹眼泪。她带了饭给我吃,我吃着,说父母出了一些事情,说过几天出院,让我搬过去跟爷爷奶奶住。

"我出院回家收拾东西的时候,家里已经有人来过了。我像逃跑似地,胡乱抓了柜子里的衣服塞进箱子里,去了奶奶家,我三年没有见过我的父母。"

陈晚说:"然后你自然也不再跳舞了?"

"不跳了,我找到班主任说,我要高考。你帮我。

"然后我就考上大学了,直到爸妈回来。

"三年里我知道什么是冷什么是暖了,温度就贴在皮肤上,切肤切骨的。账户被封查,我奶奶用自己的积蓄去请律师,但是我们老的老小的小,律师也只是打马虎眼的,只知道要钱。每次我到他办公室去,他就跟我打马虎眼,说要有路了,已经跟谁吃过饭了,已经跟谁联系了。我最爱我的奶奶。爷爷在我高二的时候走了,我觉得最难过的就是让爷爷在这个时候怀着这样的心情离开这世界。我与奶奶相依为命,现在一有空我就要回国去看我的奶奶。

"好在我又能有本事找到好工作留下来。许多人没有身份,硬留下了,许多年没有回家去。我觉得我妈妈是真的坚强,她回来以后还有办法咬牙把我送出国,我学金融就是想着挣钱,不骗你。我就是冲着钱去了。你要记着,好好吃饭比什么都强。有时候你多么希望生命能开出一朵花,可是小妹妹,玻璃瓶里的花没有深扎的根,开过就要死的。

"我现在不盼着生命开什么花了,我就想着和我男朋友两个人好好的,等他明年也到美国来。"

她说都是为了一张饭票:"我现在拼了命地工作,就是希望我的孩子将来能够开出一朵花儿来,我要她住大房子,嫁给真正尊重她不敢欺负她的男人,要让她想干什么干什么,想去哪里玩去哪里玩,想买多少包包都没有关系。你看我早上去上班,早早地就到公司打卡,一路工作到城市夜空灯火璀璨,我早晨上班的时候,旁边抗议游行的占领者还在帐篷里呼呼大睡,晚儿,我告诉你世界就是这样。好好吃饭。"

她拉着陈晚的手上楼,说:"来,咱把刚才的饭吃了。"

陈晚回到波士顿的家,窗台上的团团玫瑰已经凋谢干净,剩下几片枯残的花瓣,变成棕黑色,分辨不出哪一瓣是花,哪一瓣是叶。她听秦雪的话去考回了驾照,但迟迟犹豫着没有买车,觉得花费太高,老爷子去世,该处处都节省才是,又在秦雪的建议下多投了几份简历,到处找实习。

晚上醒来是最难以忍受的心悸。下午累得不顾一切躺下去,课也忘了去上,睡得浑身骨头都不成架构,懒散散零乱乱地瘫在床上,肉作一团,骨作一团。睁眼与不睁眼,都是黑乎乎的一片,扭打在一起,等待眼睛适应黑暗的环境,也还是扭打作糊浆状,行李箱拆出来的,没拆出来的,床脚堆叠着一打衣服,睡衣挂在床边,陈晚连衣服也没有换,难怪睡得浑身疼痒。

没有勇气起床开灯,一直躺在床上,心悸像风浪一样,掠过胸口,心口,一刻不停的。

她摸出床边的手机,没有未接来电,也没有短消息,邮件中的标题,一个个去看,无用的删去,删到最后一个,也全部是垃圾电邮。她没有办法回到黑暗中去,眼睛适应过来,这黑颜色变成了灰,房间里的一切都看得见,蒙上了厚厚的灰尘一般。她错觉自己不是在家中,是梦见了法语小说中的场景,回到了两三个世纪以前，窗台，花瓶，床角，地毯，都幽灵般低诉，女主角的幽怨，只在这一间房子当中，地方太小，很快就要将这房子填满。

她把她自己也当做一个幽灵，她闭上眼睛，如果没有这风声，她也许就又睡过去。她起来把窗户关上，风更猛烈地腾空，从高高的夜空中砸下来，向着四面八方冲锋，拍打着房屋，窗玻璃，一掌击过，窗上砰砰地响。

早晨只是去了一件黑色的夜的外衣，境况也是一样。

连着三天，陈晚一清早就手脚冰凉，那股心悸按时地到达她的体内，脑中已经有意识，勉强闭着眼睛更不安，她睁眼，轻轻悄悄，开启眼皮，找了时间来看，才只是早晨四点半过去，连五点都还没有到。外面启了亮，多亮一点，屋子里都跟着有反应，天光一度，房间中就清晰一度。早晨变得越发可怕，她蜷缩起来，如一只被挑掉了骨头的小动物，她清晰地明白骆威不在了，使她觉出凌晨五点如她自己的生命一样，就定格在这一刻，没有办法回到从前，又转动不过这一页，把持不到可供捉摸的有形状的未来。只有窗台上空空的花瓶，瓶口举着外面有棱有角的天空，被还没有掉光叶子的枝桠划开几块。

被吓醒的早晨，她就早早起来冲澡，水顺着她的身体，流到哪个部位，都流过一阵慌悸，她克制住自己的心，不明白失了骆威怎么能叫人这样害怕。她想给谁打个电话，手机上还存着家里的号码。

她早早地等到有地铁的时间，出了家门到学校去，她剩不下一点勇气呆在家里。去买一杯咖啡，推门出来天又亮了一度，叶子落到脚边，她觉得正站在祖母和祖父的坟头。狭长的道路上，没有几个人在走，一大清早，她害怕走着走着，多踩一脚路面就要塌陷下去。

陈晚实在太害怕了。

她的害怕压倒了一切。

大家都回到波士顿上学了，这天一群人约出来玩，陈晚早早地离场，美惠比先前更漂亮一点，一点没有变胖，穿衣服的品味也出奇地变好了似地。林小云末了给另一个有车的男孩子接走。她一个人走出来，脱下高跟鞋，光着脚走在路上，也不怕路人的眼光。她在大街上哭着，手里拿着包包和鞋子，化了一点淡妆，泪水糊了她那张泛着灰色的脸，只有一张红唇最为突出。每天早晨五点被吓醒，她已经不敢去照见自己的脸色。

狼狈极了。

大课上的什么她不管不顾，迟到了，坐得满满当当，不想上前去寻位子，在后排旁边的地上坐下来。课一结束她就第一个推开厚重的木门把手，第一个迈出去，眼泪紧跟着一出门就掉下来。她奔向学校的图书馆，不顾路人看她像光天化日里看到一个疾步的女幽魂，在校园的路上穿堂而过。

林小云在路上遇到她，回头叫了她一声也没有听见。

到死的时候，生命却变得坚不可摧了。

她怔怔地坐在那里，与自己辩论生与死的必要，她望不见自己往后的人生，只觉得光是消耗粮食与情感。她的湮灭，正好也可以终止每日难耐的恐惧。网络上的信息过滤之后她只能找到两个方法，服毒与割腕。她还去搜索了提倡与帮助安乐死的机构，发现这还是一项人类还在纠缠不清的议题，既然是不合法，也就难以找到人去执行。她不知道飞到荷兰去这条路是否行得通。

只茫然若失地觉得死亡也是这样充满险阻，难以摧毁。

她想象着用刀子将手上的经络割开，估量着有多大的疼痛，她难以相信这样使体内的液体流出来生命就能消亡。她觉得自己一定无法忍受，也知道人总有自救的本能。她想，如果不疼，便能坚持下去。她拿不到处方，就不能在药店里买吗啡。她一心只想着吗啡可以止痛，只要不疼，她把割过的手腕放进热水里不冻结，就能坚持到没有知觉。

这成了她要去做的事，比做任何学术的项目都要重大与认真。但几个方案，没有一个有足够的可行性。

她打电话给林小云。小云的表哥在麻省医院做医师，她要过来他的电话。

表哥把车开到陈晚的楼下，请她下去，说不能乱给人开吗啡。“这个东西怎么能乱来，精神病院里撞墙的疯子，戒毒疼得不行的病人，我们才给他开这个东西。”他问陈晚要那个东西干什么，陈晚打马虎眼过去，谢过表哥，只好作罢。

陈晚定了一间酒店，从顶楼宽阔的窗户中看得到远处查尔士河的水光。房租缴的是每月的钱，陈晚觉得合同不必特殊处理，过了一月没有人交房租，自然会有人收房。家人已经没有，又不需要有什么特别的话。手机上的通讯录都看过一遍，既然是平日里无聊的时候一个合适拨打的人也没有，陈晚料想往后也不会有人记起一些惊心动魄的回忆。

她舍不得合上酒店的窗帘，就任由它开敞出这座城市洋洋洒洒的画卷。她看得到水光，舍不下那只不存在的章鱼。

陈晚开了水，等水温变热，塞住浴缸。水声的音调随着水涨，逐渐变化。陈晚照着资料上所说的时间，觉得一旦昏迷过去，还需要两三个小时，不能调节水温，怕水变凉得快，就把水开得很烫。

她一边等着水满，一边闭上眼睛，重新在空气中拉琴。

这一次她连自己也听不见。她觉得二十年的光阴骤然间过去，拉了十多年的琴，到底不知道拉琴的人是谁。

水满的时候，她拉起自己的衣角。手腕上的血管清晰可辨。她没有学过解剖，不知道这些管子从哪里开始，伸向何处，流往何方。她想起村庄远处的山水，想起骆威对她说，这世界上，没有谁，非要与谁相依相生。

陈晚瞧着镜中的自己，特意化了妆，处处细腻，眼睛里越是没有内容，越是要用了功力来化眼妆，眼线和睫毛把原来的阳光都伪装在底下，统共专心化了一个多小时。她盯着自己的嘴唇看，不知道没有了血液的躯壳，会把这张嘴涂抹成什么颜色。她专门买了一块生牛肉、两把刀来练习。红白间隔的肉与脂膏，人的血肉也不过如此，既然都是肉，她琢磨着与切牛肉做饭的力度没有差别。但毕竟一片在砧板，一片在人身上。如今她要盘算着死亡，连一点疼痛就让她止步不前，不向往生命，却要被生命的疼痛所牵绊，可姑奶为了另一个人的生存，忍了生生割下腿肉的疼痛，一座房子，老爷子也无以为报。这下她忽然知道姑奶的要求一点也不过分的，她觉得这就该把大宅子给了姑奶，再没想过要打官司。

水放满了，陈晚去关水。

她坐下在浴缸旁边。

睡在地上一个晚上，她退了房出来。骆威传来简讯，说这两天太忙，晚上来给她装衣橱。说了十点，快十二点了人才到门口。

旁边的陈晚默不作声。他给她把衣橱的格子全部装好，说剩下的今天没有办法装了。把她抱起来，去看最上面的一格有没有装平。把她放回地上，伸出手去抚摸陈晚的脖颈，他想要再吻她，陈晚却推开去。

他问陈晚怎么行李都没拆，打包得好好的放在房间里。陈晚抬头看见他的一双眼睛，他的眼角，睫毛，眼珠，眼下一圈铁甲般的皮肤。她忍住眼泪，又作罢，干脆哭起来。他将陈晚抱起来，放在自己腿上，这本来是一场游猎，陈晚的感情叫他不知道如何是好。

他说即使什么话都可以说，陈晚也知道自己不爱她。

陈晚点点头。

骆威说："就当我们谈了十天的恋爱，你把我甩掉了，好不好。"

这世上最坏是爱情。

骆威说我不爱你，又问："我问你，你爱我吗？"

陈晚低头不说话。她想起有人告诉她，横着切下去，死亡的几率只有不到百分之十，要顺着手腕的血管，竖着切，切下去四厘米。她止住了哭。她问："你们又在一起了，对吗？"那天她坐在学校一家咖啡店，远远地看到一个女孩向骆威走去，林小云如不晓得陈晚与骆威的事，说起那天沈安琪下课了不与小云一道走，是在等男朋友的车子来接。陈晚问安琪的男友是谁，小云说是骆威，住在一起很久了。陈晚想问他们是不是分手了，又收住口。

骆威说你没有不好。

"有时候我也想过，要放弃我现在的一切，从大房子里搬出来，换一辆不招眼的车来开，过最正常的日子。可是我真的没有准备好放下这一切。"他说也不知道自己现在醉生梦死过的是什么日子，每日顾着不停地消费。说人活着不是一张躯体的事，每天停个车吃个饭，再吃张罚单，交际也总需要钱。前段时间和兄弟去瑞士滑雪，晚上在山上喝了酒生了事，又花去一笔钱来摆平。他说晚儿，你没有不好，你不要难过。他说他很愧疚，谴责起自己。陈晚把他的头捂在胸口，叹气说不责怪他。她知道不能使他在这般年纪就玩够，能玩的，没有人不玩，又说他的话总是对，没有什么好人，坏人，只是人。

他说她并不真的爱他，说这女人有的是野心，和他在一起，也挣足了面子。

陈晚问:“她不爱你?”

骆威说:“她不爱我,我也不爱她,她也有钱。”

陈晚看着他的眼睛:“你不爱她吗?”

“还好吧。”骆威说,“毕竟在一起那么久了。”

他的手机响起来,骆威关掉,陈晚说还是接电话吧。

骆威说不接,紧紧地抱着她。她抚着他的头发,把他压在胸口,恨不得把他用自己的命去捂热了,捂融化了。

骆威离开后的一个月里,陈晚仍然每天吓醒,按时的,比闹钟什么的都精确管用,早晨四点五十分,总要醒。周祖光打来电话,问陈晚最近怎么样,要开视频,陈晚不想他见自己一副没有血色的脸。“晚儿,我不去纽约了。被拒了。”陈晚说那就专心留在国内便好。

法文老师下课时对她说:“晚,如果你有时间的时候,这星期来一趟我的办公室好吗?”

陈晚说周二的下午是不是可以。

“棒极了。”

电梯到五楼,陈晚的脑中有些眩晕。教授还在和别人谈话,陈晚来了,她伸个脑袋说晚请你等一下。

陈晚手里拿一杯咖啡进去,教授说这是你第二次迟交作文了。她问陈晚是不是有什么事。“如果有什么事,你可以告诉我,也许我们可以商量一下下一篇作文的截止时间。”教授很善解人意,陈晚道歉说只是周末喝了酒,说下一篇作文按时交就是。

她趴在床上写作文,写了两个小时,半页纸都没有写满。

因为陈晚总是清晨心悸,秦雪便说每天早晨上班前正好与她通视频，一个人在纽约上班，换新工作前旧公司还有些交接，陈晚醒得早，起床便打电话喊秦雪起床。秦雪开视频陪她聊一会儿，算是陪她度过天将微明最心悸独处的时刻。陈晚很感激。

秦雪的谈话永远只有两个主题：一是叫陈晚好好吃饭，二是想着日后与男友发财了要如何耀武扬威。

陈晚说你家又不是买不起。

秦雪说："那可不一样。我老公现在光凭他自己可还养我不起。但是没关系，我跟他说了，等他以后有钱的时候，再补办一场极奢侈的婚礼，要请纽约最顶级的婚庆设计。"

陈晚笑她贪婪的表情："那可要许多个零，为了一场婚礼。"又说如果有爱情，婚礼办成什么样，自己实在不在乎，太在乎的，往往是因为没有感情可供在乎。话说出去，自己心里也觉得不妥当，爷爷为祖母补办的一场婚礼，想起来陈晚就要心疼。

秦雪说："又来了，你一个学文的，我跟你怎么讲都讲不通。婚礼就是要办给别人看的。给别人看的！"她吐掉口中的泡沫，"你懂不懂！"

她换了上班的衣服，站在镜头前，问陈晚这衣服下面配哪双鞋子好。陈晚端详一阵，无奈细声说："听实话吗？"

"实话。"

"实话是两双都不合适。"陈晚说这一堆的鞋子都是花了血本，却每一双自成一个风格。"你衣橱里的内容本来细节就很多，你却非要买了隆重的鞋子，与身上的衣服打架。"她说："你的野心这样外露，总有一天这团火要把你和你身边的人烧着了。"

秦雪去上班，对陈晚说："你记得要好好吃饭，我去上班了。"又去倒一杯水喝，非要倒满为止。

傍晚的时候，马书腾和秦雪同时打进电话。马书腾说晚上有聚会，叫陈晚到家里喝酒。陈晚说电话又插播，接起秦雪的电话。

“死丫头怎么才接电话。”

“怎么了?”

秦雪说今天下午办公室真的烧着了。上司今天下午走得早，留她加班到很晚。她一个人在办公室，竟然无端端就着起火来，警报器响了，幸好楼里的保卫来得及时。

陈晚停在路口，在街上开始狂笑不止，笑得喘不过气，说这件事情真是荒诞又滑稽，倒也合情合理。“办公室里没有人与你相克，你就着火了。”

周一早晨秦雪没有与陈晚视频。

过后陈晚问她去了哪里，是不是生病，秦雪说去了纽瓦克机场接父母。父母来美国看她，要住一阵子。

秦雪竟鼻子一酸，说：“要换作以前，他们该买头等舱。长途飞机最难坐，母亲腰骨本来就不好。她原来还说要订经济舱，这么不敢花。我说用我的钱，没有人说三道四。现在他们都回来了，这几年手里也不是没有钱，可是手里拿着钱也不敢敞开花，怕别人后面说些不中听的话，做些小人做的事情。”秦雪自己说着，落下眼泪来，“要不是那三年，都是那三年！有人用了心，使我受了那么多苦。以后我挣钱给父母花，就不会有人说什么了。”她反正是觉得自己受了委屈。

陈晚说：“可那些钱原本也不该是你家的。”她说出口，是因为她觉得秦雪万事愿意和她说，但是又马上自觉得该闭住嘴巴。

秦雪白她一眼，说：“小妹妹，这有什么该不该的，”她有些真的不高兴，“幼稚!”

但不久她又忘了不悦，说过几天带他们在纽约逛一圈，还要去波士顿，也许还去一趟加州，说请陈晚一起吃饭，顺便在波士顿逛逛。

陈晚说波士顿有什么好逛，跟农村一样安静，除了众多的学校就剩下人住的地方。但是话说出口，她多留了一个心眼，觉得父母来看秦雪是其次。她帮着留心了一下波士顿南边几个富人区的房价，或许等秦雪父母过来的时候也用得着。

果然秦雪的父母一来就给秦雪买了新车，一家人开车来的波士顿。陈晚只陪他们吃一顿饭，最近功课很紧。又悄悄对秦雪说，南边虽然有几个区不错，华人聚得多，该有的都有，但是怎么也比不过纽约，还是法拉盛最好住。

秦雪虽然对陈晚推心置腹，但是陈晚这番多余的热心，让她心中大有不悦。

陈晚不善与圈子里的中国人交往，畏手畏脚，有心事与人说不得，便只窝在家中，与马书腾林小云他们在一起，每度都让她想起骆威。中国人圈子比美国人复杂，少说话的好。一个人抽空去了趟南美透气，回来一算不加购物，也花费了几千美金，陈晚暗自叮嘱自已要改掉消费的习惯了。托秦雪从纽约的书店中买来一些古文来读。以前骆威总说不爱从中国运书，尤其经典，总有电子版，陈晚却舍不下书卷在面前的气质，喝茶还是咖啡倒是其次，伴一部书开敞来读，眼与纸，手与纸的触感叫她饱足，心无旁骛。

过一两个月，已不每天吓醒。她没有信教，念了那些古诗文，反复嚼食，张唇轻诵，与念宗教的经文有相当的功用。她凌晨还有心悸的梦境，但是已不惊吓至清醒，总说日子努力过一过便能过去，陈晚现在换作每日嗜睡，要不是心中过意不去欠过两次法语作业，她每周二四都不愿意起床去上课。她又趁天气晴好，去过两次麻省理工的船坞。一次是清晨，手捧一杯咖啡，省钱不愿意打车，又见天气是开朗的，转了一趟公交，徒步走过桥去。车辆在桥上呼啸而过，慢跑的人带着耳机，穿的比夏天都少，几条健硕长着饱实肌肉的小腿，经过陈晚，轻便有力地朝了河对岸去。陈晚站在桥中央，觉得自己移动得慢极了。与骆威来总是夜晚，如今清晨面对桥左桥右宽阔山腰的水面，蓝澄澄清亮亮的水光，刺了陈晚的双眸，有一种女人第二天酒醒的不知所措。后一次是凌晨三点，她与林小云赴一个中国人聚会的约，晚儿买醉，瘫软如泥。马书腾将林小云送回家，又问陈晚的住处。陈晚一时不记得自己的住址，马书腾动了心机说先开回他家去。陈晚说了一个地址，就让马书腾将他放下。马书腾的车子开走，车后闪耀得夸张的车灯使陈晚睁不开眼，她心想怎么男孩子都是一副德性爱改车灯。陈晚自己叫了一辆出租，去了河边。她按下手机中的电话号码，打给周祖光，周祖光说去不了纽约了，倒是加州有两所学校录取了他，他父亲是很主张他去的，陈晚也说加州好，阳光充足，天气和心情都是在加州最好，中国人也多。周祖光只说不去了，留在国内，也可积攒一些人脉。

放下电话，陈晚发觉如今天气是真正地凉了，她头晕目眩，有些不认识这里，风灌入衣领。

大半夜的一个女孩子站在河边，出租车司机放她下车还幽默地说了一句，别往下跳。陈晚望见天色变得火红，不知道离天亮是否将近。冷风将她吹醒一些，定了神看，所站的还是这里，背面正是骆威要她回头的停车地。她惊奇地发现麻省理工的船坞新修缮过了，与以前大不一样，木质的板子换成了现代的材料，即使在凌晨淡淡的帘幕里也看得出气派。一切都在往前走，连小章鱼也搬进了新家。

秦雪度假回来换了新工作，正好在与陈晚碰头的那栋写字楼。

她每天早起，但是已不每日陪陈晚起床。陈晚嗜睡，她说既不吓醒，能够多睡也是好的。总是不肯吃亏的身体，以前吓醒所缺的睡眠，现在身体自己又向她讨回了。仍是叮嘱陈晚每日按时吃饭。

凯蒂隔个周五都要到陈晚的公寓里去吃一顿晚饭。都是跟秦雪学做的饭菜，自己又有自己的口味和灵感，渐渐地也学会了下厨的花样，在凯蒂心中，除了一起追逐美剧以外，又多了一项令她隔天就要去晚儿家中的吸引。

这天陈晚从法语教授的办公室里出来，凯蒂迫不及待地发来简讯，问晚儿今晚的菜色。

"我还没去买菜呢，今晚晚一些来吧。"

凯蒂说可以一同去选食材，不要每次只带一张嘴去。

陈晚说晚一些来便好，厨房不大，她不喜欢两个人挤作一团。陈晚为学做新菜，买了一只搅拌机，花去近一百美金，只为做一碗浓汤给凯蒂，自己也觉得怎么改不了不会算计的弱点。她对凯蒂说今日做西菜，有玉米浓汤，牛排和新制的泡芙。

凯蒂说听着便饿了。

陈晚提着三袋食材往家走。走出三百米，便开始觉得手上的物品重量超过她的负荷。以前陈晚从未买过菜，现在觉得做一顿饭菜竟要准备这么多材料，生活原来是繁重的。陈晚照着菜谱买来玉米，面粉，奶油，洋葱，香料，火腿，只为一碗玉米浓汤，用剩的材料全部都放进冰箱里。陈晚平常不吃火腿的，存在那里没有动过，放的时间久了，只好都扔掉。她恨不得将超市里的食材全拆解了，只挑出她愿意接受的部分。

凯蒂说你总不能只挑真正所需的部分，但做吃食，总要将食材全都买全。陈晚说活着也是一个道理，自己也说不出，怎么竟愿意用全部的感情去喂养同骆威十天欢爱的快乐。她说那是她人生中最快乐的日子，但剩下的生命，前剥皮，后去尾，也还有这么长，又无法当做没有用的食材统统扔掉。

凯蒂说骆威能得到晚儿这样飞蛾扑火不管不顾的爱情，未尝不是福气。陈晚说也许骆威一辈子也不知道她这样爱他。

晚儿切出一份生菜沙拉给凯蒂。凯蒂今天胃口大好，盛给她的玉米浓汤全部喝干净，叹陈晚第一次也能做出这样好。她说在香港，家里的阿姨做汤总是太咸，后来陈晚做汤就连盐也不放。但她又说太淡。吃饭原来跟写字一样，须字斟句酌。

等凯蒂喝过汤，陈晚把剩下的菜色一并端上。她没有办法疼骆威，就拿凯蒂来疼。用黄油煎了四分熟的牛排，油滋滋的还带着血，红白相隔，肥瘦恰好，陈晚挑肉时挑了半天；泡芙是巧克力心，凯蒂来得晚，已经晾晒得凉下来。陈晚爱看着凯蒂吃饭，平日里陈晚并不做饭，没有凯蒂来捧场，厨房就冷清得没有烟火味。凯蒂对食物的要求很高，不做得精精细细，有色有香，她是不肯好好吃饭的，陈晚也要有懂得吃饭的凯蒂来品尝才有心下厨，她非要把一切都打扮好，生命中样样都要认真，都要开出花儿来。做好的饭菜，等凯蒂来品尝，她要将餐盘都拾掇好，用来给鱼肉增味的柠檬切出来几片做装盘。若是做虾球，也要团好了形状，装盘摆放整齐。她把摆盘的照片传给周祖光看，周祖光一面惊叹只会煲瘦肉粥的晚儿也学会做饭了，一面又说晚儿万事过于认真。

周祖光说以前与陈晚拍过的那部片子，交给纽约虽然没有录取，但是在学校却当期末作业交了上去，省下大段时间。视频中说陈晚脸色比以前差了，女人总要有气血才好。他说下月到美国和加拿大去玩一阵，给她带两副中药。

陈晚问阿光爷爷身体怎么样。阿光说住在新房子里，话说得越来越少，陈晚爷爷走了，又没有人常与他下棋，最近竟然像个老太太似地，迷上了关在家里看韩剧。

“怎么说我像个老太太！”屏幕中阿光的爷爷就入了镜头。他听见阿光在和陈晚视频聊天，插进话来算他一份，正好这周末阿光去爷爷家里吃饭。爷爷看见陈晚传回来的照片，不相信陈家娇惯的小孙女竟做出这样的菜肴来，带些疼惜地说是不是国外的生活太锻炼人。又笑说陈晚这般美丽又有好手艺，可以嫁人了，改天回来给她相个人，自己也当做一项娱乐。陈晚说爷爷不该这样拿自己开心，又与他聊起韩剧。

阿光爷爷说起陈家老人生前爱吃一道糖醋鱼，陈晚说并没有见老爷子怎么吃，阿光爷爷便告诉她是陈晚祖母所拿手的。

过一个星期，陈晚真的做出一道糖醋鱼来。不知道与祖母做出来的有什么差别，从来没有吃过。昨晚才想起来叫凯蒂来吃，凯蒂来时已经凉了，又拿去加热。

陈晚与凯蒂说起祖母，说只知道她一生爱打扮，又不能打扮，不知道她还会做饭菜，方才懂得祖母多一点。

做饭和吃饭成了陈晚打发时间的重要手段。

凯蒂说，自己就像她的情人一样被宠着。

这天周三，下课早，凯蒂说起美剧的进展，要跑来与陈晚一起看，陈晚随意炒了两个菜，两个人边吃边看。汤汁脏了地板，陈晚赶紧用抹布擦干净。她蹲下来俯身去擦拭，小腹生出赘肉，忽然觉得人生逐渐琐碎起来。看完了，凯蒂说：“都是你做饭，今天我来做糖水给你。”

凯蒂进了厨房，做出一碗银耳莲子。

“来例假的时候，母亲喜欢做糖水，我和妹妹总是同时来，母亲亲自下厨房做，有时候还煲一只乌鸡，差阿姨去市场挑选生鲜的活鸡。”

“你妈妈也自己下厨?”

“有时候她也是无事可做。但父亲心疼母亲,对她极好的,不让她下厨房,所以要为我们做东西吃,还要挑父亲不在家。”

晚儿愣在那里发呆一阵,想到骆威的一碟面条。她突然觉得骆威对女友的不爱是假,否则他这样一名浪子,不会进厨房。是别的人锻炼出来他的忍耐与生活,教他爱护,她突然心痛不止,觉得自己虽然与他在一起快乐,但并没有机会疼他。凯蒂知道她想念骆威想念得撕心裂肺绵延不绝,又不知道怎么安慰。晚儿说骆威也不是无情无义,只是情不在晚儿身上。但只要凯蒂问起来,陈晚还是说骆威给过她人生中最快乐的时光,她心里头只有感恩的。晚儿听话地喝了糖水,靠在墙边,蜷成一团。

凯蒂性格淑惠,除了上课,看美剧,一放假就要回香港家中陪伴亲人。她连初恋都还没有过,陈晚不知道怎么与她说起对骆威的感情。凯蒂说最近有一个大陆的男孩子在追求她,陈晚说绝对不愿意让她受到伤害的。

凯蒂说今晚有个约会,去吃晚饭。

“你看,谈恋爱总要从吃饭开始,人海中你寻死寻活,不过是找一个人日日陪伴你吃晚饭。”陈晚说,“你就穿这一身去?”

陈晚从自己的衣橱里给凯蒂找了两身裙子,依次请她换上,陈晚说穿黑色的一件好。长不及膝,纯黑的轻简,剪裁细腻,两肩有镂花,叫人知道赴约人的尊重与用心,但一点也不过分地雕琢。

“晚儿品位真好。”换下今天上课的一身衬衣,凯蒂被陈晚打扮得很兴奋,红扑扑的两只脸颊透出健康的红润笑容。

陈晚帮着凯蒂扯好肩头,说你若喜欢就留着好了。

凯蒂说只穿一次,穿完便还回来。

“不必了,你穿着比我穿着好看。”

陈晚看着镜中的凯蒂，凯蒂的面庞如一块璞玉，那是一张处子的脸。

凯蒂搭了地铁来看陈晚，她对陈晚说，一个人在这里住，要害怕的，说不如找个室友，不仅可以分担房租，又多一分人气。“反正你的房子空，多住进来一个人亦是没有关系的吧。”

陈晚既无心也无力，说不知道去找什么人住进来。凯蒂说她过两天在网络上发个消息，不怕没有人响应。晚儿说房租倒是不急着找人分担，只是一个人，实在害怕 。

“在外面，有人照应总比一个人好，钱省出来也是好的。”凯蒂的信用卡没有限额，凯蒂对家里说万一丢失被人刷爆了卡多不好，父亲对她说在外面总要花钱，又心疼她一个人在美国念书，不设她的额度。现在反倒是她倒过来教陈晚，陈晚也才真的觉出现在与以前不同了，又还不能够挣钱，省出来钱，也是未雨绸缪。她点点头，说找室友。过了几日，凯蒂记起这件事情来，帮陈晚在网络上发出去消息，很快就有一个高个子的女生来问房子。

这女生横着一双眉眼，四下打量过后开始问房租，陈晚也不知道凯蒂在网络上开的价格多少，便说按照网络上的算。女研究生想砍价，陈晚说没有这价钱自己宁愿单独住。女研究生又说自己不知道住多长时间，兴许一两月，兴许半年一年，全要看实习的工作能不能转正，她从康涅狄格州来的。陈晚不用问她就知道是个学经济的，一张大众脸，她与林小云不同，天生长得就叫人看出所学的专业。

她说下月初开始到附近实习，问可不可以提前搬进来，陈晚不觉得有什么好计较的，说到时候提前说一声就行，她留点时间把家里收拾好。骆威装好了衣橱，陈晚还留着一箱衣服没有拆，到现在。箱子横躺在地上，陈晚也懒得去动，晚儿所住的房间是收拾干净的，但是空着的一间房，因为反正是一个人住，也不多一点心思，许多杂物就堆在那里。晚儿掐指一算，原来搬进来已经许久，但是骆威好像昨天才最后一次抱他，放下她，转身离开，从这道门出去。

她每日到了衣橱跟前，第一个想到的，也还是骆威，总是骆威。

爱情最坏。

这使她一有机会沾酒就要醉，但酒是喝不干的。

马书腾家开派对，群魔乱舞，一帮人喝干一扎酒，又变戏法似的总能拿出新的酒来。几轮游戏过去，陈晚每次输都自动自觉喝干，别人洋酒兑的各种饮料，她也愿意按照最小的比例来兑开。连马书腾都不敢让她这么喝酒了。

"你出来。"他把陈晚拽到门口，寒风一下就扑过来，"你最近到底怎么了，你敢不敢照一照镜子。"陈晚心中说当然不照，一照就要照见自己最不能见人的模样，一照就要照见骆威的眉眼。

"你管我。"陈晚这就要倒下去。电话突然响了，显示的是一个不认得的号码，陈晚头上重重的，没有接。过一会儿又响起来，陈晚按下接听键。

"姐姐，我是柔柔。"

"什么柔柔？"陈晚神志不清。

"我说我是柔柔，我在波士顿罗根机场。"

脚上的高跟鞋令她摇摇欲坠，陈晚坐下来，坐在冰冷的台阶上，问："柔柔？孙柔柔？"

"恩。"

"你说你在哪里？你再说一遍？"

"罗根机场。"柔柔说。

"波士顿罗根机场？"陈晚觉得喝下去的酒要翻滚出来，不敢相信自己的听觉。她问柔柔在哪个航站楼，说："你站在原地不许动，等我去接你，听到没有。"

孙柔柔一点气焰没有，电话那头说："好，我不动。"

马书腾问她怎么了，她回到屋子里去取了包包，打电话叫车，说要去机场。

"我送你吧，"马书腾扶住她，不然她又要从台阶上摔下来。"你喝成这样，怎么又突然要去机场?"马书腾以为她是发酒疯，但从她口里又问不出答案，只好发动了车子，送她去。他把车窗摇下来，使得夜风吹进来，尽管冷。路过船坞，陈晚要开门去，马书腾不许。"我要去看小章鱼。"

"什么玩意儿?"马书腾一股北方口音，闹不懂这个傻妞到底怎么回事，净会瞎折腾。马上锁上车门，怕陈晚自己开了门掉出去。

陈晚吹了一路冷风，终于醒过来一半，快到机场，才忽而清晰地意识到自己这是去接孙柔柔。她对马书腾说："对不起，喝成这样，失礼了，实在是麻烦你，我妹妹来波士顿，我忘了，她刚到呢。"

马书腾说没事，他以为柔柔是她亲妹妹，又问陈晚父母怎么不来，陈晚不说话，装醉迷糊过去。

把孙柔柔接回自己家，陈晚一开门就被一个箱子绊住脚。她本来就酒醉，差点摔跤。摸到开关去开灯，孙柔柔一声不响地跟在她身后。

地上全是装家具板子的纸盒纸箱。还有两件行李，一大一小，一开一合。纸箱旁边还有刚拆下来的塑料薄膜，卷成一团团，场面十分混乱。箱中半露出的衣裙被孙柔柔捏起来，问陈晚："你什么时候开始喜欢上这种颜色的裙子。"

"这不是我的。"陈晚警惕地走进自己的房间，又朝另一个房间扫一眼，房里多了一张组装到一半的床架，骷髅一样地躺在中央。

褥子什么的都没有弄好，叠在一把新增的椅子上，脏衣篓倒是已经有了，里面已有一件白色的上衣和一件牛仔裤。

女研究生穿了一套长裤长袖的睡衣，盖着陈晚的被子并躺在她的床上。那被套是她与骆威去买的。

她被陈晚的响动和灯光弄醒，坐起来，不化妆的时候一只眼睛大一只眼睛小。

"你怎么才回来。我给你发短信了。"

陈晚掏出手机查了短信，晚上七点发的。"我搬进来了。"后面不久还跟了一条："床还没有装好，能不能跟你挤一个晚上？"

陈晚说手机短信关了静音，听得到电话听不见短信，反正她已经睡了，便让她先睡觉。一边气着，一边想，怎么会有当天搬家当天发短信，还直接睡在别人床上的人，陈晚觉得早知道如此就不要去和这些人买醉。

陈晚头昏脑胀，恨不得倒地睡去，一边有大小眼女研究生，一边又有孙柔柔，她只好又打电话叫出租车，带着柔柔住进酒店去，无端端又花去许多钱。前台给房卡的时候陈晚愣了一下，正是上回自己准备去割腕的房间。

柔柔看把陈晚折腾得这样疲弱，又知道她喝了酒，问她要不要先洗澡。

"你先洗吧。"陈晚说："从广州飞了那么久，你累坏了吧。赶紧去洗澡。"

柔柔的回答把她吓了一跳："我没有飞多久，我从温哥华来的。"

陈晚彻底懵了。她留了五秒钟让自己反应过来，才听懂了孙柔柔的话："你从温哥华飞来的？"

柔柔刚要解释，陈晚止住她："你，你赶紧先去洗澡，有什么，洗了澡再说。”她头疼得厉害，想吐又吐不出来。

趁着柔柔去洗澡，陈晚从钱包里取了三美金和两个硬币去走廊上的自动售货机买了两瓶饮料，钱包里的现金不经用，才取出来没多久的钱，又快没了。饮料冰冷地灌入自己的肠中，怎么也灌不醒。柔柔在里面洗澡，哗哗的水声像南方倾盆的雷雨似的。陈晚心中察出不妙。

陈晚只知道孙柔柔的父亲在外面乱来，不知道具体的来龙去脉，这些事情也没有什么来龙去脉好研究，都是一个定式。但是柔柔对她说，她给那个女人发了简讯，说了一些不中听的话，又到她父亲面前去摊牌。

陈晚听得一头雾水。总之孙柔柔最后被她父亲打发到了加拿大去，他父亲想把她支开，不想惹是非，只能出这个代价，出这个资金让孙柔柔出国去上高中，孙柔柔本就一心想出国，两父女也不知道是谁要挟谁。孙柔柔讲得不清不楚，但是陈晚想，孙柔柔一介小女孩，怎么可能谈得过她情场沙场都老练的父亲。

柔柔说，这是她与父亲达成的方案。

陈晚知道柔柔脾气大，从小就没受过委屈，但想不到柔柔竟能和她父亲谈判起来。柔柔的父亲本想打发她出国，但料不到柔柔会拿这件事要挟相逼，讨价还价，生意做到自己头上。他答应出钱送柔柔到北美的贵族学校去念高中，每月的零用钱和消费，孙柔柔竟和父亲谈定价格。

“但是副卡在我手上，我要额外刷卡拿他的钱花，他也只能月底还款，总不能停了我的卡，饿死他亲身骨肉。现在他与外面的女人搞在一起，我当然是要帮着我妈妈和我自己，多捞他的钱。”

孙柔柔说从广州到温哥华，以及这次从温哥华到波士顿，都是刷他父亲的卡，买头等舱的机票，尽量地花。

“他愿意息事宁人,免得我做出其他手段。”

“你妈妈呢? 她怎么说你出国的事?”陈晚问。

“我妈妈也算是答应我出国念书,现在有能力供出国念书都出国去了,她只是觉得迟早的事情,答应我早点出来,不过是一个电话商量的事情。她已经调到别的市去挂职,不知道我与父亲摊牌。”

陈晚叹一口气,问究竟怎么会变成这样。柔柔说:“我恨得咬牙切齿,可是你叫我怎么办!”她跟父亲谈判,要他把房子的名字改成母亲的名字,又说在温哥华要用孙柔柔的名字买一栋独栋的房子,有山有海,将来好办移民。

“你这一笔竹杠敲得!”现在华人投资移民出国去的一天比一天多,国外华人区的地都被炒起来。“你这一竹杠,要花去他数百万(美金?),他竟也愿意?”

“他本来不愿意来着,但后来不知道怎么的竟然也愿意了。”

陈晚觉得这当中也许有些波折,但她最不相信的是孙柔柔年纪轻轻,竟然也要这样处心积虑地操纵人情世故,她也没错,全是为自己的生存。

“什么青春什么爱情都是狗吃屎。”这话从孙柔柔口中出来,陈晚吓得停了两秒,过后也光是心疼。柔柔才刚十七岁。这些年谁家旁边没有几个婚外情抢财产的故事,连骆威也说过,这种事情从不是秘密,只要家中的大奶定得住阵脚,说实话男人一般也不去动那个大的。当时陈晚还一脸单纯地说怎么世间混乱,竟连爱情也成如此下场。但爱情最坏,认真最坏。谁能料没过多久,年纪比陈晚还小,孙柔柔就反过来给晚姐姐上了人间冷暖的一课。

孙柔柔说在加拿大如果久了,又有别墅,到时候拿个身份证也方便。“我总要为自己和我妈妈留一手。往后我还得想办法,往温哥华的账上多转钱。虽然与老婆感情不好，但我是他女儿，是他掉下的肉，也就是他自己，怎么，男人不都是最爱自己的吗？”

说着说着，孙柔柔就哭了起来，刚到国外一个人，什么都不会，英文也没有很好：“每天我就只想着回家。北美有什么好，大农村一个，吃饭又不精致！”她扑倒在陈晚怀里大哭，说实在没有办法，又不能这样回家去涨了他人气焰灭自己威风，只好来波士顿找陈晚。陈晚拍拍她，抚摸她的头发，光是叹气，望出窗外去又看到远远的查尔士河的水光，这么冷的水里怎么可能有章鱼。从前和骆威在河边，骆威也教她一些人情世故，她突然想到，扶起柔柔，说道：“你怎么这么有胆量与你爸爸谈判。现在最怕他在外面与那个女人怀孕，给他生个儿子。”

柔柔擦干眼泪，哭得太急，泪水都呛进喉咙里。陈晚轻轻拍她，她平静下来，淡淡地说一句：“她是怀孕了。”

但孙先生从此就与那个女人断了关系，打掉小孩以后，给了一大笔钱。因为托了熟人想办法查了腹中胎儿的性别——无奈是一个女胎。原来这才是他父亲愿意谈判的前提。

孙柔柔住了两天，就被陈晚“扫地出门”，赶回温哥华去上学。走前孙柔柔净是拉了陈晚逛百货公司和商店，看中什么，都刷他父亲所给的副卡，陈晚说买这些东西难带回去。

“可以寄到加拿大吗？”孙柔柔并不理会。

收银的卖家笑得一脸僵硬，兴许是附近大学打工的女孩，被孙柔柔买东西的阵势吓倒。孙柔柔买的东西够装一箱，又都是正价品，中国顾客总给人留下这样的印象。她说国际的寄送需要孙柔柔来付运费，柔柔便请她们寄过去，留下了地址与邮编，孙柔柔现在心都野了，血脉贲张瞳孔放大，像久了闻不到人肉味道的吸血鬼，铁了心要刷爆她父亲的副卡。陈晚现在已经不敢同颜美惠去逛街，她刷卡也有一股生猛的个性，从来不需要看价钱，使陈晚觉得钱原来真的如众人口中所说那般不经花。到底是一块布。算起来从骆威离开，她也很久没有真正陪过谁去逛街买东西，自己连衣服也无心多买几件，只觉得横竖打扮不出一朵花的人生。况且秦雪一直在提醒她，吃饭才是人生第一要事。

但孙柔柔刷卡的热情既然不能阻止，陈晚就干脆顺水推舟地将她当做洋娃娃。

柔柔一向听得进陈晚的话，她给柔柔配的衣服鞋子，她都肯照单全收。直至逛到双腿要抽搐。

陈晚嫌外面冷，不愿意走在街上，每次被冷风吹得受不了她就想买车，可又犹疑。

陈晚说饿了，打车带柔柔去一家法国餐厅，累得一点力气没有，但是胃口大开。坐下来，就说："你明天就回温哥华去，听话。"

柔柔走了，陈晚把家里都收拾干净，但大小眼女研究生住了一个月，也走了，连家具也一并撤去。美国这几年经济不好，学校狂招中国人。中国人为了经验，又要去实习，一个愿打一个愿挨。大小眼研究生的工作本来就不是什么靠谱的大公司，做的活也没有什么技术含量，换走一批人又一批人，反正实习公司可以不给钱，全是免费的劳力，大小眼女研究生说，连一百年前来北美修铁路的华工都不如。

年底的时候，骆威回来了。他到南方去潜水，回来时，陈晚也刚与凯蒂从巴西回来。睡了一整天，浑身酸痛。陈晚原本说去威尼斯，凯蒂与家人去过一次，又说水城令人感怀太多，陈晚去了又要感怀伤心，两个人便去了巴西。但是去巴西费用更高，这两年的旅游很走俏，晚儿本来只想透个气，珍惜金钱，但是凯蒂兴致很高，秦雪也鼓励晚儿多出去玩。大陆的护照不好用,趁着拿美国签证的日子,自己出去玩还方便,过几年晚儿若不留美,虽然可回国去找人安排个工作,或者自己找点事业做,但是到时哪里能随心所欲出国去玩。两个人玩了七八天,酣畅淋漓,筋疲力尽,回来了鼻子里还觉得有海水的咸味。陈晚的行李被航空公司出错弄丢,玩是玩,并没有去购物,所以损失不大,只有两条昂贵的裙子在箱子里,带去,还没有穿过,陈晚有些心疼,但都是旧物。

她刚醒,有人给她传简讯。她万万想不到是骆威:"方便蹭饭么?"她看着屏幕,落了泪,脑海中都能浮出骆威说这话的口吻和表情,明明是那么大的一个男人,却说出小孩子一样的语气。

骆威要来,但是冰箱是空的。这是自己每日每夜所想念的人,她起床去超市重新买回食材,一路又想怎样做些合他口味的饭菜,哪怕疼他一次也好。与凯蒂一起时所做的菜色全在脑中过一遍。但到头来骆威并没有吃几口,陈晚其实也料到他不是为了吃饭而来。但还是免不了为辛苦做的一桌饭菜失望。

他夹一口水果往晚儿嘴里送,陈晚犹豫并不敢去接。她爱上这男人时他说他并没有所属,但是现在他回来,境况又不同。

他说他每日在网络上看陈晚,将她硬搂过来,陈晚被他一把圈着,趴在他身上,她在他的温度下没有力量动弹。他热得快将她化开,从身体传到手脚经脉。骆威搂得很紧,从没有这么紧,晚儿快要喘不过气来。轻轻地推他,他只再抱紧一点。两个人搂作一团坐在地上,陈晚穿一件白色的毛衣,还是同苏菲一起去买的。她闭上眼睛,觉得时空全部都搅拌在一起。

"小东西。"他低低地,小声地在她的耳畔轻语,"你知道我有多想你么?"然后又沉默。他从没有这番口气对晚儿说过。陈晚什么也再听不见,只听见两个人的心贴在一起跳,看了骆威一眼慢慢地心疼。哪里顾得上骆威口中的真假,她自己都被骆威突然的回归和自己奋不顾身的心所惊吓。

他说:“我天天都在网络上看你。但我发现你不开心。”陈晚去纽约的一段时间换了头像,后来把账户也注销了,骆威全看在眼里。现在陈晚不能思索,整颗心都要窝进去。他所说的字句,也都愿意信以为真。

她在骆威怀里,不挣扎了,瘫软下来,听他突然说一句:“春天我带你去玩,去南部,我们私奔吧。”

骆威极懂得掌握女人,都是痴心的蠢材,尤其是陈晚一颗飞蛾扑火的心,“私奔”二字把陈晚的文艺情怀全都激起,不留残余。“我们去一个没有人认得的地方,我想牵着你的手在街上走。”陈晚看着他,用手去擦他的脸,指尖滑过他的眼角,要把他看得真切,怎么也看不真切。几个月不见,还是不变的眉眼,只有头发有些变化,陈晚问他是否快乐,他说每日与她为钱争吵。

晚儿一觉到天亮。骆威一夜不肯放手,晚儿枕在他臂弯,陈晚说这是全世界软硬最适宜的枕头。他问陈晚春天还要去哪里,陈晚本想说将去法国实习,但是话到了嘴边,又咽回去,只说没有去处,兴许留在波士顿,或者去趟纽约。

“一个人?”

“一个人。”

骆威又叹一口气,说她不能总是一个人。他要走了她的护照号,“我来订机票和酒店,你来付吃饭的钱。”他跟陈晚要护照号,陈晚把护照攥在手里,他硬要,晚儿只好念了护照的号码给他记,并不把护照给他,又觉得自己多虑,怕骆威对自己护照上新增的一年赴法签证起疑心。

骆威走后,原本好转的睡眠又突然恶化。连续几天,晚儿又到了五六点钟自动吓醒。陈晚辗转反侧,想打给秦雪,听一听活人的声音,又觉得不能老是烦扰他人,倒是秦雪打来一个电话问候,说带父母去了加州。陈晚见秦雪许久不回东部,猜测父母是在准备定居加州了。到了大论文截止的日期,陈晚熬夜最后修改好,干脆一夜守在图书馆,外面又开始下雪了。

雪越下越大, 望出去,四下空无一人。

好像只有黑夜与她自己知道下雪。

骆威那晚与她说抱歉,要她与自己一道做了坏人。"我在这世界上觉得最对不起两个人,一个是我妈妈,下一个就是你了。"陈晚不敢看他的眼,说不要他对不起,心里憋着一团无助,不知道如何才使骆威真正的开心。

一大早她与凯蒂一同喝咖啡。

凯蒂吃早点,店里还没有什么人。陈晚什么也不吃,只要一杯黑咖啡。

她取出一封信,交给凯蒂,说请她帮忙送到骆威的楼下,自己不敢去。

凯蒂问陈晚,为什么不用网络。陈晚犹豫,说见到手写的字,才知道真正的人心。她不怕骆威知道她真正的心。说完这话她勉强对凯蒂笑道:"所有怀有浪漫情怀的人都是死有余辜。"以前骆威对她也说过同样的话。

去旁边书店买来专门的书信纸和信封,米黄色干净的一页,誊写这信誊写了三遍。凯蒂叫她别着急,慢慢来。晚儿握着笔,手发抖得难以自持,开了暖气的店里两个人本已经暖得只穿一件单衣,陈晚的手还是凉得忍不住去握咖啡的杯子。又写坏了,她深吸一口气,这些文字使得她张惶起来,她想骆威若是真对自己有感情,不管这感情是什么,陈晚觉得他再不会回来。她恐惧地誊下每个字,心脏上的神经要拔电线一样拔断,反而每个句子到誊写第三遍的时候,都一字不漏地背诵下来。

但感情对骆威来说究竟是什么。晚儿愿意为他冒天下之大不韪,又不愿意对不起他的音乐女友。骆威总与晚儿聊起最虚渺的音乐与文字,却又是他来教会她最世俗真切的人生。

陈晚想,也许她是他所不肯割舍的家。一个人总有一个人的生存,晚儿爱他如此,却也从来没有在他面前说过。陈晚望不清骆威的世界,望不清自己是谁,只觉得时空统统杂糅在一起。最后她只能退回到最容易的一道选择题。

写去一封信,不愿意帮助骆威做一个背叛者。她知道骆威不找陈晚,也会在外面有别人。他的生活永远是流动的液态,但陈晚想得疲倦了,她难以切肤去理解骆威的有恃无恐。他亦近亦远,晚儿伸手,捉摸不到。空气冷得令人脸上手上的皮肤都疼痛。

她对秦雪说,有恃无恐,有恃无恐,有些人就是有恃无恐,有些人就只能惊恐。

"他爱那个女人?"秦雪在视频里说。

"不知道。"陈晚怔怔地望着屏幕,眼神中空无一物。爱情最坏,最终骆威爱的是那个人,亦或者也不爱。自己不羁,到头来也愿意守着她。

秦雪又说生活与爱情是敌人。但骆威并不爱陈晚。

"你别再喝了。"秦雪说。

陈晚猜她不久也要想办法到加州去工作,秦雪却说自己要留在纽约。"做金融还是留在纽约的好,父母喜欢加州,也不要我去陪,反正会说广东话,总有生活的。"她说等父母搬来美国,过段时间想在这边开金行。

凯蒂把陈晚的信递给了楼下的守卫,然后回香港陪伴家人过冬。陈晚夜夜关在屋里喝酒，须喝得头晕脑胀，才肯入睡。酒入愁肠，泪却变浓稠，怎么也哭不出来了。陈晚摇摇晃晃地去取开瓶器去新开一瓶酒。她托马书腾给她买酒，一下子买了六瓶法国拉图堡的红酒，余下又带回两瓶加州的便宜货，现在喝得只剩下这一瓶。软木塞碎了堵在瓶口取不出来，陈晚使出蛮力去转，瓶口给她转碎出几块碎片，她光着脚，酒醉时不留心，踩上去，自己竟不觉难过，还觉得爱这番刺心的疼痛。

伯克利音乐学院的张镗又打来电话，说周末需要有人拉大提琴，陈晚喝得半醉，说自己琴在纽约，不愿意去了。她挂了电话，觉得早已忘了琴怎么拉。又忽而想起来赴法的实习培训已经过了日期，多天不开电脑也不查邮件，最后的确认函都没有提交。陈晚醉过去，也无心再打电话去问起。

但琴很快就取了回来。

韩默说要回中国去了。

年关将至，陈晚一个人在波士顿，林小云和美惠她们一帮人又去滑雪，回来一群人又去吃饭，全没有陈晚什么事情，觉得冰冷，而此时韩默果真打过电话来，只说两句：一句说自己要回国，一句请陈晚到纽约取琴。陈晚本来想让他把琴扔了便算，但说："我明天去纽约。"

中国城中的年味让陈晚有股说不出的悲伤。这里讲普通话的学长和游客越来越多，有人还很好奇地拿照相机到处拍，探索着原来华人在国外过年是这番情景。街上走的黄皮肤，都要在这里找共鸣，但是各自找的共鸣却各异。陈晚去买来一些粥饭，听城中此起彼伏的舞狮队在各条街上闹腾像宣战打仗。陈晚一会儿想哭，一会儿想笑，陈晚回到安迪的住处，说这样就算年饭了。她没告诉秦雪自己在纽约，现在她家人都在加利福尼亚，有家自然和家人过。

晚儿去到韩默的住处，隔了一个世纪似的。物品都打包好了。

“过年了。”

“是，过年了。”

陈晚问，什么时候走。

“下周吧。”

“回国打算做什么？”

韩默说还不知道，毕业了，美国留不下来，也懒得留下来，还是回国容易，人脉也好打点，他问她想不想去海边放烟火。

烟花挤进天空，喷浆而出，绽裂奔放，绚美，却不贪生。陈晚觉得这像极了自己的爱情与生命。

她与韩默本就不太有话，两人默默地在那儿，他不看陈晚，陈晚也不看他。末了，他抽起雪茄，问她近况。陈晚问他还记不记得自己。

“当然。”

但陈晚已经不记得他。

8

那年冬天，外面雪下得纷纷扬扬，骆威说要带她去南部，末了果然也没有再来。不知道去哪里，她一个人就往巴黎去。她觉得骆威收了凯蒂放在楼下的信，再不会回来找她，既然知道她爱他，料定无论如何也不能回来了。她知道骆威没有回国，猜想他还是同从前一样留在波士顿与朋友夜夜笙歌，兴许还有女人。使得日子变着法子地不寂寞，在他是必然必须的事。打给张镗，说自己的琴取回来了，无事可做。

张镗说，正好新买的音乐室改装好了，又说下个星期有时间可以过来玩。

“你什么时候又有了个音乐室?”

“家里人在这边买的房子，去外面租还不如自己买。”

“在哪里?”

“后湾。你要练琴或者玩一下乐队配合都可以过来,随时的。”

陈晚说现在无事可做,张镗却说不在波士顿。“下周就回去了。我跟朋友在迈阿密,玩得差不多就回去了。”

“我下周三去巴黎。”

“这样啊,那周二请你吃饭吧。琴什么时候取回来的?”

“去了趟纽约,顺便就取回来了。”

“大提琴受不得这样的颠簸,担心它受了惊吓。”

陈晚说:“没有那么矫情。”

周二下大雪,雪花像不要钱似的,满街地飘。陈晚不要张镗去接,他与骆威开的同一款车子,不同的颜色,看着扎眼。她想了想,还是节省一些坐地铁,走在路上脸被吹得要划开一道口子,冷得有一种痛觉。没有人在等车。大雪天里她一个人守着左右两路铁轨,铁轨周围有日积月累的杂物与垃圾,连广告牌也是孤冷得吓人。她仿佛身处在一个世界末日的地铁口。她想如果真的一个人活着也许就只是这样而已,等不到车,永远等不到。她走上地面,打去电话叫出租,出租过了二十分钟才到,一路开在路上,查尔士河结了一层冰面,使人看了就想到上面走走。大雪天,陈晚觉得这车子正在一个空无一物的洞穴中穿堂而过,波士顿的冬天就像一阵风。

陈晚不要他请,他就说当作上回谢谢她帮忙拉琴。

陈晚问张镗去南部玩得怎么样,张镗说去南部前出了一些事,玩得不很安心。

“怎么了?”

“没有,都是些破事。”他问陈晚明天几点飞机去巴黎。

陈晚说下午三点,说完又无话可说。外面还是大雪纷飞。路边有些车子全身都被埋起来。

吃完饭张镗打电话去叫出租,说:“回家吧,先送你。”

陈晚问:“今天不开车出来?”

“没有开车,我打车出来的,车子送去修了。”

“车坏了?”

张镗咧嘴歪头一笑:“还不是跟你们学校的人,前阵子开出去兜两圈,车祸。”

陈晚说,好端端的车男孩子非要花去这么多钱改装,改装完去飙车还不是要出事故,白花那些钱,比买新车还贵的也有,又问张镗这回跟谁去赌车了。张镗说,男人除了爱女人就是爱改车,“你们学校的人,骆威,你认识么?”

柠檬水微晃了晃,陈晚把杯子慢慢放下来,使劲压住惊说:“听过,我知道这个人。”

张镗说:“我倒没什么事,就是车子伤了,人没伤。”又说:“那傻逼倒好,转弯的时候差点给翻了,他也是拿了车子去大修,我没细问,或许新买一辆也不一定,车都成那样了。”说那样的时候,尤其放高了声,叫陈晚想像不出到底是哪样了,她压着自己的眼神,不能让自己的眼珠子跳出来,一听到骆威的名字便已经全身吓得麻了一半。张镗接着说:“车都成那样了,人居然只是腿骨碎裂,头上肩上一点擦伤。要真出大事也不是那么好整的。”张镗说骆威住院了,但几天就出来:“那傻逼非要逞能。我说兄弟,要不然咱家就不去南部玩了,留下了看着,他非说没事,要我和朋友照计划去玩。我说哎行吧,没什么大事,一个大老爷们儿能怎么着。车子给他找个熟络的华人弄一弄,也不知道弄不弄得回来,人不出大事就行。还好,人伤的没有车重。”

“什么时候的事?”

“就是去玩之前，两三个星期了吧。都是什么破玩意儿，不省心。”

车来了，陈晚说：“先开去你那里吧，你那儿近。”

“没事儿，先送女孩子应该的。”

陈晚脱口而出，坚持说不必了。张镗下了车，说从巴黎回来了可以一起玩音乐，却见陈晚脸色不对：“随时的，如果你想来的话。”陈晚急匆匆点点头，只想他赶紧走。张镗走后陈晚对司机说掉个头，说了骆威的地址。她知道沈安琪不在，骆威一个人，一听车祸，晚儿头皮就发麻，一路麻到现在。她打过电话去，响了许久，快要挂断的时候，才有人接。晚儿问他是不是一个人在家。

骆威说是。

“可以开门么？我在门口。”又说：“慢点。”

这句“慢点”让骆威怔了一下，拄着拐杖来开门。

开门见到他高壮的身躯，庞然大物一只，却左边拄着一副灰色的拐杖，浑厚粗犷的眉，不服输的英武和一汪柔软的眼神搅拌在一起，陈晚噗嗤一声就笑出来，说他像极了一只长大的哈士奇犬。才绽开来笑不到两秒，又咧开来哭，陈晚站在他面前，两行浑浊的眼泪就流了下来，脸庞留下两条淡色。

骆威用一只臂膀去搂她，一下子用半边的力气将她整个抱着，连根从地上拔起，扛着甩到沙发上，软着陆。客厅里有一只轮椅，供他这两星期出门用。

“我……”

骆威去堵她的嘴巴，也不问她是怎么知道的。窗帘是开敞的，雪停了，地上白茫茫一片，玻璃也起雾了。这样的严寒怎么叫人不想立刻飞到南部去。近处的叶子承不住重量，冰雪细碎地从树上抖落下去，洋洋洒洒。夜深邃空旷，渐渐地也不知道哪里是近，哪里是远，都是一个寒冷的颜色。屋里一点声音也没有。

这一世的过客，只作这一刻的归人。

每晚睡觉的时候，骆威都要她去枕他的肩膀："免费的，你不是说是世界上软硬最合适的枕头么？"

陈晚说："傻瓜，你手上有伤。"她把他的手臂捂在自己胸前，骆威要搂她过来，说皮伤罢了。

"那封信，你拿到了么？"

"没有。"骆威说，"楼下守卫换班了，我没拿到，可能扔了吧。"又说："其实你只要说你去，还是不去，就行了。"

后面这一句陈词，又叫陈晚暗自难过了很久，绷紧了头皮。她甚至有些因为这话记起自己的骄傲来，想要愤然离去，但又想不能再上这样俗气的戏码，想照顾骆威。头皮便难过得更紧。胸中的心跳也紧巴巴的。陈晚闭上眼睛，不能总哭，泪没有流出来，又被眼睛吸回去。

她睡在骆威的右边，不去碰他的膝盖。她知道骆威夜里睡到一半总爱起来喝口水，把杯子放在自己这边的床头，只睡半醒，骆威一点动静她就醒。昨晚他起床要喝水，忘记了自己腿上的伤，掀了一半被子要下床去，疼得大叫一声，骆威一举一动都要疼了陈晚。

两个人出汗的脚趾交合在一起。

他懂得她身体任何一个细微的柔软。两只脚趾在松软的被窝底下，互相擦磨，想要嵌入彼此的皮肉里去，替了这两个人来欢爱交合。暖融融的，两只脚趾头都汗湿了，还是互相咬着不放，最自然亲切地跟随相依。

他用大趾和次趾去夹她的脚踝，冰凉的一层皮肤，嵌进去恰好一个包含的弧度。他说脚都出汗了怎么腿还这么冷，晚儿的小腿肚冰腻腻的,便用他的右边的腿脚去温她左边的腿。她靠在骆威身边,全身只剩下这一身柔软的皮。

两个人一赖就赖在床上一整天,日子就只剩下窗外的雪,眼前屏幕上的电影和在身后作人肉沙发的骆威。时间像一颗水滴不穿的石头。她的肌肤贴了骆威的肌肤,才开始有生命,她的背刻下他胸膛的温度,多一度少一度,都是错的,只有这是对的。

她陪骆威回医院去复查,骆威一举一动她都要心疼,骆威有些生气,说他只是受伤,不要把他当作一尊陶瓷来看。陈晚捧起他的脸,心想着这若是一尊陶瓷才好。

“肚子饿么?”陈晚问他,他正看到剧情的高潮,头也不回说,等下下楼买麦当劳就是了。陈晚不愿意他吃麦当劳。“受伤了还吃这种东西,我去买菜回来做饭好不好。”

骆威说没有车子,外面又冷。

她买菜回来,两手提着袋子通红通红,抖了抖靴子上的雪。骆威说:“你这么固执做什么。叫外卖就好了。”她说外面的中餐酱汁太重了,想自己做给他吃。她在厨房里烧了水,往砂锅里放去灵芝和排骨,玉米,切进去几片姜。没过多久砂锅里的汤就被大火烧得沸腾,咕噜咕噜地叫起来,陈晚回头去看骆威,左脚受伤搭在茶几上,空出来的一双手一刻不停地打游戏,也不知道在玩什么,全神贯注。陈晚去把火候调小,开始切菜,每一颗每一颗菜心地洗,因为是做给骆威吃,一切都是格外的小心。砂锅在旁边咕噜咕噜地闷叫,隔一阵陈晚又忍不住打开一个小口探身去看,骆威瞟她一眼,说总是打开盖子来看,花的时间更久。

陈晚端出一碗汤给他,放在他受伤的脚边。“脚别乱动,你的猪蹄会把我的汤打翻的。”

骆威说:“小东西,你变坏了。”她又把其他菜都端过来,刚放下盘子，骆威就伸手去拽她过来，坐在他右腿上，要去咬晚儿："说，谁把你教坏了？谁的脚是猪蹄啊？"

"不乖乖喝汤的人的脚是猪蹄。"

"好。"骆威去端了碗来喝。

"小心烫。"

骆威把汤勺放到嘴边去吹气，吹凉了要喂陈晚："小东西，张嘴。"

陈晚把脑袋伸过去，一边喝汤一边心里又百转千回，克住泪，张嘴想说让他以后知道爱惜自己，别去跟人飙车，到了嘴边又收回去，去喝骆威给的汤。嘴巴伸到汤勺边，低下头闭起眼去喝，止不住眼里的一行泪水就流下来，融进汤里去。

沈安琪回来的前两天，陈晚对骆威说她走了。骆威只觉得这女人好用又知趣。

骆威不要她辛苦，她便早起在他睡着时候把外面的地面拖干净，地上东一处西一处的杂乱的物品能摆好的摆好，有些东西不知道怎么处理的，便留在原处。她猜想骆威过后还要把它们打乱的，不然怎么觉得女人住在此处。陈晚开门出去，过大半个小时又回来了。"想吃什么？茄子还是洋葱炒肉？"

她说："这两天还是要记得好好吃饭。"她去店里买了一些蔬菜和鸡肉，炖了一锅汤，把做好的菜分成两份，一份盛出来，放进冰箱。"给你做好了，想吃便自己拿来热一热，不爱吃的话，叫外卖就叫点中餐，不许偷懒下楼买麦当劳。"

她将新买的一束齐色的热带菊插进长颈的白色玻璃瓶，望一眼花，望一眼骆威。那热带菊与陈晚过年时喜欢买回家的花一模一样，使人在严寒的天气里想在起陈晚那个遥远的南方，热带菊开得不顾一切，现在却在北面，说坚强，其实都是靠暖气，也并不坚强。她说："暖气开足一点，不然花要死的。"

不下雨的天最好，令人衣衫也单薄，向往户外，陈晚想着衣服多得搬不完，衣橱已经满满当当，须用手扒开来才能塞入一个多余的衣架，要把衣服从缝隙中硬充进去，用手拨弄好，不然衣橱中的衣服压得严严实实，要被挤皱。她觉得该清理一下，但又无心无力再买一个衣橱。骆威在时，骆威并不要她打扮，骆威不在时，她就更不能打扮了。但还是顺着开春的春意盎然，去买了裙子，买回来后天气又转冷，放在那里，又全然忘却。过了许久，终于又出太阳了，这天太阳一收羞涩温柔，明晃晃地照遍学校的房子，绿地，车道，和女人透明丝袜下的腿。照得陈晚难以看清骆威。一夜间熟悉的人，变得陌生。

法文越上越难，陈晚想着尽早毕业，不但方便留在美国找留下来的办法，又能省一些学资，她一下子报了六门课，日日计较着琐碎的文法，一回家就反复地看电影，课上都是上些生涩的片子，加上法国人本来就是与旁人不同的生物，陈晚天天头皮发麻。写影评写到一半，已经半夜两点，心里难受，倒一点酒喝下去。又重新请张镗买了酒，储在柜子里。有几次与张镗在一起玩乐器，玩到一半两个人都索性去开酒来喝。张镗说你不能喝就不要总喝了，陈晚脑袋歪过去一边，靠在墙上，又要去摸琴。久了张镗也不愿意买酒给她，说不纵她酗酒，她没有办法，又不能一夜之间满二十一岁。秦雪那边也久不联系了，不能总对她说想骆威，想骆威，想骆威，秦雪耳朵都要生茧。晚儿与张镗四手联弹，头晕目眩乱了节奏，她说总之有自己，到头来，只有自己。

"我陪你弹。"

陈晚却说，何必迁就我的节奏。张镗又与她喝酒。

"你能不喝这么猛么？你什么时候学会这么喝的？"

陈晚突然就停住不喝了。

她说我拉一段琴给你听。她拉安迪所作的那首曲子，拉到一半忘记了接下来怎么拉，张镗过去扶住她颤巍的手，俯下去吻她。她推开张镗，打一辆车回家。

“你心里长了个瘤子。”凯蒂说。“这个骆威到底好在哪里啊，我倒愈来愈想见识了。你的生命都愿意只为了他一个人。”又说她的眼睛与初次见面时候不同了。陈晚只顾念学，连门也不怎么出，凯蒂交了男朋友，偶尔还一起吃饭，但陈晚疲倦不愿做饭，都是出去吃。反反复复，除了每日潜心来念文学，只想骆威。每读到动容的地方，就更想起骆威。她说：“有些字真是写得好，让人觉得到了心里那一处，宽广的平乏，不留心就心里震一下，但只是震一下，好像不留痕迹的，这字写得真是好。”

骆威躺在一旁，说：“你觉得心里震一下的地方，都是别人写的吧。兴许不是作者本人。”

凯蒂同陈晚吃饭，陈晚说起新都的一些字，凯蒂只说不懂，法文不是很好，而中文简体字虽好认，却也读不习惯。陈晚就与她说起骆威怎么说这些字，凯蒂又说：“耳朵又生茧了。”

“对不起。”

凯蒂说：“没关系，就一直听你说想他，说一辈子了。”转而又呢哝道：“到底骆威哪里出色。”

“就是他这也不对，那也不对，才爱得最钻心刻骨。”陈晚说，“每日每夜的钻透了心，绞烂了，血肉相容。”

“我在吃肝呢，说得人这么恶心。”

天气渐渐变暖的时候，样样都生发。

沈安琪回来，陈晚想，骆威一切都要照常的。

这天张镗叫去喝酒。“你们学校的人也在。骆威，马书腾，认得吧？他带女朋友去，沈安琪你认不认识？”

陈晚说：“报了六门课，今晚须要赶功课了。”挂了电话，又胸中气短，开了一瓶新酒，也没挑，转开木塞，自己在房间里喝得烂醉。

第二天下午从教授办公室出来，推开罗马研究学院的木门，天气大晴大好。酒醒时候天空还是低亮阴沉，拉了一张长长的脸似的，一到了中午突然天亮了，艳阳高照了。骆威的车子就停在艳阳下晃得陈晚看不清他的脸。他从车上走下来，见了陈晚，笑着挥手，没有什么不自然。

而陈晚却要全身僵硬，停了几秒，终究仍然是看不清他的脸，转身走了。

最怕与骆威邂逅。这一整日理顺的心绪都要全盘毁掉，下午去做演讲，讲到一半，陈晚忘记了内容，心跳和头皮一样紧，干脆下台，走出去，大口地吸一口气。在街上哭起来。哭是哭，却没有眼泪从眼眶中崩出。

女人的爱情最坏。

徐先生择了一日打来电话，陈晚这里正是夜里，刚考完 GRE 不久，脑子还在想申请研究生院的事，秦雪主张她考，录取后念不念再定夺。力尽筋疲，躺在床上全然不觉，第二日再打。陈晚拿起电话，开口竟然连徐先生的声音也不认得了。他是老爷子以前的左右，私人的交情也很深，后来离开老爷子独自出去做了矿业，这几年购了南方的一个传媒公司，手上的集团越来越大。他算是看着陈晚长大的长辈之一，与老爷子的交情深，与陈晚并不很熟，这几年见的就更少了。老爷子过世后，事情是由他打点，陈晚回国倒是频繁地跟他碰过几次面，文书什么的，老爷子都是交代由他来打理。他打来电话，电话的话音一阵沙哑，陈晚躺着看天花板，突然想起来许多往事,洪水冲破关口似的。她闻见房中一股焦味,蹿将起来,把褥子从身上扒开,光着腿冲进厨房,下午累了,文火煲了点猪脚汤,先憩一会儿,谁知一闭眼,沉甸甸地睡着,锅中的水已干涸,猪脚烧得通体淤黑,滋滋地黏在焦黑的锅底,呲呲冒着灰烟,锅也烧得在火上颤。晚儿一进厨房差点晕过去,捂住鼻子不知道从哪里先下手,不敢接近。

电话这头徐先生一直在问:"晚儿,是晚儿么?"

"是晚儿么?我是徐伯伯。"

晚儿刚想张嘴说话,被呛得咳嗽不止。

"晚儿,是晚儿么?晚儿啊?你听得到么?"

陈晚一只手握电话,一只手关火,掀起盖子,只冒出一团扑面呛人的气。一点汤都不剩。晚儿大惊,这是差点把自己烧死。

窗户什么的全部都打开,听那头徐先生说,手续都办好了。

那天屋外本也是艳阳高照,并且有花开了。陈晚下午睡一觉醒来,夜幕拉开,那蓝色说深不深,说浅不浅的,最叫她心悸。她永远戒不掉,最恐惧独自在夜里醒来。

徐先生的声音叫她回忆起许多没有情节的往事。

过年的时候她还偷偷地给老爷子烧了纸钱,跟韩默从海边回来的时候。她也不知道为什么这么做,只觉得中国人做这份事是必要的。也顺便例外备了一份,捎给小姗姗,那火焰在滩上怯生生地窜起,红不过春天的一捆盛开的杜鹃。韩默笑她:"这都什么世纪了。"

徐先生说文书什么的已经打包给陈晚寄出去,寄的急件,过几日就能收到。陈晚谢过徐先生,这些事情一直是他在打点,这也是老爷子以前交代好的。晚儿是陈家老人遗落下来的一颗珍珠,徐先生说自己自当尽心。陈晚说也无以为报,徐先生又伤了神,不愿意提起老爷子。有些人就是这样,因了另一个人的缘故。老爷子是他与陈晚之间的纽带,听徐先生说话,中间好像与她隔了一个老人。事事都叫人想起。

文书寄到,陈晚觉得从此世界上只剩下自己一个人了。

徐先生说起老爷子十几年前在海边买的一处房子,陈晚说并不知道。徐先生说这是不需要交接的,两年前陈晚成年时就该记起把房契给过她。十几年前与一个熟人买的一栋临海的别墅。熟人下海做房地产,给了一个很方便的价钱,如今市值不知道涨了多少,从前只值几棵菜价的荒地,过了这二十年都当成了金子一样地在买卖。

徐先生说,有空尽管回来看看,虽在美国,但南方到底是她的家,又说原先那宅子她姑奶一家还在住,老爷子生前一直觉得亏欠他这个姐姐的。

陈晚说,她并无意与姑奶抢房子赶人走。话一说出口,又想起自己腕上没有割下去的一刀,竖直切,四厘米。她是坐在床边地上打的电话,一抬头,窗外一弯月牙也如刀口般凌厉逼人。

徐先生万没有想到陈晚自动出言不要广州的房子,本来只想劝陈晚,等过几年再去论老宅子的事,不要与姑奶打官司赶人走,但是陈晚这样自己一说,他又劝她例外一趟,说道,一个孤独的女人,他竟也改口称呼她为女人了,总要有个保障,尤其现在的价钱什么都是升升落落没个稳当,房子总是最稳妥的财产。虽然说海边的房子已经有许多市值,但是广州的宅子原本也应该是归于陈晚所有,现在划到她名下,不要急着赶人走便是,也绝不应该放弃产权。他说当年胡兰成有难时来找张爱玲,爱玲不问,伸手便取下指上的戒指给来人,徐先生说陈晚千万不能抱了这样的浪漫情怀来对付生存,老爷子是真切地去了,自己需知道盘算打点才好。

晚儿谢过徐先生，说姑奶为老爷子割下过一块肉，徐先生跟在他身边多年，知道此事，晚儿说既是如此，便不该与亲人抢夺财产，理法是一回事，情理又是另外一回事。

徐先生叹口气，长久没有说话。但是双方都不挂断电话，那边是艳阳的白天，陈晚坐在地上，盯着一弯冰冷的新月。

徐先生说，海边的房子买来一直放在那儿，前几年老爷子想起来，手头正好又有些闲钱，也是为陈晚思量的，装修是装修过，但并不很时尚。他问陈晚对这房子的打算，有什么想法，徐先生是能派个人打点的。他问陈晚，若想出租，也做个收入，若想重新装修，也可以给她找个合意的设计师。

陈晚说暂时还没有想过，心中又觉得哪里拿得出闲钱来装修房子。如今的经济并不富裕，但也还能平安地度过有学业的几年，不知道今后会如何，留在美国也不一定。

徐先生嘴上说有需要尽管开口，她是老爷子的嫡孙女，那么多年，徐先生愿视她如己出的。

但是陈晚确知这世上只剩自己一个人，天朗朗地没有一朵云，她倚靠在墙头，沉默过去。站起身，走去把锅里的猪脚倒掉，锅底烧坏，整个锅都扔进垃圾桶里，又须找时间重新去买一个新的。打电话叫林小云和颜美惠一起出去吃，算起来这个月没有在家做过几顿，都是在外面，总共不知道花了多少菜金了。连这顿猪脚也做砸，还烧坏一只锅。以前老爷子还叨叨说，离家在外，一口水都是要钱的。

见到美惠，手中又换了一个名牌包，才想起来上回自己买的新衣服统统都还藏在衣橱中，不叫人想起，现在季节又过去。到底只是一块布。美惠问起怎么陈晚这就快要毕业了，陈晚说多修了几门课，学分就要满了。陈晚又问美惠怎么不见她找实习，美惠白一眼说,反正也不需要工作。

临毕业前的一个假期,陈晚得了轻微的心疾。

安迪带她看过一次医生,没有什么用。陈晚说这并没有什么大碍,发作得很少,也只是心慌气短,外人看不出来。

但是有过一段时间,她夜里开始心慌得挠墙。有时候在路上走,幻觉出骆威的形象。凯蒂说她兴许是拿得太多课程,要她放掉两门课,陈晚说再有四学分就毕业了,没有必要再多熬半年。凯蒂去抢下她手中的酒杯,说既要做学术,又这样喝酒。

“须让我有些事情做。”陈晚说,“凯蒂,我到底是谁。”

凯蒂说:“骆威之于你,真的有这么重要?”

陈晚说:“不是问我之于骆威,是我之于我。”

骆威是比陈晚长一级,学分修满,眼看也要毕业。

“你一年的法国签证还有效的吧?”他打进电话,陈晚删过他的号码,但他进来,还是背得。刻在心中了。她说你怎么知道我有一年的法国签证。她一直觉得上回并没有给骆威从护照上看到的。

骆威说:“我不但知道你有一年的法国签证,为了我没去巴黎,还知道你钱包里有一张男人的照片。”

陈晚取出钱包,把自己十岁的裙装照抽出来,她自己已不记得原来韩默的相片还被压在那里。

骆威说,既然签证没有过期,便下楼来吧,“我们去巴黎。”

陈晚探出头,骆威的车在楼下,驾驶座上是张镗。

陈晚讶异得站在窗台动弹不得,半响,不知道是什么使骆威回来,她料不到骆威的心性到底是善还是不善,还肯回来。但陈晚又想,自己也没当面告诉他“我爱你”。

她冲下楼去,心疾又发作,与骆威吼起来,说你为什么还回来。

过后沉静下来,又抱歉,失了礼态。

骆威知道陈晚得了轻度的心疾,凯蒂忍不住口。

他拽了陈晚的手,要她上车。陈晚看了一眼张镗,骆威说,镗仔只开车送我们去机场,不会多嘴的。

他们在巴黎玩了两天,坐火车去威尔达农,然后打车去吉玮尼,骆威问怎么去那里。

"我那时候还没有考上音乐学院,第一次面试完,前途未卜,能不能录进去也不知道。有一个大雪天在纽约,我没有带伞,淋雪淋得一头冰渣冰水,MOMA 的门口排了一条长长队列,是纽约的第一场雪,所有人都想往里面挤。我本来只想在里面躲雪,但在里面转了半天,雪都没有停,我找了个坐的地方,抬头便看见墙上巨幅的睡莲,"陈晚说,"就是莫奈的睡莲。"她靠在骆威的肩头。"我盯着那迷蒙的睡莲看,好像看得清,又好像看不清,我就一直坐在那儿,全身疲惫瘫软。你不会相信,雪停了,我睡着了,直到有人拍我,说时间已经差不多了。我才发现外面天都黑下来。走之前我又回过头去看那幅画,它也孤独我也孤独,莫奈那么浪漫的,使我觉得那画上的花将开不开,好像看得见,又好像看不见。我就想啊,生命里什么时候也开出一朵花来,叫人去欣赏,像那热烈灿烂却难以捉摸的睡莲。"她抬头看一看骆威,说:"不许你笑我傻。"

骆威抚弄着她的头发:"我不笑你傻。"他凑近了用鼻子去嗅她。

陈晚问他在闻什么。

"那我怎么还闻到一股饭味。"

陈晚知道他在嘲笑她,到底要知人间烟火味,她说:"随性一点,不负了人生。"

骆威说:"晚儿。"

晚儿抬头,他又止住话音。

“什么?”

他又去闻她:“我闻到一阵花香。”他说,“有人脑子里全是一堆大花花。”

陈晚听了,故作生气地去咬他的鼻子。

莫奈花园游人如织,陈晚失望。

回程返回巴黎时骆威说:“你的浪漫不能根植在别人的土壤里。”

陈晚又问:“那我是谁。”

骆威被陈晚的疯痴搞得有些脾气,半生气半开玩笑地说:“你妈的你以为你是艺术家还是作家?”

陈晚笑了:“好了不逗你了。今晚吃什么?”

他们两个人牵着手在 the Pont de l’Archevêché 水边散步,连接巴黎的四区五区,下午的温度正好,一切正好。陈晚说:“像不像假的?”

“不过是风景,有什么假不假的。”

“我说我们。”

骆威抱起她,她的眼眸离他的只有二十厘米近,她从他的两只眼珠里照见自己的身影,被他像娃娃一样攒在怀中,一头黑发散开像一条夏天的短裙,他的眼珠里她的神色是清晰的,却一下子愣在那里,两个人都不说话了。在波士顿时她最难以抗拒便是他像瓷娃娃般将她抱起,要挟着要把她扔到水里去。

她突然安静得连呼吸也屏住,看到那一幕,一如长久以前。

她在他怀中,他脸上的每一处每一寸都在她眼里,日夜怀念,每一寸都如领土,每一处都认得。

一如长久以前。两个人,一座城,一生心疼。

她突然失去了力气,两个人都屏住呼吸,望着对方的眼睛,她觉得他是全世界最亲切的骆威，她的眼神将他的眼睛掘地三尺，但仿佛从来都并不认得。

旁边两对情侣，一对搂着腰，一对牵着手。

“你什么时候娶我？”金发的女孩个子细瘦，右耳的耳钉被太阳照得散发出刺眼的光芒，骆威听不懂法语，陈晚却全听在心里。

男的穿一件吊脚的裤子，搂着她的手松了松：“为什么非要结婚。”

“你上次说过你爱我。”

“我并没有说过。”

他们经过陈晚和骆威，一个巨大，一个细小，骆威把陈晚扛起来，女的经过时看陈晚一眼，不知道这两个中国人在做什么。

骆威说：“把你扔进去就知道是不是假的了。”他用鼻子抵住陈晚的鼻子，“小东西，你说，现在我们要把谁扔下去？”

陈晚像背台词一样，学着以前的说词，细声地说：“骆威。”

骆威觉出她声音中的落寞：“小东西你怎么了？”

陈晚却突然绽出一个笑容给他看，两只手臂搂着脖子，大声地说：“把骆威扔下去。”

骆威说：“把谁扔下去？”

“骆威！”

他甩了三甩，假装要把她抛下去，陈晚笑着，眼角笑出眼泪来。

谁知道他竟没有抱稳。

快走到桥头的细瘦的法国女人第一个回过头来，此情此景，吓坏了所有人。她蓝色的眼珠像一颗宝石，快从眼眶当中跳跃出来。下午的太阳高照，河中溅起一汪水花。

骆威的手一滑，陈晚来不及抓他，脸上一副撕裂的表情。

陈晚没想到真的被他扔进水里去，那天下午的水花，太阳和一条像画中一样虚假的桥，全在她脑子里搅拌成泥。她的呼吸已经不能提醒她自己的存在，浑身没有了力气，连挣扎也记不起来。她的头脑中闪现出查尔士河，麻省理工翻新的船坞，记起她独自在冰冷的河边，对那只不存在的章鱼所说的话。现在她倒是像一只不能游泳的章鱼。落入水里她什么也看不到，听见有人用法语大喊有人掉下去了。

细瘦的法国女人一脸迷惑，她以为陈晚是骆威的女朋友，不明白这个高大的中国男人为什么在桥中央将自己的女友扔入水里去。

骆威顾不得别的，什么也没脱，下一秒就跟着跃入水里去。

陈晚被他捞起来，他抱着陈晚，两个人湿漉漉的，身上不停地往下滴水。陈晚的裙子贴着脊背，寒冷从脊骨渗透进去，骆威将她拥在怀里，他大笑起来，一切好像只一瞬。他越笑越忘形，不相信陈晚真的掉下去。

但陈晚并不笑。

她团着身子，黑着一张脸，连一眼也不看他。她的脑中只有入水一刻，阳光美得像静止，每个动作都来不及反应。骆威将她抛下去，骆威并没抱稳她。她团着发抖的身体，双手抱着腿，骆威在她身后也是一身的水，朗声喘气地笑着。

陈晚抬头看见细瘦的女人和她的男友还站在桥头。女人与她四目相对，把目光移开，拉着男人走了。

陈晚如一株浸透了水的木头，眼神直勾勾的，空得见底。她并不笑，忽然意识到自己身在巴黎，同骆威在一起。她闭起眼睛，以为她自己也是章鱼，其他全不存在。她突然有些鄙夷她身后的这个男人，想要伸手去撕下他那对英武的眉。

“你说得对，我脑子里全是一堆大花花。”

她安静下来，阳光却动了，落日往西边移走，眼前的景色被人调低了亮度，增加了对比度。看着自己的影子，一点点伸长，不知道有什么好拉扯。"我怎么会真的跟你来了巴黎。"她说，她便是一朵愚蠢的大花花。

骆威见她黑着一张脸，许久没有声响，他忘形的笑声戛然收止。

"晚儿。"

念着他的名字，又不说话。

从那一刻她开始恨他。

他说："小东西，你不高兴了。"

他是极懂得女人的心思的。他又跳入水中去。

陈晚站起来，冷得不住地颤抖，身上还在滴水。裙子贴住了她的身体，紧巴巴地咬着她的肌肤，热气都被它吸尽。头发冰凉地贴在脑后，水从发根滑到胸口。她转头走开去，不管骆威在水里如何装疯卖傻。

骆威游上来，像一头巨兽从水中一跃窜出，他身上落下一排水帘，跑去拦住陈晚。

两个人都湿漉漉的，都颤抖着，却不再移动。路人有过来问的，陈晚用法语说没有事。

他们就这么站着，不知道站了多久。阳光已经没有力气将这两尊颤抖的雕像晒干。潋滟的水光折射出水面上弯曲的光芒，太阳要落山去，太阳光刺得陈晚看不清骆威的脸。几只鸟儿扑着翅膀落在陈晚身边，他们身上滴下的水一半渗黑了地面的颜色，圈占出大块的阴影，一半被太阳吸干，久了又显出原来的淡色。

他实在冷得不行。终于过来抱住陈晚，"我不是故意的。"他的声音像一把低音提琴，陈晚的胸脯沾湿地贴在他的身上，一股暖流从他们各自的身体散入到彼此的温度里。骆威将她越搂越紧，使她闻见他的气味，陈晚只细声地说了一句："你从来都不是故意的。"

两个人用力地吻了起来。陈晚在他怀里奄奄地喘着气，好像所有的力量都消耗殆尽。桥边的白色房子一动不动，许多窗户整齐地排着，积木搭出来许多细小的格子。临河的房屋从白色变成浅灰，变成深蓝。桥上的围栏上，全是恋人所挂的铁锁，大大小小，直到隐入夜里，全部成为黑色的一团。透过围栏的铁网，天空就像从缝隙里钻进来。

不知道吻了多久，骆威抱起她，顺着桥边的阶梯，把陈晚抱进水里，他们在桥底的阶梯上做爱，同巴黎的夜晚一起没入水中，她用牙齿去咬他冷得发抖的一口牙，头皮也战栗起来。

那一晚上，陈晚记得是最后一次与骆威吃晚饭。邻桌竟又遇见那个桥上的细瘦女人。她也换了一身装扮，腰位很高，又细，简直一捏就碎，只剩下骨头。她的头发梳往脑后，淡淡的金色，走路虽有些声响，但是旁人的注意力都在她一对闪耀的耳环上，她认出了陈晚，陈晚着一身桃色的洋装，领口不是很低，露出整只手臂，年轻的肌肤，把面无血色的细瘦女人一比就比下去。

陈晚为骆威总是酗酒，一日酗得比一日凶，保养虽然照样做，但是脸上的倦意一望便知。凯蒂于是每隔个周末就拉她去做SPA，两个人的活动，从吃饭变作护肤。

秦雪知道了，要责备她，陈晚虽知道挑好酒来喝，但多贵的酒喝凶了都会伤人："你每周花去那么多酒金，每周不要命地学术，周末又不要命地喝酒，到头来你还知道要漂亮！"她偶尔又开始早晨上班前与陈晚视频，尤其是晚儿考GRE的一段时间，盯着她不许她喝酒。考完了她又送给陈晚一瓶四百多美金的精华液："你照镜子看看你自己这副鬼样，谁要你！”

陈晚说：“这个很贵诶，你舍得送我？”“死丫头，知道贵就给我好好爱惜皮肤，又喝酒又要做SPA去弥补，不如好好吃几顿饭，回家煮个姜糖水喝，补补气血，像个女人。”

但这些天与骆威在巴黎，晚儿的皮肤又如梦初醒似的。她的一切爱情都这样单纯，连她的肌肤也替她先知先觉，在骆威身边，她总尽量地笑。

那细瘦的女人与男友入了座，向陈晚打了招呼，两桌离得很近，点餐前那细瘦的女人向陈晚推荐一款不在菜单上的甜品酒，说若是以这家烤盘的生虾做头盘，配这酒最好。她又说陈晚的肤色好，不提今天桥上的事。陈晚天生一颗红唇，虽然酒害了她的健康，但是毕竟年轻，年轻为女人抵挡了一切。细瘦的女人名叫Bernice（贝妮），陈晚便说自己也曾有个法语教授叫贝妮。她见贝妮对这家菜肴很熟悉，便问是不是常来这里。贝妮说，她在巴黎做时尚公关，男友三年来每隔一周便到巴黎来探望，没有断过。又说陈晚的法语这样好，问是否在巴黎上学，最近中国人到处都多。陈晚说在美国，咧嘴低头，轻抿一抿嘴唇，说恍如隔世的，怎么就来了巴黎。说着悄悄望了一眼坐在眼前的骆威，骆威听不懂法语，以为是在说他。

晚儿照着贝妮的推荐点了甜虾和她所荐的酒做了头盘。侍者也说，这是他个人最推荐的头盘了。陈晚吃到一半，刀叉已经换过几轮，铮亮铮亮的，切着羊膝时，陈晚又留心到刀刃上映出自己的一颗红唇来。她都不记得多久以前，将随身所带一支晶状的唇彩换成了实实在在的膏体口红，买尽了各种颜色。又有身上一件桃红的洋装裙，细嫩的两只臂膀，黑发衬得脖子和锁骨的位置更加白皙，晚儿坐着，如一颗水莹的鲜桃似的。

她觉得凯蒂说的对,她自己的眼已经不同了。她掏出手机来,对骆威说这里的羊膝做得精致,要把摆盘拍下来,拍的时候调高了一点角度,又怕骆威发现。她倾身靠在椅子上,这是唯一一张骆威的照片。拍下他一对英武难忘的眉,阳光中的温柔要化开似的。“多好。”她心里想,正逢他笑得这样好。

邻桌的男人去洗手间,骆威看了看陈晚右手的刀,看她映在刀上的一颗嘴唇。

“晚儿,你先坐着,我去一趟洗手间。”

“去吧。”

不知道为什么去了那么久。

邻桌的女人又隔着那点距离与她攀谈起来,不愧是法国人,隔着距离,声量也是正好,优雅得度,什么都在范围以内,恰好的。她问陈晚的专业,又问她怎么不到巴黎来生活。陈晚说原本打算来巴黎实习。

贝妮问为什么没有来,又说巴黎的确受了美国人的影响,不如以前浪漫从容了。

陈晚说各处都一样,说祖父告诉自己,一切都是以前的好,除了女人。

陈晚说那是前几阵子的事情了,一个下大雪的冬天,原本已经都打点好,签证便是那个时候办好的。陈晚不想说是因了骆威的一回头,一句话,便说有些私事,便没有来了。后来开春想到巴黎来旅行,却又逢有事,买好的机票也取消。她对贝妮说,女人心中都有个巴黎,却总绊住了她。

晚儿说巴黎浪漫,但总归是别人的。“现在有机会以游客的身份来,也是不错。”

贝妮问她是韩国人?

陈晚说自己来自中国。贝妮说起自己手下原本冬天要来实习的也是个中国女孩子，也是前阵子的事情了。

陈晚问她方不方便透露是哪个公关，贝妮说了名字，正好是陈晚所要实习却没有去成的一家公司的中层主管。她问陈晚的名字，陈晚便只说了一个法语名字，不敢说出中文的真实姓名。

这时台上奏乐的乐师突然停止了音乐。

陈晚和贝妮都齐齐地望过去。

乐师对着话筒，用法语说，现场一位来自中国的客人骆先生，想把这首歌送给陈小姐。

陈晚与贝妮互相望了一眼，贝妮捂住心口，说他对你真好。陈晚看出她脸上有些疑窦，怕是想不通桥上的一幕。

骆威竟然自己走到乐师身边，拿起吉他和话筒，陈晚心中一阵波澜，心想他该不会是打算要自己唱吧。

他手里拿了一张字条，不知道跟谁学的，磕磕巴巴地念出一段法语，咬字又不准，但是陈晚还是听懂了：

“送给你，对我今天桥上的疏忽抱歉。”

法国人对这种事一向还是很给面子的。陈晚措手不及地僵硬在那儿，裸露的两只雪莹的手臂也冰冷了。她用手团着自己的臂，摩擦一阵，脸上忽冷忽热，胸脯起伏，心跳加速。这时候全场食客都鼓起掌来了。陈晚知道骆威懂得女人的心，不料想在法国他也有这个胆量。

倒是没有人管他唱的如何，旁边的贝妮已经羡慕得又感动得要去抱陈晚了。忽而她又小声黯然地对陈晚说，“我从来不知道他对我的态度。”

陈晚望一眼她。

望一眼骆威。

她突然梗在那儿，只说她的男伴怎么还不回来。

“单已经埋好了，他再也不会回来了。”贝妮给了陈晚又一个拥抱，起身踩着一对高跟鞋走了出去，一双细瘦的小腿在高跟鞋上，勾出巴黎的优雅曲线。

我看著站在眼前的你，依然如此美好如往昔

But you know，有些话就是不能明说

多年时光 都温柔经过

那么多人 来了又走

但也许我们只能远望不相逢

一个人渐渐成熟……

骆威从台上下来。

“你什么时候不但学会唱歌，还学会改歌了。”他把原曲改成慢调。走回来，陈晚说道：“我明天就回波士顿去吧。”

回到波士顿，骆威把陈晚的行李送到门口，刚下飞机在路上就约了兄弟吃饭。走时陈晚从门缝中塞出去一封信。骆威捡起信，狠狠地敲门。陈晚靠在门上，背擦着门，缓缓地滑落下去，眼眶中的泪水往下流淌。

骆威走了。

骆威不会再回来了。骆威也真的再没有回来。

他的脚步声迈开去，陈晚的眼泪就泄了出来。从她的胸口，一股腥味爆管喷浆而出。她哭得背过气，呛得不住地咳嗽，喉头不住地颤抖，头皮也绷紧的。她用指甲去扒墙，撬断了食指和中指的光疗甲，边缘极不平整的，那坏甲从墙上落到地毯上，墙上一条细瘦

的血色划下来,一道痕,擦也擦不掉。她刚缓过来,又哭。哭得止不住声响,像极了一只全然失去心智的母兽。

窗外的天色朗润,又是挂了一弯尖刻细长的月牙,如刀如锋,凌厉地散发着银灰色的光。陈晚哭一阵,喉头泛起一丝血味,不停地咳嗽,便踉踉跄跄地到厨房去,开了水龙头,装半杯水灌下去。打翻了一只摆在桌上的瓷碟,也无心去收拾,躺回床上,捂起被子,还觉得冷。打开衣橱,换一件长袖,又在外面套一件毛线针织衫,还觉得不够,围巾也围上来。许多色块堆在身上,从镜中又瞥见一张发疯的凌乱的脸,被一条围巾勒着,不知道是哭红过去还是勒红上不来气。

她鼻口堵塞,脸上又是泪。去找了一筒纸巾,一下就用完了。哭累了,休息一会儿,但源源不断,总哭不尽。她想这次骆威拿了信,真真切切不会再回来了。一想又有泪水喷发而出,夺眶漫延,挡也挡不住。最后胸口也承不住这股凶猛的力气,喘出难持的粗气来。陈晚用了全身的力量来哭,怎么哭也哭不停止。

此时安迪打进电话来,陈晚也不管安迪有什么事,抓起电话就向安迪哭,安迪一听她不可收拾的哭腔,原本要讲的话全都吞回去,只叫陈晚缓口气,深呼吸。

晚儿哪里缓得过气,喉中烧得火热滚烫,一上一下地喘,哗啦地对安迪说,这次骆威真的离开了。她像一个三岁的孩童,不觉自己的音量,一边哭,一边说,但是说来说去,也还是这几句:骆威走了,骆威再也不回来了,我们去了巴黎,真的结束了。

末了,陈晚安静下来,安迪在电话那头静静地听她哭了二十分钟。

“你打电话来想和我说什么?”晚儿问。

安迪说:“没事,你先缓缓,别做傻事,我改天再打电话给你好了。”

骆威：

原本要对你说千言，道万语。但我又想，我有多少话，你都应当早懂得。

我从前不相信，我能为人低到尘埃里去。但这尘埃里并不能开出花来，我也再不能寻找那欣喜。

猜想我来到这个世界以前，一定有个谁，或许是个神仙拉住我，告诫我说，若到这世上，只能有短暂的快乐，你还要去么。我猜当时的我一定像极了一个疯痴的傻子，狠狠地点了点头。如今我受到了惩罚，要肯用与你短暂的十天全心全意的快乐，来喂养我全部的生命。疼痛至此，始料未及，却还要感谢你给了我最铭记的时刻。

你说我的头脑里全是浪漫的大花花，你说得也对，也不对。我是知道这世间的一些道理的，也知道做人须先想着生存，生存太难；我也是知道你的，我之于你，只是什么，不言我也明了于心。但是我固执地还是宁愿相信真心的所在，这份情愿才是我的死穴。我猜想后来你已知道我的心，但即便是你，也不知道其中所承的痛楚与艰辛，但这不是这封信所要呈达。

我只能尊重你之不爱我，但是我胸中仍有对安琪的罪歉，我始与你欢爱，并不了解她的存在的。如果你心里依然觉得亏欠于我，请你务必拥有真心的快乐，这是你能为我所做的最佳，也是我心中所期许的最佳。

肯同你去巴黎，是我最后一点自私。我太想要一份记忆，以供日后留由自己幻觉曾与你平凡相依。但请放心，我不会为了你再杀自己。以前，我长久地找寻一个谜题，我解不出，自己到底是谁。

这就是为什么，我既做不成音乐，也做不好文学。但女人，心有所托便是好的。从今我将为了生命而生命。

末尾有一件事情还想说的，兴许你心中了解，兴许你从不知情。我从未对你说过，即使是当你话到跟前，开口问我。我盼望着你的真心的快乐，因为我爱你。

晚儿

陈晚退了波士顿的房子，搬过去与安迪住。安迪不愿意要她的房租，她便偷偷把款打到安迪的账户。打完查了一眼账户，留了个心眼，以前竟没发觉钱须这样精心算计。

大大也不见陈晚自动地多说几句话。陈晚自知如一团死灰，她如今到了另一个阶段，万事失去了兴趣，若是一言不发，便像一尊石雕。安迪说，简直可以把她介绍给陶艺系做模特，又说她脸上那空无一物的表情，兴许还不是一般水平的学生可以造得出来。

陈晚听了秦雪的劝告，考了 GRE，申请了几家学校，留在现在城中找工作。倒是贝妮隔天发来邮件，说陈晚的品味和法语都好，待人接物又达理，何不试来巴黎做时尚公关。近年有许多新合作的案子，找个中英法都能操持的手下，正是她的渴求。法国人到底是眼尖，贝妮从一身桃红色洋装就看出陈晚的境况，知道这个中国女人一定有些品味和能力，但脚上一双鞋子暴露了这女人的近况并不如前，兴许正需要工作和钱。

陈晚与秦雪商量，秦雪说去巴黎也不是不好，但是美国毕竟移民容易，又在这里有了些了解，她说若晚儿不惧怕去巴黎，试一试也不是不可以，但是到时候如果不成功，转身再进美国又有困难。

“如今万事都到了要思量的时候，却最没有心没有力气。”

秦雪抬头看她干燥的肌肤，说道："骆威既然对你没有感情，你怎么愿意为了他不管不顾。"她去给陈晚添茶，放软了口气，说："你啊，先找工作再说，好么？凡事要先想着生存，不然哭肿了眼睛还要我送你面膜和精华。"

陈晚单指轻点桌面，谢过秦雪，叹口气说："也不是没有感情，他也总是人，人心肉长。"

秦雪不再说什么。

陈晚说："安琪家里家境富裕，家族内有许多资源，而且长得又漂亮，在一起久了……"

秦雪夹了一块肉说："好好吃饭，才是做人的第一要务。"

秦雪的父母总算是在加州看好了房子，再过一段时间就能办好移民。陈晚问开金店的事，秦雪说慢慢来，这并不着急，当务之急是把账目什么的都安安全全想办法转到这边。"再没有人敢对我们家指手画脚。"

但陈晚并不觉得秦雪委屈。嘴上也不好说什么，只说万事顺利当然最好，到时候男朋友也签过来，大家就团圆了。秦雪却说与男友分手了。

那晚回到住处，安迪还没有睡，陈晚突然想起来，问前阵子打去波士顿的那个电话。

"是不是有什么事情？"

安迪脸上铺着一张面膜，停了一停，说："晚儿，看你当时哭得那样凶，就没有告诉你，但是你是我在美国最好的朋友，你当然迟早要知道。"

"是什么事？"

"我订婚了。我的学分也满了。可能过两个月就回台湾去。你如果心里难受需要人陪，我也不介意留下多陪你，迟些再走。台北那边的工作是我爸爸他们安排的，一个世叔的唱片公司，与父亲是老交情，也是看我长大，所以工作那边倒是完全不急。”

陈晚说：“这当然是好事，怎么不早跟我说。”

但陈晚突然心口发紧，险些晕过去。

“晚儿！”

“我没事，可能近来有些贫血了，月经也不来。”

话一说出口，晚儿心头一阵警惕，脸上不表，第二日出门去买验孕棒。

陈晚怀了骆威的孩子，不知道该不该欢喜。

安迪也惊吓得说不出话了。她过去抱住陈晚，半晌，两个人都反应不过来，安迪想起来第一句话便说：“幸好在纽约，堕胎是合法的。”

“我要将孩子打掉？”

“你别傻了，”安迪说，“你才多大。”她倒一杯水给陈晚，“你这么年轻，真的要把孩子生下来吗？”

陈晚只坐在沙发上，用手去抚摸自己的腹部，什么也感觉不到。去医院检查，果真是有了小孩，她伸手去摸，停在自己肚子上许久，还是什么都感觉不到，这腹中竟然有一个新的生命。

安迪帮陈晚找了一个信得过的台湾医生，要去把孩子打掉。

安迪要陪她去，但她不肯。

安迪生气了：“这种事情，怎么有一个人去的。”但陈晚固执，坚持一个人去，安迪只好不让她知道，悄悄尾随她到了与李医生预约的诊所。陈晚也没有办法固执什么了。她抓着安迪的手，直打抖。

前几天她在街上遇到一个纽约反堕胎的组织，假装是自己的朋友有了身孕，上前去问。一个叫苏珊的妇女给她一个拥抱，又给她看了死胎的照片，陈晚好生心悸，觉得腹中的胎儿若也被流掉，活生生的，从自己的体内出来，只成一团血肉模糊，与杀人无异。许多流出来的胎儿，手指脚趾都看得清晰，细小得如同一根竹签，那身体脉络晶莹通透的肉色，外面包裹着一层带丝的母体的血。

苏珊看出陈晚并不是为朋友而询问，向她留了组织的电话，说如果你的朋友需要，便打这个电话，小孩子生下来，可以帮忙找寄养家庭的。

陈晚问："我的朋友还能看到自己的孩子么？"

苏珊说："总能看到，我们能设法安排探望的，但是母亲或许是作为家庭成员朋友的身份，或者别的什么我们可以再从长计议的方式。为了保护孩子，一般是不告诉小孩，母亲的真实身份的，也是为了孩子好。"

陈晚坐在李医生面前，想起苏珊，头脑中又翻江倒海地涌动出姑奶的细腿和剁下的别人的两只手指头。她对安迪说，生命怎么都是用来挣扎的，"我一点力气也没有了。"

安迪过去搂她，李医生在一边说："陈小姐，不需要害怕，并不会有什么痛苦，也不会需要很长时间的。"

陈晚突然说："安迪，我要养这个孩子。"

正是那天回家的路上，晚儿路过书店透明的玻璃橱窗，店里有一个唇色鲜红的女子，头发上戴着头饰，把额前的碎发挽起来，高高地束在脑后，她不知道晚儿在盯着她的一颗红唇，在玻璃前的一排书架上翻一排读物。午后书店里淡淡的咖啡香气，陈晚走进去，看那女孩正在翻一部翻译的法语诗歌，陈晚从她肩旁走过去，那是Guillaume Apollinaire所写的诗歌《米哈波桥》。陈晚心中还能泛起一些片段，她经过女孩，女孩与她年纪相仿，陈晚下了地下室，徜徉在一排婴幼儿的图画和书目中，逛了半个小时，走上去，推门到街上，一路漫步回家。她轻轻地哼着那首诗，一点眼泪也没有：

Sous le pont Mirabeau coulela Seine Et nos amours Faut-il qu'il m'en souvienne La joie venait toujours après la peine.

Vienne la nuit sonne l'heure Les jours s'en vont je demeure

……

L'amour s'en va comme cette eau courante L'amour s'en va Et comme l'Espérance est violente

Vienne la nuit sonne l'heure Les jours s'en vont je demeure

Passent les jours et passent les semaines Ni temps passé Ni les amours reviennent Sous le pont Mirabeau coule la Seine

塞纳河在蜜腊波桥下扬波
我们的爱情应当追忆么
在痛苦的后面往往来了欢乐
让黑夜降临让钟声吟诵
时光消逝了我没有移动
爱情消逝了像一江流逝的春水
爱情消逝了
生命多于迂回
希望又是多么雄伟
让黑夜降临让钟声吟诵
时光消逝了我没有移动
过去一天又过去一周
不论是时间是爱情
过去了就不再回头
塞纳河在蜜腊波桥下奔流

回家第一件事,她便登录网上银行账户查了自己名下的存款。

“这点钱,养我自己都不够,如何养这个孩子。”

她握着一只空杯子,坐在沙发上,忘了去倒水,安迪接过她手中的杯子:“喝水还是茶?”但她说,骆威走了,陈晚切肤地觉得只有一个人,她便说:“多了这孩子,是好事。”

往后在信中,她总与他提起烟儿。

烟儿在信中被她描述成一只顽皮的宠物。那年陈晚怀孕离开美国,骆威以为她是得的心疾。晚儿从来不告诉骆威,有关于烟儿真实的存在。

陈晚回到南方,搬进了海边的房子去住,安迪紧接着就回到台北去了。徐先生托人在陈晚回来前找了设计师,老爷子走了不久徐先生就差人跟紧了房子的装修。他思量着陈晚迟早需要回来住,算是给这颗遗珠再做一件照顾。陈晚回来之后只同周祖光说了骆威的事,徐先生也不了解陈晚有身孕的。但装修的花费陈晚记在心里,如今腹中多了一个烟儿,口上说要还给徐先生的钱,也没有那么多底气了。徐先生口中当然不叫陈晚出钱,说她一个单独的女人,老爷子刚走,“你的人生还很长呢,这些以后可以再算计。”他还问陈晚,如果想要工作,他可以安排,陈晚推脱说还在等美国的研究生申请,手下意识地去摸肚子,也不再多说什么。过几日徐先生去了欧洲度假,也没有再多问。

离开波士顿前,陈晚还去了一趟麻省理工的船坞,太阳坦坦荡荡地照在水面上,大片的金黄色把一半的风景都没入了看不清晰的光芒的帘幕中。那以后她都没有见过骆威,他们互通邮件,但陈晚一直不知道骆威去了哪里,从来不问。陈烟在她腹中一分一秒地生发着,如一颗细嫩的种子渐渐发芽。

……

骆威：

烟儿的存在着实让我头疼。每天有二十四小时，却总觉得不够用。忙碌起来，有时也愿意忘记了她的存在，仿佛我一个人，在天与海间她并不与我同在，然而她又总是很真实，因为她是除了我自己以外，我每天所面对的唯一生灵，体味到彼此的灵性所在。她不说话，可是我竟只肯与她谈论些哲学问题——当然，说的总是我，也不知道她是否听，是不是听得懂。

人一辈子都在说话，所说的，绝大多都是无谓的发言，用来打发时间，统共二十四小时，为了打破沉默而开口，真正的交流是甚少的，有些人一辈子也不见得有可以沟通的人。我整日在想，如果没有过你，也许我终不能觉出生命的存在。我未与你说过，我向来是感谢你的。我与你之间的坦诚，是使你一眼就能望穿我的所在，我之所想，我之不可得。你是我所用来回忆的人生。

我现在每日在临海的露台上做瑜伽，冥想起来，没有白天黑夜的。做瑜伽的时候我脑中时而一无所有，时而画面片段跌宕不止，难以消除，但终于看不见心心念念的，与你一起时的片段了。瑜伽是印度的东西，虽然是异国，但我想东方的文明总是相通。以前我常与凯蒂开玩笑，说她所受的西式教育，怎么能使她懂得东方文明中的有与无，她对我说，道理很简单：世上不会无端生出一个正一，也不会无端生出一个负一，便是了，并不玄妙。我觉得有道理，不过如此。但我又思索，是什么使得我们胸中的感情与凯蒂的不同，动不动就自以为变得复杂，末了，找出一个原因，你又要笑的——我总觉得中国文人太喜欢动不动就家国天下，选择出世的哲学的人，往往是无法践行入世的学说。忽而就觉得疲惫了。现在教育普及，人人都当学生，人人都开微博谈天下，不记得独善其身了。

男人与女人的存在实是大不同。要像凯蒂这样就最好,人所思索和理解的,够她正好生活。当初我难以舍弃你,也许就是被你胸中的家国天下所吸引,你是那么玩世不恭,桀骜不驯的,却有那么多的思索,叫人好生矛盾。要命的是,你说只与我谈这些话。你看,这就是男人与女人不同了——两个人一同的谈话,谈的是同一个主题,你在谈天中将一个女人征服,而这女人却要从此陷进去,以至于生出爱慕来,我说女人不懂家国天下,是因为女人要分心的。

近来海边的天气状况急转直下,身体不适,经常眩晕过去一阵。现在又是晕迷,希望没有对你说出什么不中听的见解才好。

祝你顺利。

晚儿

陈晚口中说希望骆威不介意,但是她还总是想到什么便写与骆威的。她知道骆威向来没有当面嘲笑女人浅薄的必要,也肯包容晚儿。他们不时地保持着电邮联络。骆威回她邮件说,从陈晚身上,也能学到些令人捧腹的执拗,虽然他从来不提倡执着二字的。但他对陈晚说,既然不能相依相生,与之相惺相惜也是好的。只叫她日后在他人面前,应少一些执着,不要把心都掏出来给人看,转而又要说,认真是对的,末了,也不知道该怎么才好。

周祖光来看晚儿。

一进门,他去扶晚儿。晚儿气了,笑道:“我是有身孕,又不是伤兵。”

“孩子以后是我干儿子吧?”

“干女儿。”

周祖光问:“怎么知道是女儿?”

晚儿说:“这个孩子是心疼我一个人才来的,当然要是个女儿。”

周祖光又说:“骆威真的那么难割难舍?”

晚儿叹口气,对阿光说:“有人告诉我,这一辈子遇到四个人:你最爱的,最爱你的,同床共枕的和相伴一生的。小时候你以为这四个人是同一个人,结果发现如果他们是同一个人,是一件难能可贵的奇遇了。我说骆威是我最爱的人,你信不信?”她说往后就这样活下去吧,为了烟儿。

“怎么叫烟儿?”

“我和他就像烟花一样的,这段感情美好,却不贪生。”

周祖光有些生气:“你自己以为多刻骨铭心,在他心里都只是一场戏。”

晚儿说:“我知道。留得自己在这边心疼得跳脚,别人权作一场游戏,末了还看你如小丑一般哼哼唧唧。这世上的人都不为了爱情而活,所以我没有好下场。”

周祖光说:“本来我说过两天趁我还有时间你又毕业回来,问你想不想去趟马尔代夫的,高中那帮人有几个也回来了,问你去不去呢。谁知到你一回来就跟我说了这件事。你是准备好当妈妈了,我还没准备好当干爹呢。”

“烟儿才没你那么丑的干爹呢。”

“名导演都是不好看的,好吧。”

周祖光说房子装得不错:“老爷子什么时候有这么前卫的装修理念,我怎么不知道。”

陈晚说是徐先生找人装的:“我思量总不能白让徐先生帮我装修,可是说现在拿出钱来还他,我是没有什么底气了。有了烟儿,我每花出去一分钱都觉得不知道以后怎么算计。”

周祖光说，现在大着肚子也不能怎么样，“过个一两年，你恐怕还是得工作。到时候再说吧。”

陈晚说：“现在连上幼儿园都贵得令人咋舌，我那天特别留意了一下，吓都吓死了，我们小时候不觉得有那么贵啊。”

周祖光说到时候给找个熟人便好，又说陈晚研究生院的事情怎么样。

“过段时间出结果。可是有了烟儿，这些大概都算了吧。”

周祖光说可能过段时间毕业了去北京。

“不去美国了，真不去了？”

“不去了。现在路上随便砸一个人都是从美国回来的，没什么搞头了。我也烦了。毕业了该干吗干吗吧。”

“你是泡到妞了吧？”

周祖光笑说：“泡妞谈恋爱两码事。我要是找着一个对我像你对骆威这么傻的，我也难办。”又说要不要出门去买东西，“我带你出去吧，顺便送你回来。你这里离外面远，不方便。回来了就出去转转。”他起身去把露台的落地玻璃锁上。“老爷子当初也是好眼光，以后你可以经常到外面散步什么的，晚上就别出去了。”

晚上晚儿就一个人对着海，凉风透不进玻璃，但却真真切切能感受到的。她抚摸这肚子与烟儿说话，困了便去睡。孤独如一滴水，在夜里没有阳光，难以干涸。渐渐地，她像一个孕妇了，嗜睡，多吃，但就是不呕吐。

骆威：

这几天天气变好了，我也愿意多出门散步走动。当然，带着烟儿一起。烟儿最近虽然安静，却吃得很多，我也跟着吃得很多，也许是阳光的关系，海天都朗润了，人也因此有了胃口，但烟儿的胃口,比我还好,我有些不习惯,一开始被她的食量吓了一跳。

最近不怎么喝茶,晚上也睡得更好了,白天手上松,就从网络上接过一些安迪手上的工作。哦,对了,安迪就要在台北结婚了,女人结婚是最紧张的,准备的事情也多。她与丈夫约定了下半年就步入殿堂,东区的新家需要装修,安迪心细,意见不少,采购的清单也长,要去一趟日本买东西,在工作上的时间就少了。

我白天也乐得无事,答应帮她分担一些。我久了不习音乐,她又是专业的音乐学院毕业,谱曲配乐和演奏我出不了意见,但策划与作词我倒能试着帮上些忙给点意见。她最近给一部新的电视剧作音乐,给我传来过几首不错的曲子,我写着突然想起同你谈论过写词,却一直没有机会在你面前唱歌。现在外面阳光灿烂,真是不害臊地想要开一开喉咙,唱歌不是我的专业,但我料想无论如何也该唱得比你在巴黎唱得要好吧?哈哈。我倒都还记得呢。

有一首歌,这几天一直在写,写过几稿,统统颠覆。

昨天又交上去一稿,这次终于收到邮件被认可了,心中很欢喜。

我将词曲一并唱给烟儿听,她也有反映,兴许是喜欢了。

写过这几稿,我渐觉出女性写字的弱点来,须知文字也是有性别。前面两稿交上去,安迪说老板觉着太矫情,我又回去翻出一些我与你谈论过的文字来看,发现你口中称赞过的文字,全部是男人的作品。所有女人,像我,一动笔又忍不住混入自己的情感,一旦如此,感情就要泛滥,因此矫情。我现在知道女人要成功的痛苦了,需隐了自己的身份去。

新的一稿老板很满意,安迪也很开心,却又不能在老板面前说是我写的。就欢天喜地地打来跟我说若有了奖励,请我去台湾吃个酣畅。

等电视剧做出来，你若有兴趣便去看，不知道会不会将音乐放在艺人的专辑中发片出来，但我自己是很期待的。

祝好。

晚儿

周祖光再来看她时陈晚已经准备去台北。

“走得这么急么？”

陈晚说：“趁着肚子还没有真的大起来，出入境都比较好掩饰吧。安迪的熟人帮我打点了工作，慢慢来，现在先是算给安迪家邀请过去的，去参加她的婚礼。房子我先放在这里，等那边一切都顺利了，可能还要把它卖掉。”

周祖光说干吗卖房子。陈晚说：“现在有烟儿了，往后总需要很多钱吧。在唱片公司起步做事，赚那点钱缴了房租和吃饭，还剩下多少钱给烟儿啊。”

周祖光说房子不急着卖，“还早呢，过几年找其他事情做做，也不是没有机会。”

“找其他事情做做，也不一定做得成。到头来是女人。”又说：“走一步算一步吧，现在只想先过去，等烟儿出来，健健康康的，什么都好了。”

周祖光说：“我还说我去北京了，你这里离外面有点远，把车子留给你开了。结果你又要去台北。”

“车子留着呗，你又要换车了？”陈晚眼看下月就要走。“你老换车干吗？”

“去北京做事了，不开上学时候的小破车了。”他看见陈晚买的花，“你还是喜欢这花，每年都买这个颜色。”数了数，总共二十朵。“你这里旁边也没有什么大商店，自己一个人出去买的？”

“前两天去医院检查的时候买的。”她话音一落想起的确多年都只买一个颜色，以前老爷子过年的时候也是由她来买，一只透明的玻璃瓶，插上花不讲求搭配颜色的，纯粹的一个颜色，簇拥在一起就开得热热闹闹。骆威受伤那段时间，离开他家也是给他买了同样的花，也许阿光说得对：“我是不是过于执着了。没有好下场。”

阿光说：“走吧，去喝个下午茶，我把车子开出去，你跟我回家去把旧车开回来吧。”

“去原来那家吧。”

“原来那家换老板了，下午茶做不好了。我带你去家新的。”

“你怎么换一台这么拽的车子。”陈晚上车，“这回不改车了吧？”

“认真做事了，不玩车了。”周祖光说，“倒是你以后去台北，我们不能常见面是真的。”

“以前我总是想跟他说，玩是一回事，总要自己知道安全。你们这些男孩子喜欢改车喜欢到处去兜，容易出事。”

周祖光说：“毕业了，我要认真做事了。”

“这城市不一样了。”

周祖光说：“是啊，尤其亚运之后更不一样了。”

陈晚喝完下午茶，阿光陪她去买东西，她逛了几个小时，除了几双袜子什么都没买，现在挑东西，比更年轻时还要小心谨慎，即使是多细微的细软，都要货比三家，分析是不是有要买的必要。她对周祖光说：“总觉得现在的东西虚有其价，价钱是发疯一般地往上飙升，斗的都是个标价的胆子。”

周祖光说：“你就要去台北，能不买的东西都少买吧，不然到时候又要想怎么处理。”

陈晚说:“也是,当初在波士顿搬家,最头痛的就是处理旧物。”又觉得自己便像极了一个旧物,叫骆威难以处置。

骆威:

就要去台北工作,突然觉得时间怎么就到了这里,想到搬家就让人头疼得不行,我觉得人生有两件事情最叫人紧张:第一位当然是生孩子,再就是搬家。要把一个地方的大小零碎全部都找一个合适的去处,有带走有不带走,尤其不带走的,心中又割舍不下,还要心烦是扔掉还是给它另找去处,像安顿一个小孩。

你定要问烟儿,它是我必然带走的。

记得第一次在外搬家时有你帮忙,那次若不是你在,我也要头皮发麻的,一面想到打包,一面约搬家公司又不准时,一点经验也没有。波士顿八月底九月初是搬家的高潮,全城像发疯发热,全都在搬家,小卡车满街揌着不耐烦的笛声,处理不掉的家具又随意沿街抛弃随人去捡的,想起来像做梦,是过去多久了呢?

这次是去台湾,更是不知所措,但好在安迪和安迪的家人都很热心,她会帮我的。

很多书在家里不知道要怎么处理才好,不愿带走了当作累赘,到了台北一定又要再发了狂地买书的。这倒是台北的一大好处。台湾人比我们爱阅读的。为了读书而去也不错,现在人在大陆,有些书没有办法读到,还托安迪寄过来。

不知道你近来是不是还读一些东西,我们这个年纪的同龄人,不该知道的事情知道得越来越多,书却读得越来越少。你已经是一只稀有动物,又加上你不羁的生活状态,第一次你问起我念的什么书,我说出几个名字,你竟也认得。那时候便第一次吓到我了。有一回你介绍给我一部作品,过后许久我想起来,请台北的朋友寄过波士顿，回来中国的飞机上看完，过关的时候，安检的小姑娘还问了我手中的出版物，她只看是繁体字，又不懂内容，我见她眼里草木皆兵的神色，哭笑不得，只说是小说。

这几天一面整理旧屋，一面又重读了一些书。觉得台湾有些写字的人这段时间笔锋日渐地松，口也软了。不知你作何看法，我还是多多少少失望的。我突然发现百十年来，我们在经历的这场浩浩荡荡的身份搜寻，离终点尚且遥远，经历得不动声色却扣人心弦。如果我们无法知道自己是谁，又有什么好活，什么好说。我仍找不到自己，但做一个女人，愿现世安稳，就是最好的。

晚儿

安迪要进新房，家里人在东区给新婚夫妻买好了房子，安迪想要陈晚在附近租一间房子，大家离得近，方便照料。但东区的房价已经不像话了，陈晚想过要把房子卖掉，在台北买房，但周祖光劝她先把房子留着。“许多年轻人在台北都是租房子住，也不一定要租东区和信义区的。”

陈晚说：“但有烟儿，没有房子心里不踏实。”

阿光说：“把财产花尽了心里更不踏实。”有一回阿光跟她说：“其实让长辈知道也无妨，总有些人脉和经济可以用，也算为了烟儿。”

但陈晚不肯，说咬一咬牙就过去：“我连骆威都不告诉。”

陈晚在许伯伯的唱片公司见习做事，在生下烟儿以前，都是一半观摩一半休息。安迪的婚礼很成功，陈晚在婚礼上泪如雨下，近四年的友情，看着安迪步入殿堂，心中泛起多少波澜。

周祖光说陈晚死要面子，就算买宽松的衣服，都要搭配时尚有看头，现在天气好，去海边晒太阳，晚儿就穿一件斜肩的宽松纯色套头，底下一件短裤和人字拖。她每周都去把花换新的，离开海边的房子时，连原先那只透明的玻璃花瓶也一并带走。

走前又和周祖光出去大吃一顿，周祖光说：“怀孕的女人都吃得这么生猛么？”

陈晚说：“我也不知道，并没有见过怀孕的女人。”

周祖光说：“把翅蛊吃完，吃那么多肉干吗。”

“我自己也说不清楚，最近口味和喜好一时一个变化。但是好在就是不呕吐。我听人说女人怀孕总是呕吐的。”

周祖光说：“不敢告诉我爷爷你回国的事情，不然就叫你到家里吃饭了。”

周祖光去帮陈晚收拾搬家要处理的东西，看见旧车子放在车库里：“怎么最近也不多出门？”

“有了烟儿在肚子里，什么都懒了。”

“不过才怀了多久，外表都还看不出来，你这都是借口罢。”

晚儿在家里做饭给阿光吃，倒是阿光吃得感慨万千：“这是什么世道，去了美国几年，连晚儿也能做出一桌好菜。”又叹说，在男人的角度，并不好说什么，但是在死党的角度，骆威该死。

“骆威也只是个人。我心里是谢他的。”

周祖光说，在台湾如果不顺心，尽管回来。“不用在乎长辈的眼光，就算带了烟儿回来，他们那也会照样关照的。”

但陈晚说，台北的环境自由些，想先给烟儿念几年书，以后再说。

骆威：

到台北有一段时间了，一眨眼，时光如梭，写字时不觉竟泪流下来。一切都顺利，又逢年关，愿你一切都好，你不知道，不须多言的，我总希望你好，身体健康，每日开心快乐，不管身在何方，不再求多余的什么。安迪对我说，现在不同老一辈，除了要有对音乐的热心与理解之外，音乐上的科技和预算也成了做音乐的关键。目前工作甚是繁忙，除了协助公司艺人在台北的演唱会事宜，到北美还要有几场。台北的那场我随她去看了，坐在台前的一区，与工作人员一起，算是一半探班，一半观摩。灯光舞台效果从头到尾都让人眼花缭乱，如梦似幻，尤其在工作区，更是有些头晕。我不知道最近台北做演唱会也有做到这种投资和场面了，以至于有一阵我竟忘记了在台上唱的什么，只记得场景布置与灯光效果。总觉得现在人花钱越来越大方，我听他们说同一个艺人上一场在北京办，排场阵仗比台北这次还要大，投资方和承办方都是财大气粗，但好在有赢利，这是最重要的。尤其在内地时，人脉和宣传打点好，销售就一定没有问题。

阿光先前想去美国，学 graphic design，这种高技术最赚钱，但阿光年前对我说，现在人要到北京去了。这几年在大陆做文化产业，尤其他做电影的，不得不跑到北京去。他父亲在这方面的人脉倒是相对缺乏，但中国人的关系最灵活润滑，从商界到电影投资，给阿光这样的年轻小伙铺路并不难。一切都是刚刚开始，就看他自己能不能抓住机会了。新年到了，心中温热热的，无端端爱生出些感动来。希望亲人朋友旧识，全都安康如意。不管我们所做的职业和我们的生活现在多么高科技，传媒通讯多发达，所传达的心意都总是不变的。人终是一日三餐，穿衣行走。

安迪年关前按时收工，不作逗留，赶回来团聚了。只在纽约停留两天，买回来一些服装，她说要过年了，哪里都不想去，只想回家，没有家里的气味一点也不像过年，又说纽约并没有什么变化，中国城过年十年都不会有什么差别，除了大陆客和学生比以前多了。但这已是趋势，料想城中人已经习惯，反正这些中国人都是有力气消费的。以前所去的粥城，嘴馋去买蛋挞来吃的西饼屋都还在原处，生意照常。我一直觉得西饼屋是一个很蹊跷的事物。明明西饼是西人的糕点，却要专门到中国城来买，因为以前在家，中国的城市里，饼屋里蛋卷的做法都是中国人的做法，不像西人放糖那样凶猛的。面包，蛋糕，卖的是一份认同感和记忆的固执。

可能各自有各自的记忆吧。

不久前我也是当中的一员的。当时早已经转学在波士顿，一个人过得孤冷，非要坐车到纽约去，就为听一听凌乱的锣鼓声。广东人最奉这些传统，所以我们最知道那水平完全没法比。有些组织和教会当中许多外国人的，也混在敲奏的团队里，只顾得狮子的摇摆，锣声也不整齐。但只是为了一个气氛，光是听到过年的声响，就已经使人有冲动落泪了。只是我相信城中每个人流泪的回忆与冲动都不同。

这些都还历历在目的。时代广场要为中国年亮灯了，你还在网络上笑说，为讨好自家最大的债主亮灯，美国人也当摇尾狗了。

过年时中国城中有卖打在地上的响炮，我曾不顾形象地也像孩童一样买来拿在手上玩，转身还有个三岁的孩童长得一张干净可人的脸庞，乌黑的头发，一手她父亲握着她教她放礼花，一边脑袋还扭转来，辛苦地抬头看我，不知道我手上的是什么。

我还记得在美国过年时那股单薄的空气，地上有些彩花带，像要把人的记忆割裂了，一半站在这头，一半站在那头。满目看上去，许多黄皮肤黑头发，都是吃白米饭，但都叫我说不出，总觉得并没有天涯游子的共同感怀。游子须有根。有时候我认为老爷子当初要我早早放弃以音乐为专业是对的，因为找不到自己是谁，不明白要表达些什么，我以为我们总不知道自己去往何方，但往往都明白自己来自何处——其实前者比后者好解答。但说回来有时我也认为听了老爷子的话转学了法文是可惜了,因为即使寻找到了答案,要有所表达的时候,文字太轻。

呵呵,但是,请相信虽然我新年的祝福来自文字,但心意是厚重的,新年大吉！烟儿也对你说新年快乐!

晚儿

9

“这家大肠包小肠超级正点的，你一定要吃吃看，来，来这里，不要被人挤到了啦。”安迪订了婚还和以前一个模样。两个人在夜市里寻食。刚收工从北美回台湾，演唱会的事情终于都忙完了，安迪想是离开了几个世纪，一回台北连家都不回，一个电话就把陈晚叫出来，说已经到楼下，等不及去吃东西。“箱子先放你家哦。”

陈晚换一件衣服下楼去，在房门口碰到住在隔壁的一个年轻艺人刚从公司回来，聊了两句，安迪说怎么肚子还没大就磨蹭起来。

她说对许伯伯说了上次写词的事情：“许伯伯知道我介绍个朋友进公司，本来还是高兴你中英法都好，做事也利落，不知道前面几首歌词也是你写的，说过段时间见见你，给你几个新的案子试试看。”

陈晚上了出租，对安迪说：“我现在肚子里有孩子，你别乱给我找事了。我大着肚子签了你公司来台湾，已经觉得很亏欠了。”

安迪叹口气。“等烟儿健康生下来，我们再从长计议。”又说：“你这次一定要去吃这家，我跟你说，在飞机上我就已经忍不住了。刚才急得行李都差点忘记去取。”

“你这才走了几天啊。演唱会都顺利吧？”

“顺利得不行。团队先走的，我留在纽约逛了两天街。遵照陈大小姐的吩咐，你要的衣服都买回来了。”

陈晚托安迪买回来几件宽松的纯色毛衣，不愿意穿孕妇装，非要漂亮。安迪说：“现在还能穿这些，再过些时候，你还天天有心思想着穿什么？”

陈晚说薄的羊绒倒是好办，里面像以前一样穿一件背心，脖子上露出背带来，外面一件羊绒，只要号码足够的宽松，还是一样时尚好看。还有以前总是去买一个设计师的绸缎上衣，现在托安迪带回来都是大两个码数，作怀孕的衣着：“就是再过一段时间，裤子不知道要怎么买了。”下面穿的黑色羊毛袜，还需找够宽的短裤来配。

“过段时间给你做几件大点的裤子。”安迪说。

“去哪儿做？”

安迪说：“你忘了我表姐是谁？给你找几件裤子还不容易。”

安迪姐姐先前在纽约一家有名的设计学院念书，结婚后回来台北，与丈夫开了一家店经营婚纱摄影。经营婚纱与摄影的生意成了主业，她也乐此不疲，总是一件喜庆的事业，设计婚纱倒是成了副业了。并不是每个客人都问起新设计的事情，而且价格也高。最近手上除了接过一个名人的订单，姐姐都在专心做自己妹妹结婚要穿的婚纱。

陈晚又问:“你的婚纱怎么样了?”

“还在弄呢。改天去姐姐那里看看。你要一起去,你这只专挑衣服的妖精。”

陈晚叹道:“现在年纪比以前长一些,挑衣服倒真的是比以前讲究了,但买不起了。”又说:“去商店里看小婴儿的小服装小鞋子,每件都叫人肌肉绷紧,不知道有多可爱。你说,人生出来都是那么小一只的么?”

安迪说:“你看看自己的肚子,总归是从你自己的肚子出来的吧,总不能比你的肚子还大。”

“还说呢,都给她撑大了。”

安迪拉着陈晚在人群中转,燥热的汗水从腋下透出来。“老板,两份哦,一份加辣,一份不加辣。”安迪在摊前排队往盘子里夹入蘑菇、鱼丸和腐竹,一边又问陈晚还要什么。

老板娘忙得头也不抬:“站过来这边取哦,加辣椒要自己加哦,谢谢你,麻烦站过这边来。这边这边。”

陈晚指着一团白色的绵绵的问那是什么,安迪说:“那是粉粒了啦。”两个人挤在人群中,安迪把陈晚护过来,一个十几岁的大男孩捧着一碗卤味绕过陈晚要进店里面去吃,安迪说:“晚儿小心哦,你的头发。”

陈晚笑了,说一个孕妇跟她跑到夜市来挤人堆。

安迪取了卤味,又拉着她去买大肠包小肠。“趁早吃。”她说过段时间阿嬷要从花莲来台北:“她来看我结婚,然后还要来这里住,她人一到,我就很久一段时间不准出来吃这些东西了。来,这家一定要吃,他家糯米肠口感超好的,里面香肠有加酸菜和花生粉,口味会吃起来很丰富。”安迪问:“要加酱料么?”

陈晚摇摇头说不要:“不过,这个看起来真的很好吃的哦。”

“当然啊。”安迪挤在人堆里忍不住先咬一口下去,“要不然我多叫一份,我们打包回你家去吃吧。”

陈晚说好:“我已经流口水了啦。”

“你要不要先咬一口。”

“不要。”

回到陈晚家,安迪说改天出去给她买个微波炉。

“我去把食物用盘子装出来。”

“你坐着吧,我去好了。”

陈晚说:“把食物带回家吃,会不会有点扫兴?”

安迪说:“不会啊。哎哟,要你一个孕妇陪我在夜市里面挥汗如雨,好像是不太人道了啦。”

“以前老爷子最反对我吃路边摊。”

“我阿嬷也是,最不许。每次她一来台北我都躲。给她逮到又在外面跟同学吃路边摊,又要骂人。她是上海来的大小姐,几十年都改不了。在花莲跟我阿公那么多年了,还以为她自己是大小姐哦。路边摊才最有味道,她不懂。”

陈晚说:“越禁止,越好吃。”又说:“自己知道,可是我猜烟儿生下来,我也防备她在外面乱吃东西。做母亲会不一样。”又说过段时间兴许要搬去别的地方住。“我想找一处稍远一些的房子,干燥整洁就行,烟儿生下来,难道要她跟我住这里?”说完又添一句:“天啊,这个也太好吃了吧!下次还要买来吃。”

安迪说:“你不要大小姐惯了,这房子已经不错,要是要养一个小孩,又要像从前一样事事优越,可办不到。这房子离公司不远,又是新的,许多台北的年轻人都租不起了。晚儿,烟儿可是你自己要养的。”

"要不我把海边的房子卖掉,在台北买一个一房一厅的公寓,小面积的话,到时候还能剩下些钱给烟儿。往后过段时间我要工作的,即使以后一个女人不做什么事业,上个班供个日常花销,总也足够吧。"

安迪还是同周祖光一个说法,叫她留着房子不要卖。"房子总是最稳妥的财产,你现在也还并不是万不得已。你们海边的房子,价钱还要涨的,大陆的房子都是发狂一样地涨价。"顿了顿,又说:"台北的房子现在也是不受控制高得疯了,一般不靠家里恐怕也都难买房子在市区,我和宏达的房子是他家同我父亲合买给我们的。你想在台北持有房子不是不好,但是你刚来,再等等吧。台北许多年轻人都这样租房子住,也没有什么压力的。"她犹豫一下说:"况且,你怎么知道呢,过个几年,你还在台北么?你能保证你不再去美国?或者也说不定你回广州去?"

陈晚叹一口气,只说怎么有这么多事物要思量。想着又一阵头晕,但是她胃口仍是很好,两份大肠包小肠全都吃得不剩,她说烟儿怎么这么饥饿。她终于领悟到秦雪所说极对,好好吃饭,变成她人生第一要务。

这天在网络上看见颜美惠放假去旅行的照片,除了各种角度微妙的自拍照,剩下一半不是在秀鞋子就是在秀包包。陈晚留言说:"阳光真好。"台北的冬天,更不缺日光。她新换了一片窗帘,又租了一间大房间,厨房与卫生间隔出来,屋子里被她打扫得很干净明亮。

她起身去拉开窗帘,暖洋洋的午后,日光轻缓地,像一字一句都不急促,有什么话,都愿娓娓道来,没有什么行程可赶,从对面的花店走到街上,车流,行人,近处的屋墙,墙根上所停的汽车和中学生的自行车,再攀上漆成深色的窗格。陈晚听从了安迪和阿光的劝告，就留在东区边上一间房子里住，房租不算便宜，但是因为面积不大，陈晚一个人也还能支撑。

美惠留言说在日本，太阳好得把泳衣印子都要晒出来了，又怨酒店的客房服务不周到，叫了早餐现在还不送达，刚泡完温泉回到房间里，便与陈晚聊一会儿。陈晚只说毕业离开美国，美惠还以为她一直在中国的家中，陈晚糊弄过去说是，又问小云最近怎么样。“我以为小云同你一起去的。”

“小云休了半年的学，回去家里人在北京给她找了外资的银行来实习。我也觉得她折腾，又何必累着自己。”

阿嬷果然把她的首饰都给安迪。

安迪在阿嬷的左脸亲一亲，右脸又亲一亲：“阿嬷，它们跟你那么多年，你真舍得给过我哦。”

阿嬷说：“我当然不舍得，都是从上海跟了我来的，你看你还不赶快多爱我一点。”

“阿嬷我最爱你了啦！天下无敌爱你的。”

阿嬷说：“首饰我倒是舍得啦，女人最重要的作品就是自己的子孙啊。”

“哎哟阿嬷你好肉麻。”

“可是啊，我是舍不得把你送过去给宏达啦，那小子何德何能哦，就把你收了去。”安迪的阿嬷虽然有些年纪，又在台东多年，但是派头还是在，里外都透出气质。去哪里都穿着裙子和丝袜，尤其是走路的步态，从来不发出声响，腹部也是收紧的，跟美惠的外婆看上去一副模样，都是上海人，表亲也不一定。

“哎哟阿嬷你在说什么啊。”安迪拖着她的臂弯，“宏达收了我去，又不是不开收货凭条！今天不是说好来看衣服的么，又说这些话。”

“反正啊，宏达如果欺负你，你就告诉阿嬷，阿嬷就坐扫帚噗噗噗噗从花莲飞过来，拯救我的小公主安迪。”她说着还跺一下她穿着丝袜的一只粗短的腿，下巴上扬，脑后梳齐的银发也跟着震一震，逗得旁边的安迪和陈晚都笑。陈晚穿一件白背心套一件深粉色的平肩毛衣，露一半肩膀，下面是一截灰色的短裙，一双腿上灰色的毛袜使得一缕阳光更暖和安详。这是安迪表姐的婚纱店，安迪执意要陈晚一起来。陈晚反正也没有什么事，在网络帮张镗寄去一支新写的歌，关上电脑便同安迪一起来。安迪叫她少对着电脑。

但是安迪的阿嬷并不很待见陈晚。她悄悄地拉过安迪，问：“这就是你说的在美国最好的朋友？这么年轻就怀孕啦？跟你同岁？”她又上下打量晚儿，虽然做不明显，晚儿还是感到这个老上海女人灼热不饶人的眼光。她瞧着这个与安迪同岁的年轻女人，一颗红唇只抹了润唇，并不上色彩，但是已经这样鲜活，即便沉默也像会说话，心中觉得陈晚长得实在姣好。年纪轻轻的不知道怎么就怀了身孕，又是从大陆来，心中生出既有鄙夷又忍不住怜惜。她看着陈晚光滑的脖颈与一身深粉色的毛衣，想起来自己年纪轻的时候。她的确比安迪长得好看，安迪是率性，小时候如同一个男孩，她倒是有些喜欢陈晚眼神当中的一点高傲，似乎见当年一半的自己。那粉色衬得她皮肤更白皙，不带妆也透出血润的。尤其是怀了身孕的女人，身上的女性光辉又是不同。

但她细声在背后对安迪说：“你怎么跟这样的女子交上朋友。她的男人呢？”

陈晚听到阿嬷的话，与安迪四目碰触，站也不是，坐也不是。

这时候安迪的表姐终于走出来，发盘在脑后。

“这两件是刚到的店里的新货。安迪，你先试试看感觉，这两件风格各异，看看哪套更适合你，让我心中有数。”

安迪穿出来，陈晚说第一件胸口的部分太累赘，把整件裙子压得很重，看着像新娘要喘不过气。她阿嬷也同意，但是不喜欢陈晚这样说：“累赘就累赘，什么叫新娘要喘不过气。”

陈晚收住了口，安迪说：“晚儿，麻烦你进试衣间帮我一下，这件有点难脱。”

陈晚跟进去，帮安迪换第二件，安迪说：“你不要介意，我阿嬷嘴巴有点直接，不喜欢给生人面子，你千万别往心里去。”陈晚点点头，轻声说：“没事，我没有介意。”她帮安迪将拉链提上去。“你的背是极好看的。”陈晚将安迪身后的裙尾整理好，雪白如同一朵隽永的浪花。她瞥见镜中着婚纱的安迪，旁边看着怀有身孕的自己，两个同岁的好友，一个上了脂粉，脸上红彤彤，额上泛着靓丽欢喜的光辉。她说想不到，这就说到了安迪要出嫁；再看自己，脸上的轮廓也日渐比先前的丰满，眼睛里少了游离，她不知道自己的母亲怀有自己时，是不是与她现在一模一样。但是两个人的肌肤都是雪亮的，只是陈晚不愿意多看镜子，悄悄说：“这件挺好，不是非要姐姐重新设计不可，找到合适你的婚纱便是好。”

这话说出来时阿嬷听到了，愤懑地说：“我们安迪结婚当然要有自己独一无二的婚纱，要在店里找不到的，只有我们安迪一个人拥有的才好。”

安迪看陈晚一眼，陈晚回一眼安抚安迪说没关系。

安迪的表姐拿出先前画过的草图跟电脑效果：“这几件呢，是我事先想好的，但都只有个大概的构思，安迪不到店里来试穿看看，我也定不下风格。”安迪抢过来看，又去问晚儿，问第三件怎么样。那是一件斜单肩白色礼服，从胸部到腰间的材质，表姐说要用磨皮雕花,直到脚步,做成鱼尾一样的,鱼尾的部分就简约些,并不做任何花纹。陈晚从图上看出若尾部的剪裁做得好,也是一件佳作,替安迪觉得幸福。“就是肩上……”陈晚刚想说,又去看她阿嬷一眼,安迪叫她说,阿嬷脸色却不高兴,抢在她前头:“尤其这个肩膀,斜的单肩多好,秀娴真是有才华,会设计,安迪穿这件啊,肯定让宏达眼珠子都跳出来。美死人了。”

既然阿嬷这么说,陈晚自然收住口。

但秀娴表姐在一旁看一眼安迪,看一眼陈晚,开口说:“刚才看见安迪试穿了两个风格,我觉得我们安迪不合适穿上面太复杂的婚纱,不如把斜肩去掉,单做成一件抹胸裙,因为这裙子下面已经很复杂了。”

这正是陈晚所想,阿嬷傻了,因为是由自家人口中说出,赶忙也赞同。

下过一场雨,空气都凉了。雨才刚停,安迪就打电话来:“我下班了,开门。”

“你在哪里?”

“门口。”

陈晚去开门。安迪拉她出去吃饭。

“我先换件衣服。”

安迪说:“说好了,这顿我请,不许跟我抢单。”

陈晚往唇上涂了护唇,抿一抿嘴唇,对肚子里的烟儿说:“走吧,安迪阿姨要请你吃饭。”

安迪说:“妈呀,忘了你肚子里养了一只吃货,刚发的奖金又要给这只小吃货给吃穿了。”

“那可是你自告奋勇要请的。”

安迪说去烤肉。

“烤肉的话，那坐捷运很方便。”陈晚说完去拿手包，安迪从她的架子上取了一条披巾，跟在她后面关了门，说：“你现在肚子大了，别跟人家挤捷运，又是下班时间，人很多的。以前大一的时候从我们家到旁边买个卫生巾你都要打车，变得真快。”陈晚说：“打车反正也是会塞车。”

“听话吧，打出租，反正又不是美国，这里打车很便宜啊。”

吃了几盘烤肉，安迪还要再加：“麻烦加一份青菜跟两碟牛舌头。”

“好了吧？还加呀？”

安迪说：“加点吧，烟儿还吃得下就加。”

陈晚摸摸肚子，说烟儿最近真的太能吃了。

“自己嘴馋不要怪到我们烟儿头上。对吧，烟儿？”

她对陈晚说：“上回我阿嬷嘴巴有点尖，你不要去搭理她。”

“一个单身女人在外面大着肚子，总有人要说的。”

安迪说：“她当初不也是同我阿公私奔啊！”又说：“你新写了首曲子？是歌还是曲？”

“写了首歌，传给一个音乐学院的朋友了。请他录成盘给点意见。”

安迪问：“下月有一个音乐节，前几天我有工作，算是帮朋友的忙，照看一下现场，最后两天都是乐队在草地上自由的演出，搭一个台，很随意的。你想跟去看看么？很多独立乐队都去玩，我朋友有两个乐队都去，顺便介绍朋友给你认识。”往陈晚碗中加一块牛舌，说：“当透透气也是好的。”

陈晚说：“肚子已经大了，不方便吧？”

“这有什么不方便的，又不叫你跑又不叫你跳的。”又说：“对了我把你上回给我听的一首歌拿给制作听了，有人有兴趣。我跟他们说等过一阵子你安定些再介绍给他们认识。以后你除去在公司上班以外，也不妨可以写些歌的。”

陈晚的肚子真的大了。但是还是同安迪去了音乐节。已经到了最后两天，一切折腾得差不多，剩下的部分都变得很随意了。午后太阳湿热却也还能接受，陈晚手中捧一杯奶茶，安迪搬来一张椅子给她，她也不要，就坐在草地上。草绿得蓬勃繁盛，陈晚穿一件及膝的裙子，乌黑的长发不像从前那样绕过一边放在耳后，而是凉爽地盘起来，束在脑后，显出她白腻的下巴，有些女人该有的丰满了。

安迪对她说，上一趟这样坐在草地上，也是与你一起，在纽约。人群都堆叠在草地上，层层叠叠，还记得是哪支乐队么？我都忘了，都看不到的。只闻其声不见其人。她朝对面招一招手：“那是我朋友，我过去一下。”安迪上前去打招呼，下一支乐队是她高中同学。两人一台上一台下远远地招一招手，乐队还在调试，安迪冲上去，高中同学张开双臂，安迪一下子跳上台去，一把被他抱起来，转一大圈。

陈晚在下面看了笑着摇摇头，真是尽了青春欢腾，连烟儿也在里面激动雀跃地踹了陈晚一脚。

安迪看陈晚表情在下面不对，走近回来问：“你还好吧？”

“她踢我了。”陈晚苦笑。

安迪对她的肚子说：“烟儿出来以后，阿姨教你做乐队鼓手。”

听完烟儿果真又在里面用尽全力踢了两下。

晚儿伸手去拍烟儿：“你能不能不要跟她们起哄啊！踢得我很痛诶，你们两个隔着我的肚皮做什么私人交易啊！”

安迪在陈晚身边坐下，从陈晚手袋中取一条披肩出来，陈晚接过来说谢谢，安迪说："听听我同学的作品，说不定你会喜欢。现在在日资贸易公司上班，家里人的企业，就音乐节手痒又跑过来玩玩。都是不靠这个吃饭作品才写得好。"

天空中飘过一朵乌云："不会要下雨吧？"

安迪说："天气预报说今天大太阳哦，不会吧。"又说："没关系，如果下雨我们就马上走。"

但那云只飘过一阵，像掠过不打招呼，没过五分钟就匆匆走了。陈晚两只手支撑着身体和隆起的肚子，嘘一口气，不再紧张。烟儿又踢她，安迪把她的奶茶拿去扔掉，说都凉掉了。又去台下等他同学下台，下午来的人渐渐地多，原本稀稀拉拉的掌声也因为来人愈多的关系，渐成气候。

许多人坐在地上，有带了食物来的，也有站起来与喜欢的乐队同唱，陈晚觉得这股味道似曾相识，有那么一刻忘记了烟儿还在自己的肚子里，只记得晴好的天气了。台上唱的什么倒是也不真的会心在意，直到烟儿又凶狠地踢她，她又才知觉起来。安迪在台边与刚下台的高中同学在一旁攀谈，陈晚远远看着他们一身T恤与帆布鞋，不觉脸上也自然露出温暖的微笑。

但是忽然身后却有人轻轻地拍她的肩膀。

那人看见她一只丰满白腻的下巴，头发盘起的背影，原先不敢认她，但是还是觉得熟悉，便走上前去。

"是陈晚么？"

陈晚扭过头去："镗仔！你怎么会……"

张镗穿一件吊脚裤，原本还一脸歪歪的坏笑站在那里。陈晚回过头来，他终于注意看清她的身孕，又讲不出话。

晚儿立起来，手撑着背，一手摸着肚子，对张镗笑着寒暄。

张镗有些错愕，说陈晚什么时候到台湾来的。又解释说自己跟乐队报了名来玩一下。"原本只觉得拿美国签证来台湾自由行比较方便。乐队里有个鼓手是台湾人,说有这个音乐节,恰好,就一起提前几天过来。"

陈晚点点头。

张镗说:"下两支乐队下来就要上去了。"

他陪陈晚在草地上坐一会儿,忍不住去看她的肚子。

陈晚低头看自己隆起的腹部,告诉张镗说:"她叫做烟儿。"

没有想到张镗说:"后来我去找骆威打过一架。"扭头笑,"很像十几岁小孩对不对?"没等陈晚说什么,他便自己起身说:"上回你那首歌我做好了,本来过两天发给你的,没想到你竟然在这里。而且……"他不知道该怎么说,便打了个手势,"我过去了,准备调音。"

陈晚坐在那里,缓缓地点了点头,看着他走向台旁去找他的乐队。

那年刚来波士顿,陈晚在交响乐剧场附近的绿地上见到张镗和他的乐队,两个亚洲人,两个白人,没有一个发型整齐的,穿着休闲的白衬衫,还故意打个歪领带,惹得路过的女孩都不觉回眸驻足不肯走。他们的喉咙跟波士顿的夏天一样,灿烂洒遍,又不炎热灼人皮肤生疼,跟冰镇过的白冰酒一样。吉他盒里除了听客给的零钱和自己灌的唱片,还喜感地摆出几个涂鸦的牌子,歪歪扭扭地写着英文:"没钱剪头发了。"向路人要钱。

陈晚在等朋友,坐在旁边啃一块蛋卷。这四个年轻男人越演越起劲,惹得路人都笑,音乐是好的,太阳都一摇一荡,整条街都是他们的声音。

朋友没有等到,约好的又有事不来了,陈晚便啃完蛋卷坐在旁边听。拉大提琴的白人去解手,街上安静下来。陈晚便过去取了他的琴弓,张镗和队友就使个眼色弹起来了。

“当时你是不是喜欢我?”张镗后来开玩笑问她,她笑得前仰后合,一点不遮不掩:“是看你乐队组合太奇怪,看着那支琴弓手痒。”

张镗在台上还同以前全然一副模样。陈晚看着他弹钢琴的侧脸,鼻子尤其挺拔。他的食指指头弹得用尽全力,像有许多话要说,巴不得把键盘压垮。他跟乐队商量着什么,又弹起第二曲。

来人渐渐增多了,陈晚被太阳照得有些恍惚。

唱完第二曲,张镗拿起话筒,站起来,对着人群中的陈晚说:“下面一首歌,送给将要来到这个世界上的小烟儿。我们有请妈妈陈小姐。”人群中一个年轻的大肚子只好缓缓站起来,安迪找人往台上安了一把椅子,调低了中间主唱的话筒。

大家让出一条路来,陈晚走上台,对张镗挤一挤眼睛,小声说:“不带这么玩的,你让我糗大了。

张镗说:“Tizzy bac, ‘ you’ll see’, 好不好?”

陈晚望着他两只炯炯认真的眼睛,自己双目瞪得椭圆。那首歌是她教给骆威听。陈晚只低声说:“我很久没有唱歌了。”便沉默地走过去,手抚了抚话筒。

张镗示意吉他手开始,自己弹起琴。人群中响起配合的掌声。阳光从正前方照耀过来,舞台的背面在草地上盖出一片灰色的阴影,安迪在舞台旁边看不见陈晚的表情。

陈晚唱着落下眼泪来。

我看着站在远方的你,依然如此美好如往昔

But you know,有些话,就是不能明说

多年时光都温柔经过

……

但是渐渐地她连那片阴影都看不清了，她以为是阳光太刺眼。唱到一半，鼓手奏得越来越用力，陈晚腹中有了反应，她朝安迪的方向望过去，看不清安迪的脸，又转去看张镗，他的半个身体被钢琴挡住，低头闭着眼睛，只跟随指尖音乐口中似有呢喃。陈晚头脑中浮现出骆威五音不全地在巴黎为她唱同一首歌曲，烟儿自己已经等不及要出来了。

人群中一片哗然。

张镗睁开眼睛，晚儿已经痛得坐不稳，安迪冲上舞台。

在医院里，陈晚难产。

安迪生气地大哭起来，失控地不住指责张镗。护士过来提醒说她不可以大声喧哗，她便收口眼泪直流。陈晚如今怀孕七个多月，安迪真怕出什么闪失。她愤怒地把张镗从医院赶走，又把他拖回来，千叮咛万嘱咐地对他说，陈晚不愿意告诉骆威的。

安迪的表姐和阿嬷也来了。安迪像一只母兽，狠狠地瞪了一眼张镗，张镗只好走开，但是又偷偷留在医院里，缴了费用，其他什么忙也帮不上。

陈晚到医院就昏过去。久了，连她阿嬷也在一旁一颗颗地摸起佛珠，自己一个人用上海话念起来。

陈晚终于有一点知觉，满头是汗水。

时间快步地走，走两步，又凝结。

不知道过了多久，医生说，万一陈晚再昏迷过去，大人小孩搞不好只能先要一个，谁来做主。大家都止住了呼吸沉默。她又念起来。医生允许安迪跟进产房，安迪流着眼泪，说："晚儿，晚儿听话，我打电话给骆威，好不好？"

晚儿虚弱地摇摇头。

月子坐完了,陈晚就开始每日上班。安迪的新房离她家很近,她把烟儿抱在手上说:“我们烟儿以后肯定要沉鱼落雁的。”

陈晚在一旁做饭,说:“健健康康的就好。”

安迪说:“我们出去吃吧。别做饭了,都饿死了。”

陈晚说:“烟儿还没有吃奶呢。”

“喂奶然后咱们出去吃。”

“现在养着烟儿,怎么能总是出去吃出去吃。这个星期五天都没有做饭了。”又盯着小烟儿看。烟儿同陈晚一样,一颗鲜艳的嘴唇,鲜活得要滴出汁水似的。陈晚对安迪说:“你看,她才那么丁点。我要怎么才能把我的烟儿一点一点地养大,她会变大么?我想不出她长大的样子。”

“赶紧给她喂奶,”安迪在一旁说,“都怪你,那么年轻就生小孩,现在我阿嬷天天在我和宏达耳边碎碎念碎碎念。我说我还小,她就跟我急,她说我小可是宏达不小了呀,你看人家陈晚有了烟儿不是也很好。就天天碎碎念碎碎念,我都想她快回花莲去了。”

陈晚搂着陈烟,把自己的额头贴在她细嫩娇小的一片额头上。这小孩发线很高,应了安迪所说,将来是羞花闭月的美女一枚也说不定。现在她这样细柔,在陈晚怀里像一只没有骨头的小动物,柔柔绵绵的,抱在怀里温暖地散发着乳香,看一眼就叫陈晚疼进心里的血脉支系。

夜里陈烟大哭,陈晚起身喂她,她将她搂得很紧。安静了,就缓缓地摇,过了许多日日夜夜。陈晚再照镜子去上班,镜中俨然映出一张年轻母亲的脸来,如今只盼着烟儿万事都平安,最怕她日渐长出一张骆威的眉眼来。

有了烟儿以后,安迪的阿嬷反而比安迪来得还要勤了,老人都是喜欢小孩，有时候她过来主动帮陈晚带孩子，还做些饭菜等陈晚下班回来，叫陈晚非常不好意思。安迪的阿公已经作古，阿嬷也没有什么人来聊天，有时候等陈晚下班，做好饭菜，便同陈晚一起吃，一边要陈晚做听众，说起烟儿今天怎么乖了，怎么不乖了，怎么喝牛奶都吐出来了，一边又同陈晚说起那个同安迪讲过一千一万遍的私奔来台的传奇。

她说对陈晚说，懂得她以前在家也是娇惯的，但如今要学会持家算计。

渐渐地连烟儿三天不见太阿嬷就要不习惯。陈晚把家里的钥匙给安迪的阿嬷一把，出入也更方便些。她怕阿嬷做饭还要出门去买菜，周末总去日本超市把蔬菜和烟儿要吃的奶粉和营养品买回来放好在家里。烟儿身体同陈晚一样弱，不到四个月竟然就断奶了，叫安迪她阿嬷心疼得不行，一面更加小心对待陈烟，又责怪陈晚不好好养身体。

陈晚想是与怀孕以前酗酒有关，听阿嬷责骂，口中也不说什么。

这天陈晚下班回家，阿嬷又来了，刚喂陈烟喝完牛奶，口边还吐一点奶渍。熟熟地睡在那里，万事打扰不到她。宏达这几天去日本出差，所以陈晚下班时把安迪也一起叫过来了。陈晚谢过阿嬷，安迪又去亲烟儿一口："做什么好吃的了？"

"烟儿今天可听话。"

安迪放下包包就要去摸烟儿，阿嬷一巴掌拍她："别碰烟儿，你手脏死了。"

烟儿睡着了嘟着一张小红唇，陈晚只要望一眼她就心头热乎乎一股暖流，从上到下地充满着。她轻轻地俯下身去，碰一碰她冰冰的小脸，烟儿砸吧砸吧小嘴巴，浑然不觉，继续睡她的美容觉。

吃饭的时候阿嬷突然想起来，放下碗筷，从旁边桌子上拿过来一个包裹，对陈晚说："今天快递送来的，不知道是什么。"

陈晚拆开来看，是从广州寄来的，拆开一层里面还有一层。里面一层写的是老宅子的地址，周祖光按照陈晚如今的地址帮忙转过来的。里面才是原件，寄自波士顿。陈晚小心地拆开来，里面是一份录取材料。她与安迪相望一眼，才想起来原本申请研究生院的事。申请用的是原来大学的邮箱地址，早就忘却了要登录上去跟进。陈晚重新登录上去查，被邮箱里面的邮件数量吓了一跳，连冬天滑雪场的广告和百货公司的特价宣传一起堆得黑压压。

她将垃圾邮件删掉，清出三分录取邮件，有两封已经是前两个月的事。

陈晚说："反正现在在台北，又有了烟儿，别管了，吃饭吧。"

安迪犹豫说："话是这么说没错，可是哈佛的录取不去念会不会可惜。"

陈晚笑说，"这有什么可惜的，念书又不是不需学资，而且烟儿怎么办？带了烟儿去，波士顿冬天那么冷。我自己是南方人，自己都受不得冻。"

阿嬷也说是："美国没有人照顾，带着那么小的孩子怎么念书。在这里阿嬷经常过来照顾一下，烟儿去了美国，我就总见不到了。"说到底，是现在阿嬷自己也舍不得小陈烟。"烟儿三天不见我都要哭闹的。"

陈晚说："就这样吧，不念了，而且又是波士顿。"她不知道骆威身在何处，从来没有问过。烟儿出世以后，她连电邮也不再同骆威写了。

三个人不再怎么说话，吃了饭，烟儿醒来，口中依依呀呀。

安迪说："果真是陈晚的孩子，才多大点，就等不及要说话么。"

她俯身把她抱起来去逗她，一张脸凑得很近，说我们烟儿眼睛长得真漂亮。这是陈晚最害怕的事。又一夜她起来抱陈烟去小便，盯着陈烟，竟逐渐看出一双骆威的眼睛。

安迪放下烟儿，对陈晚说："我想了想，录取你先别拒绝。你到底是大陆的护照，去美国不方便的。你先应了哈佛，不就是些订金么，跟学校说你推迟一年再去。万一到时候你需要，去美国也方便。你在台湾的身份还不稳定的。给自己多留一条路，没有什么不好。"

阿嬷在旁边点头，觉得自己的外孙女嫁人以后真是学会盘算了。她对陈晚说："今天安迪这个话说得对。晚儿，人生最是一件无常的事，以前我也不知道自己要在台湾终老的。女人就要给自己留一条路。"她也劝陈晚不要拒绝了录取，延后一年再说。"而且到时候去美国念一个高些的学位也好，将来如果做事说不定有些帮助，人脉啊什么的。烟儿大点了你想念书，实在不行可以留烟儿给阿嬷照顾的。"

陈晚点点头，随后两天便发去了邮件。

阿嬷总是念叨说，陈晚太不懂得盘算了。一日，她打开冰箱，又数落起陈晚。她拿出陈晚从日式超市买来的茄子，撕下价格标签，不住地砸吧嘴巴。"啧啧啧，这么小一只茄子，日本种了不起哦，长得像一个死胖子。"

她说："你以为一个女人养一个小孩子很容易哦？以后陈烟长大了还要念书的，你不想给我们陈烟买漂亮衣服啊？"阿嬷去捧陈烟嫩嫩的小手，小手指奋力地张开，在床上自己不知道欢腾些什么，手舞足蹈。"对吧，烟儿，烟儿想不想要漂亮衣服呀？不能只许妈妈自己漂亮，我们也要穿漂亮衣服的哟。可是妈妈买菜天天去日本超市买，把烟儿的新衣服都吃掉了。"

她对陈晚说："这样不懂得持家要不得的。走吧，阿嬷带你去市场，看看买菜是怎么样的。"

到了市场，阿嬷说："你看好咯，买菜呢，你要先多走几步，买肉呢，最好认定一两家，跟老板熟络了，通常会给你优惠的。以后烟儿大了跟着一起吃饭的时候，你就知道省钱了。"阿嬷带她到肉铺前，说要买猪肉，又教会陈晚怎么挑。"哪，你如果要买绞肉呢，平时让绞一遍就差不多了，如果要像泥一样细细的呢，就绞两遍，已经很细很细的啦。"

日子努力过一过，就又过过去。

陈烟满周岁的时候，已经初露美人的形象。一颗红唇像极了陈晚，但是夜里再抱她上厕所，陈晚已经不敢看她的两颗眼珠子。

陈晚原本自己便细小，但是陈烟又要抱，走在街上，年轻的妈妈与洋娃娃一样的女儿，招尽无限羡慕的眼光。陈晚当烟儿是瓷娃娃，经常一动不动地端详女儿看，水水的两半脸蛋，恨不得一口咬上去，眼珠子大得要掉出来，齐着刘海，头发也像陈晚以前的一样，乌黑亮泽的颜色。陈晚对她笑，她也开心地咧开一张嘟嘟的小嘴，两母女傻乎乎地坐在对面，叫陈晚心里生出做母亲的满足。

在唱片公司上班，做一些公关和策划的活。大提琴已经全然忘记了怎么拉，以前脑中纠结的疑问也全部都抛诸脑后。她对安迪说，什么音乐什么艺术，什么自我，现在都比不过烟儿好好吃东西好好睡觉，一天天地长成一个小美人，她一笑我心里就开出一朵花。什么也不在乎了。"她说，"我不再问自己是谁，只要烟儿不向我问她是谁。"

安迪也渐渐不在陈晚面前提起骆威的名字。

陈烟满周岁，安迪和表姐约她吃饭时突然说："为你和烟儿拍一组婚纱照。”

“拍什么婚纱，只有新娘。”

安迪说，知道陈晚一世要美丽，不管怎么样，自己补一组婚纱，美一次也好。“带上烟儿一起拍。”越说越兴奋，秀娴马上说要新送一套白纱给陈晚。

陈晚站在镜前，潸然流下眼泪。倏然想起自己的祖母。长长的裙摆拖在身后，一颗嘴唇像点睛的笔似的。也不知道祖母年轻的时候是不是也长着一副模样。

她把胸前的纱往上提一提，整理好，对安迪和秀娴说：“就这样吧。”秀娴本来是要送陈晚一件礼物，不想陈晚竟会守不住眼泪。安迪上去搂陈晚，知道她仍然每日每夜地想着骆威，拍拍她的背，又不敢口中说。

陈晚抹干净眼泪。

秀娴说：“最妙的是小陈烟的裙子。两人穿母女装，不知道片子拍出来要美成什么样子。”

第二天带了小烟儿来试衣服，陈晚把烟儿交给秀娴带，说下午下班再把她领回去。在秀娴这里，烟儿很安静很听话。这孩子就是这个样子，只要离开了陈晚，不管是给阿嬷还是安迪或者别人来带，总不哭闹，像知道不能给陈晚惹麻烦似地，更叫陈晚心疼不止。只是她等妈妈期待的眼上有恐惧，好像妈妈还不来，就来不及了似的。秀娴把陈烟带在店里，闪着一双水灵的大眼睛，进店里的新人和家长没有谁不说这个小女孩长得天生丽质，忍不住过来要逗她，但陈烟也不许别人逗。

陈烟越长，美得越用力。

她像一朵迫不及待要生发的鲜花，盈盈润润，花瓣生长，一刻不愿等。有一次，秀娴说：“她美得有些太用力了，好像一下就要把命中的美丽都开绽出来，真不知道她小小年纪，在急些什么。”

陈晚停了，心中也掠过一阵心忧。她问阿嬷，是不是烟儿这名字不好，像她和她爸爸似的，无端端美尽了，烟花不贪生。

烟儿周岁这天，正好是周末。秀娴约了给陈晚和烟儿拍母女婚纱，但是通常早早就要醒的烟儿睡到很晚都不见睁眼。

陈晚坐在窗边梳头。长发乌黑，翩然如织，只一年，她一梳竟梳出了分岔。她的长发像千丝万缕的琴弦，做了母亲，连头发也变得硬起来。她换一把稀松的梳子，从头顶往下缓缓地理。梳子不像人的手指，没有温度，没有知觉。她理顺了头发，又把手指插入发中，闭眼起来，不知道头发先觉出手指的血液还是手指先觉出头发的僵硬。窗帘打开，楼下的人声被车声淹没，远远近近，陈晚听一阵，又继续梳头。不知道梳了多久，总算从头顶到发梢都无懈可击，像总算安抚过每一根琴弦，这才去看陈烟。

陈烟今天很奇怪，知道陈晚把窗帘拉开，照进明媚的如水的太阳，她还是呼吸平顺地睡着，两只小鼻孔与空气跳双人华尔兹一般，彼此顺着节奏，一点不乱阵脚。烟儿两只面颊今天格外的红润，使陈晚担心是屋里太闷，又把窗打开一点。

镜中映出自己，映出床上熟睡的烟儿。往日烟儿早早就活蹦乱跳，闹得陈晚周末难以睡一个懒觉，但今天陈晚早起，烟儿却出奇地安静，日上三竿还在梦中。

秀娴打来电话，手机在梳妆镜前振动，呜呜地与桌面抵触出低音的叫声。陈晚迅疾地去拿起手机，放低声音对秀娴说烟儿还在睡觉，不忍心叫醒。

秀娴说并不急，只是她先到店里，让陈晚今天中午随意什么时候过来都可以，晚上为小陈烟一周岁庆生，安迪已经订好了地方。

陈晚放下电话，看烟儿，又看一眼自己。

烟儿长得是真的漂亮，陈晚觉得，也许有些过于漂亮。盯着陈烟，竟觉得这张脸上攒紧了一股力气与渴望。她带烟儿到了店里，安迪今天不上班也跟过来。她对安迪说："陈烟这张脸，长得叫我担忧。"

安迪笑说："长得太漂亮，也得长大以后再担忧。至少十几年之内，还不会有坏男人把她追走。"

但是陈晚从镜中看到熟睡的烟儿，脸上并不舒展，她说："我不是这个意思。"陈晚换好衣服出来，一袭白纱坠地，胸前到脖子是白色透明的薄纱，胸口以下是连贯的纯色，尾部拖沓出去很长，被安迪圈在她脚边，一面整妆的时候绊倒。陈晚说："你看烟儿那张脸，我有时候盯着她看，无端地就生出一股心悸来。"

"你的心疾还没好么？"安迪说，"自从骆威以后，就总听你无端端地说起心悸，早上起床心悸，午睡后心悸，现在看烟儿你也要心悸。"

"这不是一回事。"陈晚整理了一下高及脖颈的透明白纱，左右照了照自己裸露的一双手臂。以前这双手臂如两枝滑腻的白兰，都是因为烟儿，许久没端详它们，丰润了，腰肢却更细了。长在身体的两侧，只衬出一个熟如蜜桃的年轻女人更为柔软的线条来。这一切都是小烟儿的降生所赐。她照着镜子，对安迪说："陈烟的脸，像一朵渴望开花的骨朵，你看她两颊的粉红色，我也说不出，怎么像是逼将出来的，不是轻轻透出来的。只有一双眉眼越来越像骆威，你看她的额头多宽，这张脸上的神色每天都在变化。大家都夸她长得漂亮，可是我总觉得不解。"

"怎么说？"

"到底是什么东西在后面追赶她？她要生长得这样急切？一朵花迫不及待地要开放，要绽出所有的颜色。到底为什么这样急促要长出一张女人的脸？”

安迪笑她说：“我该说你心思细腻，还是说你心疾又犯呢？”

陈晚温存地回过头去走到烟儿跟前去抱她，一大一小，大桃子抱着个小桃子，陈晚心里的细软说不完道不尽，全都化作一汪款款的眼神，要把自己的小烟儿融进去。在公司里那双干净利落的眼珠眼白，到了陈烟面前，全都变作小分子充分化开。

陈烟今天睡到很晚才动一动，一睁眼就弯着两只眼睛对妈妈笑，陈晚把小烟儿洗干净，不知道她今天怎么这么爱睡，洗澡的时候都要打哈欠。可是打哈欠是打哈欠，又要眼困又要笑，看得陈晚心花怒放，也不知道她眼周的一圈细皮怎么长的。她一边把陈烟洗干净，像洗个小桃子，一边对她说：“烟儿你说你这只眼睛往后还要天天不停地眨巴眨巴一辈子，这一圈小细皮肤怎么受得了一世的开开合合。”小陈烟好像听懂了一样，闭上眼睛，眼皮对着妈妈，停一阵，又像逗她妈妈似的，一下子睁开，两个人就对着笑个不停。现在带她到了秀娴的店里，大人在旁边化妆，陈烟在秀娴店里的太妃椅上又睡过去，一分钟也不肯浪费。

秀娴想过来给陈烟穿衣服，安迪说：“先别叫醒她吧，小孩子简单，换一件衣服就可以了，让她睡会儿。”

店里有预约的客人，一进来就小声惊呼太妃椅上的小仙女长得美，挽着未婚夫的手臂，说往后也生一个女儿，留着长卷发。

陈晚出了神，转而对安迪说：“别人结婚才来拍婚纱，我在这里吓闹腾什么呢。”又说不要拍了。

安迪停顿了一下，蹲下来在陈晚面前，拍拍她的手背：“我知道你在想什么，我都看在眼里。骆威不可能给你的婚纱，你还有你的烟儿。”安迪说，“你还记得我们上学的时候么，刚到美国你最喜欢囤积衣服，就当我们今天是为小烟儿庆生，跟妈妈美美地拍一组照片。不顾一切地美一回。”

陈晚说：“安迪，有些美丽，就是太不顾一切了，光顾了美丽，什么也能抛下。”她说，“我现在真想见见我的祖母，我从来没有见过。”她跟安迪讲起祖母的花轿和祖母的一盒旧衣服，如今她比任何时候都坚实地感觉到血脉相连的张力。她成为一个女人，接着成为一个母亲，她照见镜中的烟儿，镜中的自己，也照见她不曾谋面的祖母。她身上所长的肉，体内悠长深远的血管，生发自南方那个村庄，继承自生育她的男人女人。祖母嫁人没有盛大的仪式，到死也要成全自己一颗爱美之心，如今自己没有夫婿，却也为一颗爱美之心穿一袭白纱。她为她这股执拗感到羞耻，但这股感觉揪着她的胸口不放，她就越发觉出她与祖母的联系。她对安迪说：“这三个女人都是同一个人，生在不同的时候，却都是失心疯，都要疯痴的。”

秀娴走过来：“我该抱烟儿去换衣服了，叫醒她吧？睡了这么久了，也不见肚子饿，真奇怪。”

安迪说：“我去吧。”

陈晚伸出手臂，手心向上，腕上的血管青青地透出来，让人觉出一股如江河般的湍急。她说烟儿的腕上也是清晰的血管，比自己的更明显，若是一条河，水流得更快。她对安迪说：“找来找去，我只在这里，烟儿只在这里，一条河流就在我们的体内，从老人流到我的手上，流到烟儿手上，我们都是这一脉血。”说着眼里又渗出眼泪来。“我找自己找了那么久，不就在这里么，烟儿不就在这里么。”

“傻瓜，你这病什么时候才好，总说些疯痴的话来。我去给烟儿换衣服。”

但烟儿却叫不醒。

陈晚一袭白纱坐在店里，透着玻璃，太阳亮出一道光圈，外面一半的画面都看不清，全化在光圈里，一个中午就这么过去。

烟儿生病了以后，陈晚天天梦里都有骆威。以前秦雪跟她讲："你要做一朵如花的女人，才有能力与他相忘于江湖。这是在女人的角度。其实对骆威来说，女人在那里多跳脚，都跟看戏似的。"但很快陈晚连做自己的时间都没有，因为有了陈烟，她便只做母亲，全然不知道还要去刻画一个女人的角色。现在秦雪又打来电话了，在网络活生生打开视频，陈晚在这边却不敢开。秦雪不知道烟儿的事，陈晚只说去台北工作，也不敢把视频打开，活生生叫旧识看到她一张做母亲的脸。她问秦雪近来的状况，告诉她近来又梦见他了。但秦雪已经忘了陈晚那个他指的是谁，想了半天才想起骆威的名字，叹一口气，说："你是真的爱他，但连我都已经听厌倦了。"她突然问秦雪，现在再到美国去念研究生，是不是一个主意。

秦雪说如果工作得不顺利换换空气也好，书念了总是有用，又问起台北的工作。

陈晚关了视频，只觉得再无话可说。

第二天把烟儿送去给阿嬷来带，陈晚去上班。上司给的工作堆了几天全没有开动，又来问陈晚怎么这个案子弄那么久。

中午吃饭安迪叫她她也不去，安迪硬要把陈晚拽出来，一起去吃午餐。没吃两口，陈晚就哭起来，烟儿的病痛，使她不知道该怎么办。

"宏达出差带回来的，喝喝看。"这晚安迪约陈晚到家里，宏达不在家。她倒给陈晚一杯红酒，坐在沙发上，房间里安静得令吊灯的光都刺眼。安迪去关了大灯，问陈晚："你打算怎么办。"

陈晚摇一摇酒杯，说："以前你叫我不要为他喝酒，那是多久以前的事了？烟儿才这么点大。”

“去美国也不是不好。波士顿好的医院多，总有办法的。”又说：“只是你一个女人带着一个那么小的孩子。”

“所以拿着中国护照不好办签证。那么年轻一个女人带着一个那么小的孩子。但办学生签证就不同了。”

陈晚说着，安迪才想起来：“幸亏当时我叫你不要拒绝学校。”

“都是安排好的。”

安迪有些动气：“晚儿别这样，这台词太俗了。”

陈晚笑道：“你跟周祖光说的一个样。每次我电话跟他聊起骆威，他就说我这台词太俗了。”

“阿光怎么样？”

“还不是那样，毕业了跟着前辈混，他爸爸让他回来做生意，他也觉得不急，过几年再说，反正现在也没有什么要紧事，他爱玩电影就让他玩玩，玩出名堂当然好，玩不出名堂也没有什么损失。我跟他说等过几年结婚成家了，好好回来听父亲的安排才是，他都说现在还早。下个月来台湾。”

“来台湾拍东西？”

“不清楚，好像是吧。跟宏达的公司有合作呢好像，我也没有具体问。安迪，我也许该带陈烟去美国治病。”

安迪不说话了。喝完杯中的酒，又说：“当初在纽约，我就叫你打掉这孩子。”

陈晚没想到她会这么说，放下酒杯走了。

去办了一次赴美签证被拒绝回来，陈晚想过打给骆威，但断了电邮以后再也没有问过他身在何方，也就断了这个念头。她又在夜里用指甲扒墙，陈烟在旁边竟然不哭。她越不哭，陈晚心里越恐惧得发悸。

过了一月，陈晚没有办法工作，辞去了公司的职位，把陈烟搂在怀里，一搂就是半天，有一回差点把陈烟憋死。

周祖光来台湾拍片子，收工到了台北来。陈晚一见到他就扑过去，周祖光将她拥在怀里，抚顺她的头发，也察觉她的头发没有营养，不如以前好了。他说："晚儿，再哭我衣服就湿了。"

晚儿抬起头，打他一巴掌："没看见我在哭吗!"

她对阿光说，想把海边的房子卖掉，然后去美国。"再去办个学生签证，带烟儿去陪读，总可以吧？上一趟回去办签证被拒绝了，我刚又预约了一次呢。把房子卖了吧，留着也没有用。"她甚至想到把老爷子那宅子也卖掉，但没有说出口。

阿光说："也可以，但也不是非如此不可。你要真要卖房子，交给徐先生就是了。"他问晚儿是不是急着用钱，"急着用钱的话，不是还有我们么。"

"但总不能什么都是你们。"

周祖光去看烟儿，只说了一句像陈晚，有话到嘴边，不知道要说什么，便收住口。

周祖光去拉开一点窗帘，问："台北房价很贵么？你和陈烟只租这么点地方。"

阿光放下给小陈烟的礼物，陈晚说可惜陈烟生病，不然有时间可以同阿光去环岛。去倒茶给他："你将就一下吧，现在只能这样了。茶我不懂讲究，这里租的房子，也没地方好好喝茶。"

周祖光说："不一定非要在东区，在台北买个房子也好。"

陈晚一边斟茶一边说："现在手上哪里来的钱。以前只知道花，现在自己在唱片公司工作才让自己知道金钱最不经留住。又有陈烟，她一大病，恐怕要托徐先生把海边的房子出手了。"

"最近出了点岔子，不然我便能帮你。"周祖光说，"去年年底拿钱在湖南投了一个文化公司，没做成，反正现在钱就捆在那儿，亏得差不多了，跟人合作的。就是徐泽、王贤彬他们几个，现在弄不好了，都懒得去管。我爸也见不是什么大钱，就睁一只眼闭一只眼。他倒是想让我回去跟他，他是最看不起我在外面搞七搞八，说成不了艺术家，又不肯当文化民工，没有男子汉气概。”

陈晚笑道：“你若在台湾收了工不急着走，就多留一阵子。等烟儿好些，给她拍一段片子吧，以后长大了，好留个念想，我拍不好。”

周祖光把陈烟送去医院，陈烟打了针，在看护室睡着了。阿嬷也来看陈烟，陈晚介绍阿光就是从小的玩伴。阿嬷说：“再不出去走走，皱纹都要出来咯。”

陈晚有些舍不下烟儿，但看她今天状况不错，又已经睡着，便同阿光出去了。

阿光带陈晚去买东西，陈晚却不悦：“哪里还有心情看衣裙鞋子，烟儿还在医院，钱都恨不得掰作两半花。”

“刷我的卡咯，带你买东西还这么罗嗦。你再这样忧愁，就要成老人家了。”

“爷爷都还好吗？”

“好，但是问起你我一个字都不敢说。”

“不要说。”

“烟儿的事情，你打算一直瞒着所有人么？”

“现在不是在台湾么，他们也见不到。”

“你若告诉他们，兴许会好一点。烟儿这边现在也急着钱用，你怎么撑？”

陈晚说：“所以要卖去海边的房子。”又说，“幸好还有海边一栋别墅，真是谢天谢地了。房价飙升竟然也有这好处。”

"但房子又不是今天说卖明天就拿到现钱的。烟儿如果跟你去美国,一切你知不知道盘算。"

陈晚说:"我是真真切切地不知道。现在工作也辞退了。"

出租车堵在路中央。

司机用台语骂一句前面车祸的年轻人,又礼貌地问陈晚:"小姐和先生没有赶时间吧?"

"没有关系,我们只是出去逛街,没有关系的啦。"

"那就好。正好前面车祸,可能需要一点时间呢,若是赶时间就没有办法了。"陈晚微笑说没有关系。

车流拥堵,走不了。陈晚说:"有时候,我宁愿一直堵着,时间回不去,但也走不了。我还是很想念骆威,用了生命的力量去想,便越来越没有力气。每日个个人都是匆匆忙忙,赶在路上,又不知道去往何方。"

她又说:"我很感谢我有烟儿,她不能离开我,"

"烟儿不会离开你,只要骆威不知道陈烟的存在。"

周祖光说:"你能不能开心一点。老陈,我看你这一张脸我都快要激发出苦情细胞了。"

"那就写一部苦情剧来拍,说不定能赚钱。"

"不闹了,过两年就收心回家去。做发行还稍好,我们这种做内容的,没有办法,在外面这样混也没有什么意思。过两年我玩腻味了,我爸爸的耐心也耗尽了,我就回去做该做的事情。"他也叹气,"尤其是见过了烟儿以后。"他问骆威现在怎么样。

"我不知道。"

周祖光说:"不知道知道都是一样,他还能怎么样。坏事奈何不到他这样的人的头上。"

"有时候我难过得呼吸不下去,便也想要继续活着,我恐惧着有一天果真与他相忘于天涯，但又想，即便我愿等在远处，他这样的人，也轮不到我来帮忙。但也还愿活着，因为烟儿在。"

阿嬷打来电话，叫陈晚回去。

但车流还堵在那里，陈晚累极了，车里闷得她愈发心慌气短。她同周祖光一同跑回医院去，跑到一半，把鞋子从脚上取下来，脸上又是一把鼻涕一把泪，在人群中过关斩将，像一阵没有方向乱刮的骤雨狂风。到了医院，脚上的透明丝袜破一个大洞，阿嬷见陈晚喘得这副模样，稳住她，说烟儿现在好些了。

周祖光比陈晚跑得还要慢，雌性动物的母性力量不可估量。

陈烟被医生救活过来，陈晚笑着对阿光说："明天便给徐先生打电话，处理掉海边的房子罢。"她站在阿光面前，没有化妆，每一个毛孔都打开，喘着热气，两只眼睛睁足了，红通通地颤动。陈晚失去心智，阿光稳住她说："你真的不愿意我帮你？"

陈晚摇头，叫他闭口不要跟爷爷讲起自己同烟儿的事情。

"要不然我回广州帮你处理看看，总还有办法吧。"

陈烟住在医院里，每天钱像流水一样地花。

陈晚守在她身边，嘴唇上起了一圈红肿，安迪说："你心里不要太焦躁，烟儿会好的。"

烟儿太美了。

连病得昏迷在医院，熟睡也是一张姣好的面容，那唇色从来没有淡过，像有人在她的脸上扑了一层极细腻的薄膜，与外面的污浊空气都隔绝了，供奉在无尘的世界里，闻不得一点世间的烟火滋味。

夜里，陈晚伸手到烟儿的小脸旁边，又缩回去，怕一碰就要将她完好的肌肤碰坏了。她越发地病重，陈晚预约了广州的领馆回去签证，只觉得时间总滴不穿。安迪去台中出差，对陈晚说："若回广州去，有什么便可对秀娴交代。"她要陈晚放宽心，"徐伯伯那边我早就说好，你若需要出入台湾，他不是不能把你雇回来。"但是陈晚与安迪已经隔阂，也不回头去看她。自从上一趟在家中安迪一句话，陈晚便没有再主动给她打过闲暇的电话。

烟儿睡起来安静得吓人。陈晚每每一睡过去，便又撑开眼，皮肤状况每况愈下。她心中发悸，怕哪一趟睁开，烟儿就没有了鼻息。她吞气吐气，极尽细软，夜一深入，人更悄静。以至于烟儿她妈妈要生幻觉，不停地去检查陈烟的鼻息，她抱着女儿，心里疲软。

守在陈烟的床前，她睡倒过去，做一个梦。仿佛有人在陈烟身上埋一粒种子，这小孩一张脸憋得绯红，鼻息越发无助。她上前去问陈烟究竟是什么憋不出来，一张骆威的眉眼长在她脑袋上，这样急切地瞪着。她去摇她的女儿，摇得她一双细小柔嫩的臂膀花摇叶落，如同随时要捏碎过去。陈烟越发不能呼吸。

却在千钧一发的时刻，脸上开出一朵血红的花来。那花枝终于从陈烟体内里生发而出，窜上来，长势湍急，不可阻挡。

但陈烟一点声音也没有，那两只小鼻孔中吞气吐气，听不到任何呻吟。

但是花却不管不顾地开得热烈。陈晚在一边看着，仿佛那花的生命要吸食了陈烟体内的生命。那花惊人的长势使陈晚呼叫一声，但她竟听闻不见自己的声音。她嘴里念叨道："来不及了，来不及了……"但陈烟如一摊安静宁愿的沃土，任花朵在她习惯的躯体中长大，美若凡间仙。

梦醒听见小烟儿在床上哼哼，陈晚立刻站起来，去抱她，喂她喝水，将她紧紧地攒在怀中，用脸去贴她的脸，一阵冰冷，又一阵火烧火燎。

她抚摸女儿出汗的额头，轻轻摇晃怀里的陈烟，呢喃说，陈烟，你非要长得这样美好，究竟是做什么。

她捂着烟儿的身体，她太小了。晚儿听见她的心跳，全身血液都与她的血液交融在一起，两条河流汇作一股，用尽了力气，狂热疯痴地奔腾。烟儿的血管中有一股由内透往体外的力量，抱着她，竟也觉出她小小的身体里一股万事不愿意静等的气息。雨在外面下起来。她回去给烟儿盖被子。她一动不动，放开她，她又安静得令人难以置信。

周祖光再来台湾时，陈烟已经没有了。

“回广州去吧。”

陈晚睁着两只眼睛呆滞地不说话。

“房子不必卖了，欠着安迪的钱，我先帮你想办法。”阿光有他的打算，但陈晚站在他眼前，如同无物。她长久地坐着不说话，末了阿光拉她起来：“我带你去海边。”

“烟儿的名字是起错了吧？”

过年与韩默开车去海边，她仰头去看空中五色的烟火。不知道是从那边的地面升起，望过去一片深蓝的海面，风吹气浪也看不清晰了。四面八方都是风，使人站在中间，立在滩上，如一堵墙。顺着腾空的声响，拣一个方向瞭望过去，便有一支一支的光鲜色彩升起来，轻腾而起。到了爆发，又很用蛮力。但终究不知道烟火是从什么地方升腾起来的。

展开后色彩是极好。一朵一朵，如烟如图。陈晚便觉得，以后若有一个小孩，便取名做烟儿。

周祖光说：“你是随了你的祖母，而烟儿又是随你。但烟儿才这么点大，怎么也这样疯痴的。”

陈晚说："究竟是在赶什么，好像一切积累在她体内，强烈地愿望着开一朵花，她一刻都不愿意等了。"周祖光伸手入口袋，握了握那只准备好的戒指，犹豫着，没有拿出来。

陈晚说，没有了烟儿，这一切更像没有发生过。烟花果然开不得。现在对骆威的爱也成了凭空。"她叹一口气，说我唱一首歌给你听好不好。周祖光把陈晚的头扳过来，陈晚便哭，一哭哭去一夜。他小心地问陈晚："你还是很爱他，很爱他，是不是？"

陈晚说："烟儿有一举一动，我都想到他，写一些歌词，也有依赖想要问一问他的意见，但是我奈何，他是过去一场记不起场次的戏，剧本写得也并不好。"

海边有人在烧烤，离两个人有一段距离，只听见小声从几张没有年纪的口中弹跳奔出，远了几步又要近来几步，味道同海混在一起，辨不出来。夜幕如盖。天上天下一片合体，他们在围火旁，走走跳跳都是踩自己的脚印。陈晚说原以为烟儿长大些也该带她出来玩，也该有朋友，再长大，便须开始警惕她交朋友，但是她竟然生出来就不写结局。

大海蒸蒸地冒着热气。透过远处一群人细细声和烤火的热炭，她对周祖光说，这真像是又煲了一锅瘦肉粥，咕噜咕噜，咕噜咕噜。"烟儿连话都不会说，竟会唱歌了。"

陈晚说："你说她是从哪里听来的？有一天我从梦中醒来，她在我怀里安然入眠，但是快天亮的时候，嘴里突然开始哼哼。"

夜露冰凉如水深入骨骼，晨光拖沓，熟睡的人醒了，早晨还没来。陈晚的喉头干燥发热，进去洗了个澡，裸体去亲女儿肉肉的脸颊一口，去煮了一杯咖啡。白昼还没有攀入窗内，近处的街上已经有车声流动。还没有太阳，便已有些闷热。皮肤不停地想出汗。咖啡还没有喝完，陈晚听见烟儿正如一只小兽呜咽。

“你猜她在哼什么?”陈晚说,“我俯低了身体,耳朵靠近她的嘴唇。”那两片嘴唇的唇色明晰可辨得太可怕了,陈晚自己将陈烟从体内生出,却也不相信怎么就造出了这样颜色强烈的嘴唇,一上一下的两瓣,都不敢使自己的耳朵贴上去,靠得太近,仿佛靠近了要沾染上一抹红墨。

“她真是用尽了多大的气力在长。”

陈晚说那天凌晨她竟听到陈烟的嘴里哼出了那支她在葬礼后就没有听过的曲调。“她哼哼唧唧,哼哼唧唧,我什么也跟不上,全身僵在那儿,瓷杯被我碰掉了碎开在地上,她也不醒。”

“她哼的是村上口传下来的曲调,但我既不会唱,她便就无从听过。她竟这样哼着,哼得我心里突兀出几千个肉球。”她的胸口像流脓破开,但她来不及去摇醒自己的女儿,她像极了一只陶瓷娃娃。烟儿断过气去。

陈晚不去救,只坐在地上,听着无声的极尽静谧的四周。天空中太阳跳出来,像以前一件洗干净的衣服从洗衣机中取出,撑起衣架晾上阳台。

陈晚对周祖光说:“我没有再救她,她赶得这样用力,我拦也拦不住。”

她同祖光喝酒,站起来,面朝南方,她说想把没拍完的照片拍了,却没有一张值得纪念的脸。

烈日下她约周祖光去了海边,阿光整日等在那里,不见陈晚去了何处。她自己另找了一片海,穿了曳尾长坠的白裙,海面被夕阳烤得像一锅粥一样咕咕作响。她热切地爱着的南方的阴天,在她全然模糊的视线中疲惫而眠。她走进大海,夕阳殷红如一颗嘴唇。